講談社文庫

竜と流木

篠田節子

講談社

◉目次

1　水の守り神

種の系統として全く違うものであっても、進化の過程で姿形がそっくりになってしまうケースはままあるらしい。たとえば、ほ乳類のサイと恐竜のトリケラトプス。数千万年の時も、その遠く隔たった系統樹も無視して、もしや親類？　と首を傾《かし》げてしまうだろう。

だから僕がその島で、子供たちと戯れる「ウアブ」という両生類の姿を目にしたときにも、格別不思議とは思わなかった。

尾を左右に振って水中を泳いでいるその姿を水面上から眺めたかぎりは、どこにでもいるイモリか食用蛙《しよくようがえる》のオタマジャクシのようだ。

だが水中で見るウアブはそうした両生類とはまったく違う生き物だった。背中の色は砂粒を散らしたような淡いベージュ色だが、潜って側面から眺《なが》めると、その腹は赤ん坊の頬《ほお》のような、オレンジを帯びた半透明のピンクだ。大きくて太い尻尾《しっぽ》と小さな後ろ足、短いがちゃんと指の揃《そろ》っている愛らしい前足。その輪郭は、なんとほ乳類のカワウソそっくりだった。丸い頭部についている真っ黒な目もつぶらで表情があって、それがイモリ、サンショウウオ、カエルの類《たぐい》とは信じられない。頬の両脇にふわふわと毛が生えているように見えるのもほ乳類めいているが、もちろん毛ではない。エラ飾りだ。

息をとめて潜ると、十五センチほどのその半透明でピンク色のものは体にまつわりついてくる。不思議なことに体温さえ感じられた。

島の子供たちと一緒に貴重な淡水の湧《わ》き出《だ》す泉に潜り、その生き物と戯れた瞬間に、僕は魅了されていた。

父は軍人だった。物心ついた頃から、父の休暇シーズンが訪れると、僕たち家族は基地のある島を離れ、太平洋上の小島で過ごしていた。

子供たちは、美しく厳しい自然の中で鍛《きた》え上げ、生きていく術《すべ》を身につけさせなければならないと信じていた父が選んだその島、メガロ・タタには、当時、浜にキャンプサイトがあるきり、ホテルどころか小さな食料品店さえなかった。島を一周する赤土の未舗装道路にそってところどころに集落があって、雑草に覆《おお》われたタロ芋畑や妙に立派な木造の集会所があるだけだった。もっとも父はそうした島民の集落には僕たち子供を近づけようとはしなかったが。

一度、こっそり遠出した僕は苔生《こけむ》した石畳の道に導かれるようにして無人の集会所の前に行き、見上げるような切り妻屋根の木造建築の外壁に描かれた絵に見入っていたことがある。イルカや椰子《やし》や漁をする人々、最上段には雲の間に昇っていく竜の姿もあった。おそらくは島や集落の成立に関わるものなのだろうが、とりわけ少年時代の僕の視線を引きつけたのは絵ではなく、建物入り口の頭上に飾られた、こちらに向かって大きく股《また》を広げた女の人の木像だった。

凍り付いたように凝視していたところを父にみつかり、ひどく怒られて連れ戻された。父が言うには、島には様々なタブーがあるから、僕たち外から来た「文明人」がむやみに歩き回りうっかりタブーに触れると島民の怒りを買い、殺されるかもしれないとのことだったが、今思えば単純に子供に卑猥《ひわい》な木像を見せたくなかっただけだろう。

いや、ひょっとすると、本当に父には島民イコール野蛮人、という偏見があったのかもしれない。

浜のキャンプサイトで僕は父から泳ぎや格闘技、ダイビングなどを教わった。しかし正直なところ、喉《のど》から胸にかけて大きな傷痕《きずあと》のある、筋骨隆々の巨漢である父が僕は苦手だった。尊敬はしていたが、尊敬しているということは、つまり嫌い、ということだ。素手ですばやく相手を無力化するテクニックは無理矢理に身につけさせられ、たぶん人に教えることもできるのかもしれないが、僕はそんな技を使う気はないし、ましてやそれをだれかに伝授したいとは思わない。

僕は怪我《けが》をするのも、人を殺すのも怖い。鳥を殺すのさえ嫌だから、父にいくら故郷のオクラホマで狩猟に連れていってやると言われてもついていったためしはない。

日本人の母からはウィンドサーフィンを教わった。母は元ウィンドサーフィンの選手で、数々の大会に出場していたらしい。その大会で基地のある島を訪れたときに、父と知り合い、結婚した。遠い昔のラブ・ロマンスを僕は父から繰り返し聞かされた。父は優秀な軍人であるだけでなく、熱い心を持ったロマンティストなのだ。それはわかっているのだが……。

そんなわけで中学を卒業した頃には、僕のウィンドサーフィンの腕前は相当に上がっていたが、母のように大会に出たり遠征したりといったことに興味はなかった。勝敗を争うこと、メダルを獲得することに何の意味があるのかわからないのだ。

僕は単純に遊びたかった。帆を操り、海面を滑ることが楽しくてしかたなかった。

そしてすぐにその延長線上の楽しみも覚えた。自宅のある、基地の島から無人島に渡るのだ。砂だらけの真っ平らな島、刺《とげ》だらけの植物の茂るジャングルの島、満ち潮になるとただの岩礁《がんしょう》になってしまう島、といろいろな島があって、興味はつきなかった。

休暇を過ごしたメガロ・タタの浜から渡る近隣の島々となると、少し趣《おもむき》が違った。そこにはメガロ・タタ同様、さまざまな人の暮らしがある。

島民は、父のような白い肌をした毛深い人々に対しては、やや構えるようなところがあるが、僕のようなつるりとした小麦色の肌の、瞼《まぶた》の切れ上がった人種に対しては最初から友好的で、僕は村の子供と同様に大事にされ、可愛がられた。

そうして訪れた島の一つに、ウアブのいる島があった。僕たちが幼い頃からキャンプに訪れていたメガロ・タタに対しミクロ・タタと呼ばれるその島で子供たちと遊んでいるうちに、僕は誘われるままにTシャツも短パンも脱ぎ捨て、ウアブがふわふわと泳ぎ回っている泉に飛び込んだのだ。

子供たちが餌付《えづ》けしているからとはわかっていたが、そのゼリーのような柔らかく太い体をこすりつけてこられたとき、僕はそのかわいらしさと肌に触れるものの頼りない感触に切なくなるような愛着を感じた。

島の子供たちは、小鼻の張った顔立ちもぷくりと突き出た腹も、近隣の島々に住んでいる人々と同じなのだが、髪だけはなぜか見事な金色だ。西洋人のような白茶けた金髪ではなくて、オレンジがかった燃え立つような金色。なぜか成長するとその肌よりも色の薄い、艶《つや》のない褐色《かっしょく》の縮れ毛に変わってしまうのだが。

その見事な金髪と褐色の肌を持つ子供たちが、周囲の濃い緑を映し陽光の差し込む澄み切った淡水の中で、その生き物「ウアブ」と戯れて泳ぐ様は、幻想的なまでに美しい。

「ウアブ」は島の守り神だった。いや、島の守り神は、何やら気の荒い女神だというから、その女神のしもべかペットのような存在だったのかもしれない。

緑は多くても保水力の乏しい、河川もない、この小さな島で、人々に豊かな淡水を供給している泉。その泉に湧くプランクトンやヒルなどの小生物や藻《も》などを食べ、島民の飲料水としての水質を保ってくれるのが、このウアブだ。

島民のだれもがそれを知っているから、人々はウアブを大切に扱う。そして外気温が少し下がって、餌《えさ》の足りなくなる乾期の間、子供たちが浜で獲《と》れた小魚や芋などの餌を手にやってきて、給餌《きゆうじ》のついでに泉に入ってウアブをかわいがることを大人たちは許していた。

子供たちに分けてもらって、未熟な椰子の柔らかな実や、焼いたヤム芋、裂いた魚の身などを僕はウアブにやる。小さな爪《つめ》のついた前足で、それらの餌を摑《つか》んで口に運ぶその仕草もカワウソそっくりで、いくら見ていても飽きない。僕は自分が水中にいるのを忘れ、息が詰まってから慌《あわ》てて水面に浮上する。

ただし餌やりは分量が大切なのだ、と子供の一人に教えられた。

少なすぎれば雨期が来るまでの間にやせ細ってしまうし、多すぎれば藻やプランクトンを食べてくれないので、水がきれいにならない。その適切な分量を子供たちは年かさの子供に教えられ、幼い子供たちに伝えてきた。そうして彼らはウアブを守り、ウアブは島の飲み水を守ってきた。

しかし十代の僕は、そんな閉じられた島の閉じられた淡水の微妙な生態系に興味はなかった。ただ水中で戯れたウアブの愛らしさに夢中になったのだ。

そして島から数匹のウアブを家に持ち帰った。島の子供も大人も止めなかった。ウアブは島の飲み水にとって必要なものだが、乾期の終わりに水中の水草にゼリー状の卵を産み付けて勝手に増える、彼らにとってはめずらしくもない両生類だったからだ。

大きな瓶《びん》に入れて定期船と航空機を乗り継ぎ、検疫《けんえき》を違法に突破して家に持ち帰ったウアブを、父は一瞥《いちべつ》しただけだったが、母や妹はかわいがってくれた。

その太って半透明な、ほ乳類を思わせる風貌の生き物は、その動作もまた愛らしいのだ。

首を傾げるような仕草、餌を両手で摑み口に運ぶ姿、しかも夜になると鳴く。

肺呼吸ではなく、エラ呼吸だというのに、暗い水槽の中でまるで子犬が鼻を鳴らすような声を立てる。

最初は、室内に何か小動物が紛れ込んだのではないかと思ったのだが、正体を知ったとき、僕も母や妹も感動した。

それだけではない。柔らかな体は少しぬるぬるする粘液で包まれているのだが、それがハーブに似た芳香を発する。とにかくどこ一つとっても、非の打ち所のないほど可愛《かわい》らしく、ペットというよりは家族のようなものだった。

自宅の水槽で飼い始めたのが、十四の年だから、かれこれ二十数年、僕はウアブに魅了されていることになる。

とはいっても、ガラス水槽で生かすことはできても、繁殖は難しい。島の泉では、季節になるとふわふわしたゼリーのような卵が水底の草に産み付けられて、小さなほこりにしか見えない幼生が、水に差し込む光の中に無数に舞っているというのに、厳密に温度と光量を管理し、餌も注意深く与えているというのに、水槽の中でウアブが卵を産んだのは今まで一度しかない。その卵も孵化《ふか》することなく、消えてしまった。産卵や孵化には、きっと自然環境下での微妙な水温や光、餌の量の変化などが必要なのかもしれない。

繁殖は僕にとっての目下の大きな課題だ。

ガラス水槽で飼ったところ、寿命は四、五年といったところだろうか。それが長いのか短いのかわからないが、それぞれに名前をつけて長年飼った個体がしだいに元気を失い、半透明の体が白っぽくなり、ある朝起きてみると水面に浮いている。それを目にするたびに、僕はしばらくの間、悲しみに打ちのめされる。

飼育したウアブの寿命に比べ、自然状態のウアブの寿命が長いのか短いのかも、僕にはわからない。繁殖することによってその命は縮まるのか、それとも水槽内より居心地が良くて長生きするのか。生物学者がよくやっているように、背びれにタグを取り付けて放して調べる、といったことをする気にはなれなかった。だいいちエラはあってもウアブに背びれなどなく、そのふるふると柔らかな皮膚に穴を開けてタグを取り付けるのは、いかにも残酷に思えた。

二十代も後半になった頃、僕はウアブの研究者として、その世界ではけっこう知られた存在になっていた。太平洋の小島に生息する小型の両生類について研究する人々など、ほとんどいなかったからだ。世界でもそこにしか生息しない両生類で、ウアブはヒノビウス・ミクロネシエンシスという学名がついていたが、一般的にはミクロネシア・トリトンと呼ばれているようだ。知名度はなく、保護の対象にもならず、国際的な商取引の規制の網もかかっていなかったため、僕はその頃には堂々と検疫手続きを取っては、せっせと家に持ち帰っていた。そのためにミクロ・タタと周辺の島々へ頻繁に通っていた。

そこで僕は大人と親しくなるより先に、島の子供たちと友達になる。島では十五にもなれば、男は入れ墨ずみをして漁にも出る。立派な大人なのだが、僕は大人である同年代の男と遊んでいるよりは、まだ髪が朱金に輝いている子供と一緒にいる方がずっと楽しかった。

アメリカ本土にある大学を卒業した後も、僕は就職することはしなかった。一年の半分をグァム島にある両親の家で過ごし、あと半分は水槽のウアブの世話を母に任せ、東京にやってきて語学学校の英会話講師をして生活費を稼いでいる。

軍を退役した後、グァムのマンギラオ村に移り住み、島内の大学でマーシャルアーツを教えている父は、そんな僕をずいぶん歯がゆく思っているようだが、語学学校の講師とはいえ、僕はそれなりに安定した収入を得ていた。大学で身につけた教授法が役に立ったということもあるし、軍人の父と日本人の母に徹底してしつけられた、時間を守ること、約束を守ること、礼節を守ることの三つによって、日本での信用を築くことができたからだ。

だがそれだけではない。僕の容貌だ。父から受け継いだ長身、それにモンゴロイドとアングロサクソンの混血のほどほど彫《ほ》りの深い顔立ちのおかげで、自分で言うのもおかしいが女の子には結構、人気がある。

著名なバスケット選手を彷彿《ほうふつ》とさせる容貌の、アフリカ系アメリカ人とプエルトリコ人との混血のリコという名の男と、その語学学校では人気を二分していた。

授業の合間に、パーティションで仕切られた講師控え室にいて、女性二人が日本語で会話しているのを耳にしたこともある。

「ジョージ先生って、体大きいし背高いのに、すっごいかわいい。遊んでなさそうだし」

「良い人だよね。笑うと子供みたいだもん」

丈人と書いてジョージと読ませる。父方の祖父のジョージ、そして母方の曾祖父《そうそふ》丈人《たけひと》の双方からもらった名前だ。その語学学校で教え始めて十年以上が経ち、生徒はずいぶん替わったというのに、彼女たちが三十も半ばを過ぎた僕を評していう言葉は、いつも「かわいい」だ。

「ええ？　ジョージが好き？　私は絶対、リコの方だな。すっごいかっこいいじゃん」

「だよね、私もリコの方。断然セクシーだもの、くらくらしちゃう」

控え室のソファでコーヒーを飲みながら、リコが真っ白な前歯を見せて笑い、肩をすくめる。

そう、彼女たちは、僕もリコもほとんどネイティブな日本語を話すことを知らない。ここでは生徒と教師は、たとえ授業外であっても日本語で話すことを禁じられているからだ。

人気者だからといって、僕は彼女たちとどうにかなろうとは思わない。もちろん信用の問題もあるからだが、面倒くさい。正直なところあまり興味がないのだ。かといってアメリカの女の子が好きなわけでは決してない。父の故郷で、真冬、いきなり顔に雪をぶつけられたことがある。「イエローフェイス！」という言葉とともに。そこまで露骨でなくても似たような嫌がらせはずいぶん受けた。

大学時代、クラスメートの女の子をパーティーの帰りに車で送ったときは、格別、人種差別的な言葉を吐かれたわけではない。いきなり股間に手を伸ばされたので、「やめてよ」と叫んだら、ボーイとかベイビーとか言われ、高笑いされた。思いを寄せていたきれいな子だったから、余計に傷ついた。そう、心ない言葉を女の子から吐きかけられるたびに、僕は怒るかわりに傷つく。

日本人の女の子から賞賛の意味合いで「ハーフ」と言われても、ベイビーという嘲《あざけ》りの代わりに「かわいい」と誉《ほ》められても、僕は肩をすぼめてただ困惑するだけだ。あるとき語学学校のクリスマス行事があった後、ひょんなことから生徒の女子大生とバーで二人きりになったことがある。僕は偶然だと思ったのだが、そうではなかった。

「えーっ、ジョージって、日本語、バリバリできるんじゃん」

パーティーの最中、スタッフの男性とのちょっとしたやりとりを聞いて、彼女はひどく驚いていた。母や母の親類とは普通に日本語で話しているのだから、当然のことだが、僕の中途半端な容貌は、そんなことにも違和感を持たれる。

そのときに日本語で口説《くど》ける、と安心されたのかもしれない。女性の生徒が、露骨な誘いをかけてきたが、僕は笑ってやんわり断り、その場から逃げ出した。一度など、生徒の一人に住まいを突き止められ、夜這《よば》いまがいのことをされた。それでも僕はリコと違い、決して女の子と個人的な関係を結ぶことはしない。

「不良ガイジンお断り」で定評のある語学学校で、十数年もの間、しかるべき待遇と給与を保証されているのは、そういう意味での信用があるからだ。けれど僕が彼女たちの手に乗らないというのは、保身や倫理観からだけではない。

何だか怖いのだ。ハンターのように追ってくる女の子たちが。そして僕を見て、「かわいい」と黄色い声を張り上げる女性たちも嫌いだ。僕の顔に雪の塊をぶつけて「イエローフェイス！」と叫んだ田舎者の白人少女と同じくらいに。総じて、あまり女性には興味がない。もちろんクールジャパンの二次元巨乳少女にも。

そうして年の半分は「プロジェクトは順調に進んでいますか」「いいえ、少し遅れています」とか、「残念ですが失敗しました」「ではあなたはこの経験から何を学びましたか」などという会話を教え、残りの半分をあの島、ミクロ・タタと実家の水槽の前で過ごしている。

ライフワークと決めたウアブの飼育と研究が、新しい局面を迎えたのは昨年のことだった。

ミクロ・タタ島の泉が、干上がることになったのだ。

小規模な漁業と芋を中心とする農耕の自給自足経済で成り立っていた島の人々の暮らしが、この数年、大きく変わりつつあった。

缶詰やクッキーや様々なものが島に入ってきて、人々にとって島外の世界が身近なものになっていった。人々の欲望に火がついた、などという言い方は間違っているだろう。

電気、水道、医療、教育……。僕たちがあたりまえのように享受しているものを彼らはろくに手にしておらず、その島では子供たちの可能性が未整備なインフラのために阻《はば》まれている。そのことに島民は気づいてしまったのだ。一帯は太平洋の重要な軍事拠点でもあり、アメリカからかなりの援助が入っているのだが、辺境の小島の一つ一つにまでは、平等に行き渡らない。そのうえ、もともとは貨幣経済から取り残されたような自給自足の島だ。売れるものなど何もない。

そんなミクロ・タタには、近隣の島々に無いもの、貴重な資源があった。

淡水だ。最上級の飲料水。海水がまったく混じっていないおいしい飲み水は標高の低い島々にとっては貴重品だ。そのことにこの地域出身の議員が気づいた。

渾々《こんこん》と湧き出た後、そのまま地下に吸い込まれて海に流れ出てしまうだけだった淡水を汲み上げ、水道として島全体に供給する。議員や行政担当者たちがそんなプランを打ち出したのだ。島民はもう、瓶を担いで泉まで通う必要はない。しかも水道工事の金を捻出《ねんしゅつ》する手段まであった。大量に汲み上げて、近隣の島々に質の良い飲料水を供給するのだ。水の対価は島民に支払われ、島の経済が潤う。

反対する者はだれもいなかった。ミクロ・タタには。

しかしモーターで水を汲み上げてしまえば、泉の水位は下がる。水量も水温も変わる。つまりウアブはそこには棲めなくなるのだ。陸上でも海水中でも生きていけない、ふわふわと頼りない生き物は、絶滅するしかない。

だが、島に住む人間の方は、蛇口をひねれば清潔な水が出るのだから、もはやそこに泉のある必要はない。水をきれいに保つ役割を担っていたウアブはもういらない。

貴重な生き物の生育環境を守れ。そんな声を上げたのは、余所者《よそもの》だけだった。僕と、僕の育てたウアブに魅了された愛好家、それに海外の大学の生物学や環境学の先生や学生、水産物の研究に携わる人々などだ。けれど国籍も人種も異なるさまざまな外国人が反対運動を組織し、政府と住民に呼びかけたとして、だれが耳を貸してくれるだろう。水道ができることによって子供や女性たちが水汲みから解放され、近隣の島でも、塩水の混じっていない水、病気や寄生虫の心配のない水を飲めるようになる。水を売ったお金で、ミクロ・タタには電気が引けて、子供たちは上の学校に行け、病院もできる。

　そんな良いことずくめのプランなのだから。そこに住んでもいない外国人が反対を叫んだところでだれも相手にしてくれない。

　ある夜、僕たちはミクロ・タタから数キロ離れたメガロ・タタにある高級ホテル、アルカディア・リゾートに集まった。ウアブ保護クラブを結成し、何かいい方法はないかと話し合うためだ。

　メガロ・タタは周りの島々より一足先に発展を遂げていた。観光立国を掲げた政府の方針に基づき、島には外国人富裕層向けのリゾート「ココスタウン」が建設され、空港もできて、ここはかつてのような太平洋上の孤立した群島の一つではなくなっていたのだ。

　アルカディア・リゾートの白砂の人工海浜に面した屋外ロビーで、僕たちはウアブを救うためのアイデアを出し合った。

「水」に代わる産業を開発したらどうか、たとえば、自給自足の漁業を産業化し観光開発の進んだパラオやグァムなどに輸出できるのではないか。そう提案したのは島内の水産試験場で研究員をしているイスマエルというマレーシア出身の青年だ。

　ココスタウンでダイビングショップを経営するオーストラリア人女性、アリソンは、ウアブを売りにしたネイチャー観光を事業化すれば、ミクロ・タタにとっては真水を売るよりも様々な面で利益が上がる、と主張した。

泉を残す形で取水する方法も技術的に可能なのではないか、と言ったのは、このホテルやココスタウン内で電気技師をしている島民、ラナンだ。

その他にもいろいろなアイデアが出た。だが、どれも技術的には可能でも費用や制度的な面から難しく、とても州政府を説得できるものではない、ということがわかった。

議論は行き詰まり、ちょっとブレイクしようとみんなが椅子から立ち上がったときだった。

「ここに移せばいいじゃないのよ」

ソファの端で、日焼けした足を組んで丁子臭《クローブ》いタバコを吸っていた女性が発言した。これまで見かけたことのない人だった。

しゃべった直後に仰《あおむ》向き、鯨《くじら》の潮吹きのようにタバコの煙を夜空に向かって吹き上げる。

僕は半ばのけぞり、他の人々もあんぐり口を開けて女性をみつめていた。澄んだ、きれいな声なのにひどく粗雑な口調でものを言う人だった。

こんな人が仲間にいたかな、と僕は首を傾げた。英語のアクセントからして日本人のようだが、僕が東京で出会った女の人たちとはずいぶん印象が違う。歳は僕より少し上だろう。髪をひっつめてバレッタで留めただけで、口紅一つひいていない。現地の人と見分けがつかないくらい日焼けしているからガイドか、マリンスポーツのインストラクターかもしれない。

「ウアブは淡水の泉に棲んでいるんでしょ。それならここの裏の池だって条件は同じじゃないの」

世の中のすべてが事務仕事、みたいな無造作な口調で女の人は続け、僕の配った資料を片手でぺらぺらと振ってみせた。

メガロ・タタ島は、東側に港があり周辺は地元住民の小さな町になっている。空港はその町、ゲレワルの数キロ南に湿地を埋め立てて作られ、ゲレワルの町から六キロ先に複合リゾート施設ココスタウンが作られた。

白砂の人工海浜に面してこのホテル「アルカディア・リゾート」は建っており、長期滞在者用アパートメントの他、別荘用コテージの点在する広大な敷地は、椰子やハイビスカス、プルメリアなどの花木の生い茂る緑地公園として整備されている。

池はその公園のホテル寄りにある。地下から汲み上げられた水は最新式の閉鎖水域浄化装置によって藻やプランクトンの発生が抑えられ、常に一定の水質が保たれている。池には睡蓮《すいれん》や蓮《はす》が浮かび、入り組んだ周囲は一キロほどもある。面積はミクロ・

タタの泉に比べると二回りほど大きいが、小さな観賞用の淡水魚がいるだけで鯉《こい》のような肉食魚はいない。

諸々の条件を考え合わせると、その女の人の出した案はそれほど非現実的なものではない。

「いいアイデアだ。だが距離的に近くても島の淡水生物というのは、相互にまったく行き来がない。この島に元々いる生き物への影響などを考えると、かなり慎重に調査して準備しなければならないだろう」

そう発言したのは、カリフォルニアの大学で教鞭《きょうべん》を執《と》っているマイケル・フェルドマン教授だった。元々は進化生物学の先生らしいが、文明と人間をテーマに、ココスタウンのコテージでノンフィクションを執筆して発表してからは、むしろ作家として知られている。

「でも、そのウアブっていう生き物は、肉食じゃないんでしょ」

女の人は、平坦な口調で尋ねた。

「いや、生態系にインパクトを与えるというのは、捕食動物か否かということではないんだ」とフェルドマン教授は言葉を切って、ぴっちり畳《たた》んだハンカチで額の汗を拭いた。

州知事の執務服がアロハ、警察官の制服がポロシャツ、というこの国で、彼はいつでも長袖のオクスフォードシャツに長いコットンパンツ姿だ。

「いいかね、島の生態系自体が攪乱《かくらん》に弱いんだ。もともとこの島にいないものが入ってきた場合、単に在来生物を食ってしまうということではなくて、複雑な相互作用によって思いも寄らない結果をもたらすことがある。たとえばウアブが入ったことで池の水質や水中の植生に影響を与えて、それがもともといる魚や水棲《すいせい》昆虫の生育環境を奪うかもしれない」

「もともとホテルが作って管理している池なんだから、そのへんはどうにでもなるんじゃないですか」

女の人は反論した。相手は生物や環境については専門家で、しかも著名なノンフィクション作家、などということに臆《おく》した様子はない。

「たとえば」

フェルドマン教授は冷静な口調で、学生に説明するように続けた。

「もっとも直接的に、ウアブが捕食されることで、この島、メガロ・タタの肉食動物の数が急に増える可能性がある。たとえば南カリフォルニアのチャネル諸島の例だ。もともと島にはいなかった豚が導入されて、それが島の在来種であるワシの餌になった。ワシの生息数は急速に増え、島のあちこちにコロニーができた。そのため本来のワシの餌であった狐《きつね》への捕食圧が高まる。その結果、チャネル諸島ではいくつかの種類の狐が絶滅したのだ」

灰色の瞳で女の人をみつめ、フェルドマン教授は静かに語る。僕たちはその深刻さを理解した。

生物層の限られるミクロ・タタと違い、メガロ・タタにはいろいろな生き物がいる。肉食のほ乳類や大型の鳥はいないが、イリエワニやオオトカゲのような爬虫類《はちゆうるい》がいるのだ。チャネル諸島のワシはいくら増えても人は襲わないが、人間はしばしばイリエワニの犠牲になってきた。そんな危険な生物が急に数を増やし、あちこちのマングローブから大型のワニが這《は》い上がってくる様など、想像したくない。

その後も議論は続いた。水族館に引き取ってもらうとか、遺伝子だけでも保存するとか、一見、もっともらしいが、他のどのアイデアも突き詰めて考えれば、現実的ではなかった。

そして再び、ココスタウンの池に移す、という案に戻った。

「隔離すればいいんじゃないかな」

僕は遠慮がちに言った。

「どうやって？　周囲一キロもある池を金網で覆うってわけにはいかないし」と言ったのは、ココスタウンのコテージに奥さんと二人で長期滞在している村岡《むらおか》さんだ。

「池に金網は無理かもしれないけれど、ココスタウン全体が、この島の中で隔離されているようなものだから……」

慎重な口調で言ったのは水産試験場のイスマエルだった。

確かに門の前にセキュリティガードが立つココスタウンの自然は、ゴルフの打ちっ放しの芝生《しばふ》や緑地公園の花木、池を中心にした水系などすべてが、この島本来のものではなく、そういう意味で不自然な自然だ。一見したところ楽園だが、島の在来生物にとっては緑の芝生もプルメリアの林も、およそ生存にも繁殖にも関わりのない異世界だ。

「私たちもここに隔離されてるしね」とさきほどの女の人が肩をすくめ、僕たちは苦笑したが、島民のラナンだけはにこりともせず、気むずかし気《げ》な三白眼《さんぱくがん》でじろりと女の人を見る。確かに僕たちも隔離されている。男は漁に出、女は畑を耕す半自給自足の生活を送っている大半の島民と、僕たち外国人はほとんど交流がないのだから。

「取りあえずやってみるのが良いと思うね。工事計画は何年も前に議会を通ってるし、測量だって済んでいるんだから。議論ばかりしていても何も始まらない」

メンバーの一人、台湾人の劉《リュウ》さんが団扇《うちわ》でアロハの胸元に風を送りながら言った。

他に方法がない。近隣の島にはウアブが生育できるような質の良い淡水はない。何より時間がない。劉さんの言うとおり、僕たちが相談している間にも、ミクロ・タタには、工事用の重機が次々と陸揚げされている。

メンバーは合意し、フェルドマン教授は尖《とが》った顎《あご》の下に指を当て、じっと夜空をみつめていたが、数秒後にはこちらに視線を移し眉間《みけん》に皺《しわ》を寄せたまま うなずいた。

「私どもはこれで」と村岡さんが、他のメンバーに丁寧に挨拶《あいさつ》する。それまでずっと沈黙していた奥さんが微笑《ほほえ》み、日本語で言った。

「これでほっとしたわ。皆さんのお話を聞きながら、あの可愛らしいウアブが見殺しにされるようなことになったらどうしよう、とずっとどきどきしていたの。案ずるより産むが易しですよ。ここの島は本当に天国ですもの。きっと上手くいきますよ」

村岡さんは元は日本で有名な私立校の学園長をしていたが、数年前に親族同士の争いで一族で経営していた学校を追われた。そのとき父親が太平洋戦争当時、軍医として赴任《ふにん》していたこの地に旅行にきたのだが、数日、滞在するうちに、無意味な権力闘争に煩《わずら》わされていた日々の無意味さを悟《さと》り、ここを終《つい》の棲家《すみか》にしようと決めたのだと言う。「日本からやってきて、この島の自然に触れると心が洗われる」というのが口癖だ。

村岡さんに続き、「では私も」と劉さんも突き出た腹を揺すりながら立ち上がったが、「よろしかったら私の家で軽くいかがですか?」とみんなに声をかけた。

台湾で大きなレストランチェーンを経営している劉さんは、ときおりこちらに息抜きに来る。ココスタウンの建設にも資本参加しているという話で、大きなコテージを一棟持っていて、一階の居間はタウン内のお金持ちたちのサロンのようになっているらしい。

「お言葉に甘えて」と付いていく者、「せっかくですが」と辞退する者、保護クラブのメンバーは三々五々、散っていく。

ラナンとイスマエルは自宅に、フェルドマン教授や他のメンバーはココスタウン内のコテージやホテルに、そして僕はバイクで島を半周し、キャンプ地に向かった。

ココスタウンを一歩出ると、島にホテルの類はない。

灯《あか》り一つない未舗装道路をレンタバイクで飛ばしながら、僕は翌日のことに思いを巡《めぐ》らせている。保護クラブ内で合意はできたが、肝心のことが解決されていない。

ココスタウンの責任者は、承諾してくれるだろうか。ウアブ保護クラブなどというものを勝手に立ち上げはしたが、そもそもココスタウンの滞在者でもホテルの客でもない、一介の生物オタクの僕を相手にしてくれるだろうか。頼みのフェルドマン教授は明日早朝というよりは未明、午前四時の飛行機で国に帰ってしまう。

浜に張ったテントの窓から、空全体が白んで見えるほどの星空を見上げながら眠れない一夜を過ごし、翌日の午前中、僕は保護クラブの代表としてホテルの総支配人室に足を踏み入れた。

真新しい襟《えり》付きシャツに着替えた僕が入っていくと、正面のデスクの前に座っていた、質の良さそうなアロハを着た大柄な白人が立ち上がって、さっと右手を差し出した。

初めて会うここのゼネラル・マネージャー、ショーン・サマーズ氏だった。オーストラリア人で、ここのホテルだけでなく、ココスタウン全体の統括責任者だ。

「話は、マユミから聞いた。我々はホテルも含めて、ウミガメやシロオナガチョウの保護など、この島の自然環境の保護に積極的に取り組み、貢献してきた。その一環として、君たちのプロジェクトを応援しよう」

僕はぽかんとして、がっしりと顎の張ったサマーズ氏の、一見陽気そうに見えて何とも言えない威圧感を秘めた瞳に見入った。

あまりにも簡単に承諾を得られたことに戸惑い、礼の言葉とともにサマーズ氏と握手を交わしてから気づいた。

「あの、マユミというのは？」

「ああ、ドクター斎藤《さいとう》。ホテル内医務室にいる黒髪のワイルドビューティーさ」

「ワイルドビューティー？」

「君たちの話し合いにホテルスタッフの一人として立ち会った日本人女性だ」

ビューティーかどうか僕にはわからないが、昨夜の女の人のことだ。

「彼女が……医者」

「ああ。ゲレワルの州立病院のレベルは君も知っていると思う。ここの客を責任持って送り込めるようなところじゃない」

だからココスタウンの滞在者はアルカディア・リゾートの医務室であの女性に診《み》てもらう、ということらしいが、天に向かって鯨の潮吹きのように丁子臭いタバコを吹き上げた様からして、どうも僕には医者として信頼できないような気がする。

それはともかく、根回ししてくれたマユミという女の人には感謝した。

サマーズ氏はウアブを受け入れただけでなく、ウアブ保護クラブのために事務所を提供してくれた。池の近くにあって以前は売店兼カフェとして営業していた小屋だ。テナント契約が切れた後に、新しいところが入らず、空いていたらしい。島の昔の民家を模した木造、ニッパ椰子葺《ぶ》きの建物だが、室内にある椅子やテーブルは自由に使ってかまわない、ということだった。床にはキャンプ用のマットを敷くには十分なスペースもあり、僕はその日のうちに島の反対側にあるキャンプ地からそちらに居場所を移した。これで会合の後、バイクで一時間もかけて未舗装道路を帰る必要はなくなった。

ウアブの移動は周到な準備の後、乾期の最中に行われた。それは大がかりなものだった。

タグボートの後ろに、緊急時の淡水運搬用のタンクを取り付け、泉の水ごとそれに引き込みウアブをまとめて捕獲したのだ。何しろゼリーのように柔らかな肌をした、極めてデリケートな生き物だ。漁網で無理矢理引き揚げれば、その粘膜で覆われた体を傷つけてしまう。蛙やイモリのように肺呼吸するわけではないから、そう長時間、水から出すわけにはいかない。

ホテルのスタッフの手を借り、まるで赤ん坊を扱うように、僕たちはウアブをタンクに移した。それをタグボートで引いてミクロ・タタ島からメガロ・タタ島に運び、港からトラックでココスタウンまで運び、祈るような気持ちで池に放した。

観光客や長期滞在の外国人、公園を整備するスタッフやセキュリティガードたちまでもが、興味津々《きょうみしんしん》で作業を見守っていた。

特にゼネラル・マネージャーのサマーズ氏は、初めて見るウアブのかわいらしさに驚き、捕獲と移動のために要した費用を寄付してくれたうえに、長期滞在の人々やホテルの客に呼びかけて、保護の基金まで作ってくれた。

澄んだ水の中に放たれたウアブは、半透明のピンクの体で櫓《ろ》のようにゆらりゆらりと尾を動かしながら泳ぎ、やがて水底の水草の間に消えていった。

二日が経ち、三日が経ち、池には格別、変化はなかった。僕は事務所の小屋で寝泊まりし仲間と交代で様子を見守ったが、ウアブが何かに捕食されたり病気で死んだりした気配はない。あのミクロ・タタの泉で泳いでいたときと同様に、ふわりふわりと泳ぎ回り、子供たちと遊んでいた記憶が残っているのか、僕たち人間が近づくと池の岸近くに集まってくる。

朝早く散歩にやってくる村岡夫人などは、長い間池の畔《ほとり》にしゃがみ込み、とろけそうな笑顔で見守っている。

そうしてウアブは新しい環境に順応していった。

外国人富裕層のために作られた広大なリゾートエリア。その公園で芝生や花木に囲まれて静まり返っている池に、頼りなく泳ぐウアブの姿はいかにもふさわしく、たちまちここのアイドルとなった。

村岡夫妻だけでなく、ペンションプランでココスタウンに長期滞在しているアメリカ人の老夫婦が、毎朝、水辺にしゃがみ込みのんびり餌をやりながら一時間近くも談笑している。休暇を過ごしに韓国からやってきた起業家がジョギングの途中に足を止め、水中に目を凝らす。高い旅行代金を払って三泊四日の強行軍で遊びにきた日本の女の子たちが、ホテルのインフォメーションビデオを見て集まってきて歓声を上げる。島の裏側でキャンプをしているオーストラリアの少年たちが自転車で訪れ、僕たちボランティアに様々な質問を投げかけてくる。

この地に住んでいる、あるいは訪れる様々な国の人々が、かつてのミクロ・タタの子供たちのように、ウアブを大切にしかわいがってくれた。

そんな光景に安堵し、その年の三月の終わりに僕は日本に発った。

衝撃的なメールを日本で受けたのは、ゴールデンウィーク明けだった。

ウアブが死んだ。

そう書いてきたのは、ココスタウンで電気機具の不備を直したり、エアコンの修理をしたりといった仕事をしているラナンで、保護クラブの中では、唯一の島民だった。添付された写真には、真っ白にふやけた腹を上にして、四本の足を痛々しく伸ばして水面に浮いているウアブの姿が写っていた。それも一匹や二匹ではない。その日、ボランティアのメンバーが集めて回っただけでも、死骸《しがい》の数は四十四を超えたということだった。ミクロ・タタの泉から移したのは、二百匹近くだったから、少なくとも五分の一が、いっぺんに死んだことになる。見つからないものや他の魚に食べられてしまったものを合わせたら……。

全滅。

くらりと眩暈《めまい》がして、膝《ひざ》からくずれそうになった。

その日の授業は、ほとんど上の空だった。同じパラグラフを繰り返したり、テキストの別の章を始めたり間違いばかりだった。

「ジョージ、どうしたの？　何か変だよ、病気みたいに見えるけど」

生徒たちに尋《たず》ねられ、そのたびに僕は「故郷の友達が死んでしまって」と答え、みんなは判で押したように、「それを聞いてとても残念です」とテキスト通りの受け答えをした。

ちょうど連休が終わったばかりで授業の予定は前期一杯入っていて現地に飛べない。休日はあっても、連続して休める日がないから日本からは離れられないのだ。居ても立ってもいられない気持ちで日々を過ごし、ようやく前期の授業を終えてメガロ・タタ島に向かったのは、それから四ヵ月も経ってからだった。

数を減らしたものの、ウアブは生きていた。

ラナンやイスマエルたち保護クラブのメンバーによると、いっとき池にはたくさんの死骸が浮かび上がったが、原因を調査しているうちにそんな現象は止《や》んだという。だれかが毒物を入れたり、有毒な化学物質が流れ込んだりしたのなら、他の魚も浮かび上がるだろうがそれはなかったようだ。それに池はココスタウンの管理下に置かれているから、そうした形で汚染されるということは考えにくい。

数を減らしたウアブだが、この池で繁殖してくれたらと僕たちは痛切な思いで話し合った。

ところがそれから二ヵ月後、またもたくさんの死骸が池に浮かび上がった。

今度こそ、全滅かもしれない。グァムの実家にいた僕は、ラナンからのメールで急いでメガロ・タタに飛んだ。

死骸を放っておけば池の水質が悪化するので、僕たちは急いでそれを回収しなければならなかった。小さなゴムボートに二人一組で乗って、池の中心近くまでこぎ出して、四肢の指を紅葉《もみじ》のように広げて浮いている白くふやけた死骸を網で掬《すく》うのは、気の滅入る作業だった。

掬った死骸をイスマエルの勧めている港にほど近い水産試験場に持ち込み、彼と一緒に調べ、一部は冷凍にしたうえ、厳重にパックしてカリフォルニアにいるフェルドマン教授の許《もと》に送った。

詳細に調べた死骸の一部には明らかに皮膚が変色したものや、トカゲのように口が切れ込んでいるものがあったからだ。解剖《かいぼう》してみると浮き袋が肥大している個体まである。

奇形が発生したのだ。ただ死んだだけではない。暗澹《あんたん》とした思いで僕とイスマエルは、水産試験場の研究室でそれらを見下ろしていた。

死骸だけでなく、池の水ももちろん調べた。だが、僕が知っている毒物の類は検出されなかった。

その一方でフェルドマン教授にも問い合わせを行ったが、いくつかの原因は考えられるが、そのどれとも特定できないという答えで、結局、大量死や奇形発生の原因はわからなかった。

あえて言うなら、環境が違い過ぎたということだろうか。ウアブが元々生息していたミクロ・タタの泉とメガロ・タタの池は、両方とも澄んだ淡水池だ。それでも片や自然の湧水、片や最新式の装置によって浄化された人工池だ。見た目はどちらも美しく澄んだ淡水池だが、そこに暮らすものからすれば、海と水族館ほどの違いがあるのかもしれない。

いつまでも事務所の小屋で寝泊まりしているわけにもいかず、僕は何もできないままいったんグァムの実家に引き揚げた。

「良いニュースと悪いニュースがあります」というのは、僕たちが語学学校で教える構文の一つだが、悪いニュースの二週間後、良いニュースが届いた。

ずっと気がかりだったことだ。

ウアブが繁殖したのだ。

今まで、僕の家や大学の研究室といった人工飼育下では繁殖したことがなかった。朝、目覚めたとき、チューブから絞り出したゼリーのような、半透明の膜に守られた草の実のようなものが、水槽の底の石に産み付けられていたことは幾度かあった。今度こそはという期待はいつも裏切られ、それらは孵化することなく腐っていった。だが、メガロ・タタの池でウアブの卵は孵化したのだ。

メガロ・タタの空港に着くと、ラナンが待っていて、部族の伝統の刺青を入れた片腕を上げて合図した。彼の小型バイクの後ろに乗せてもらい、ゲレワルの町を抜けてココスタウンに入る。

イスマエルやオーストラリアから駆けつけた仲間も待っていた。

池の畔に両手をついて覗《のぞ》き込むと咲き誇る色とりどりの睡蓮の花の下を、黒く小さなオタマジャクシのようなものが群れをなして泳いでいる。

「ほら」

オーストラリアから来たデイブという若者が大きな掌《てのひら》で掬ってみせた。まっ黒な体をくねらせているのは、まぎれもないあのウアブだ。黒いオタマジャクシは、成長するにつれてその体から色が抜けていつの間にか淡いそばかすのような斑点《はんてん》のあるベージュ色の背と赤ん坊の頬のようなピンクの腹をした大人のウアブになる。身をくねらせた拍子に、デイブの太い指の間から黒いその体が水面に落下する。

「だめじゃないか」

僕は叫び、デイブの掌をそのまま池の中に突っ込ませた。よくバケツに入れた魚を膝くらいの高さから池や川にぶちまけて放流する人がいるが、たとえバケツの水ごとであっても魚にとっては水面にぶつかった衝撃は大きい。ましてや孵化したばかりの両生類ならなおさらだ。

「どっちにしても大成功だ。だいぶ死んでしまったがきっとウアブの数は回復する」

またしばらくすると大量死してしまうのではないか、という不安を僕はぬぐえなかったが、デイブの友人のオーストラリア人が楽観的に言った。

その夜、保護活動をしているメンバーだけでなく、ウアブを見守ってくれたココスタウンの長期滞在者たちも集まり、ホテルの芝生にバーベキューコンロを持ち出し、お祝いのパーティーを開いた。

ゼネラル・マネージャーのサマーズ氏からは、よく冷えたスパークリングワインが届き、村岡さんの奥さんは、海苔《のり》巻きや天ぷらなどの日本料理を持ってきて、僕たちに振る舞ってくれた。

僕はあまり酒は好きではないし、酔って騒ぐ趣味もないので、ココナツジュースでおとなしくしていたが、ボランティアの若者たちは、かなりハメを外《はず》した。酔っぱらった挙げ句に、着ていたものをすべて脱ぎ捨て、素っ裸で公園の芝生の上を走って、ウアブのいる池に次々に飛び込んだのだ。

僕は別に止めなかった。もともとウアブはミクロ・タタの泉で子供たちと一緒に泳いでいたのだ。酔っ払いとはいえ、みんなウアブを大切にしている人々なので、彼らを傷つけたりはしない。それに多少、人間たちの汗臭い体で水が汚れたところで、池は広く、最先端の浄化装置が水質を保ってくれるからだ。

月明かりの下、澄んだ水の中で、裸の人間とウアブ、そして小魚が戯れていた。そのうち僕も服を脱ぎ、水辺に置かれたベンチに畳んで置き、水中に入った。

至福の時間だった。

二十分ほどした頃だっただろうか、池の畔で悲鳴が上がった。

「足を咬《か》まれた。変なものがいるぞ」

裸で池から上がってきたデイブが叫び、僕たちは笑った。池の周りはコンクリートで固められていたりはしない。自然石が積まれ、浅瀬にホテイアオイの茂った自然の水辺だ。虫や小さな蛇《へび》が潜んでいても不思議はない。

デイブの足を見ると、親指の先あたりから少しばかり出血していたがたいした傷ではない。

水から上がった瞬間に、何かがぶつかってきて足先に痛みが走ったと言う。

「暗くてよくわからなかった。虫かトカゲか。蛇なら、周りの草ががさがさいうが、そうでないから、兵隊アリのたぐいかな」

傷口に消毒薬を振りかけながらデイブは言う。

僕も子供の頃、ココスタウンの反対側にあるキャンプ場でアリや小さなトカゲに咬みつかれた。幼い頃のことなのでよく覚えてはいないが、たぶん僕が何かいたずらしたのだろう。

一騒ぎした後に、みんな芝生に上がり、後片付けを始めた。そのとき気づいた。デイブがビールの空き缶を手にしたままうずくまっている。

「ちょっと、あなた、大丈夫？」

村岡さんの奥さんがしゃがみ込み、デイブの肩に手をかける。

「できあがったな」

笑いながら近づいていった村岡さんが、俊敏《しゅんびん》な動作で振り返った。

「おい、様子が変だ」

震えている。歯がかちかちと音を立て、両手で胸を抱えている。裸の上半身が血の気を失い、月明かりに蠟燭《ろうそく》のように白く見えた。

「医務室だ、ホテルの医務室に運べ」

だれかが叫んだ。ただの酔っ払いなどではない、というのがそのときには誰の目にも明らかだった。「痛い、痛い」とデイブは悲鳴を上げ、海老《えび》のように丸まった体は芝生の上に横倒しになった。

数分後に紺色の半袖診療衣姿の女性がかけつけてきた。マユミことドクター斎藤だ。

「退《ど》いて」と闇の中に叱責するような低い声が響き渡り、僕たちは飛び退《の》いた。

「どこが痛いの」

しゃがみ込んでマユミが尋ねる。

「胸、胸」

泣き声で訴える。

「胸？　足じゃなくて？」

僕は池の中で何かに咬まれた、と言っていたことを思い出して尋ねた。

「痛い、痛い」

デイブは叫び続ける。

「足じゃないの？　デイブ」

僕はその肩を揺すった。

「胸だよ、胸と背中も腹もみんな。足なんかじゃない」

怒ったようにデイブは叫び、悲鳴を上げた。

「水辺で、足を何かに咬まれたので……」

僕は言い訳するようにマユミに言う。

「海じゃなくて？」

「はい、池です」

マユミは切れ長の目をなおさら細めて僕をみつめた。数秒後、白衣のポケットから携帯電話を取り出し、どこかにかけ始める。

「えっ」と僕たちは顔を見合わせた。救急ヘリを要請している。ゲレワルの州立病院が頼りにならないにしても、そこまで深刻な事態なのか。

悲鳴を上げるデイブに何もしてやれないまま、僕たちは困惑して見下ろしていた。ひどく長い時間が過ぎていったような気がする。やがてローターの音とともに、ホテルのヘリポートにヘリコプターが下りてきた。

デイブの痛みはその間も増し続けていた。絶叫し、体を痙攣《けいれん》させる。マユミが鎮痛剤を注射し、「大丈夫、すぐに治まるから」と声をかけ続けたが一向に治まらなかった。

太り肉《じし》の白い体はストレッチャーに素早くくくり付けられると機中に運び込まれ、夜空に上がっていった。国境を越え、グァムの病院に運ばれるのだ。この国の首都にある国立病院でも治療は無理と、彼女は即座に判断したのだ。

ヘリコプターを見送った後、村岡さんの奥さんがまだ呆然《ぼうぜん》としたままマユミに向かい、「あれは何だったの?」と尋ねた。

「わからない」

救急キットの入った箱を片付けながら彼女は素っ気なく答えた。

「大丈夫なのかしら。命に別状は……」

「今の段階では何とも言えないですね」

「でも、すぐにグァムまで運ぶ判断をしたってことは、命が危ぶまれたのでしょう。いったい何だったのかしら」

奥さんは眉根を寄せたまま詰問するような口調で尋ね続ける。

「神経毒を持つ小型クラゲみたいなものにやられるとああいう状態になると聞いていますね。どこを刺されたとか関係無く、胸や背中が痛くなるらしい。血圧が極限まで上がったりするから、普通の病院やましてやここの医務室では対応できない。だからグァムに運んでもらったのよ」

「クラゲ？」

奥さんの傍らにいた村岡さんが不審そうな声を上げる。

「メイビー　ジェリーフィッシュ」と村岡さんが周りの人々に向かい英語で言い直すと、「それはイルカンジクラゲのこと？」とオーストラリアから来たデイブの仲間が尋ねた。

「ええ。モルヒネも効かず、血圧は急上昇。痛みの程度は出産に匹敵すると言われている」と顔色一つ変えずにマユミが説明し、その場にいた男たちは震え上がった。

「ちょっと待て。イルカンジは海の生き物だ。デイブがやられたのは池の縁だ。水中じゃない。それに池は淡水だ」

メンバーの一人が反論した。

「私は小型クラゲのようなものに刺されるとああなる、と言っただけでデイブがそれに刺されたとは言ってないけど」

冷めた口調でマユミは答え、それから付け加えた。

「イルカンジにやられると、痛みにのたうちながら勃起《ぼっき》するそうだけど、デイブはそうなってなかったわね」

だれも二の句が継げなかった。

「なぁ、ジョージ、日本の女っていうのは、みんなあんな風なの？」

デイブの仲間の一人が耳打ちした。

僕が口ごもっていると、村岡さんが「いえ、ああいう、何というか闊達《かったつ》な方は例外です、例外」と片手を額の前で振る。確かにそうだが、何が起きても慌てず騒がず、てきぱきと処置して去っていく女医の姿は、それなりに頼もしく、格好良くもあった。

グァムに運ばれたデイブは幸い命を取り留め、二日後に退院した。

僕がグァムに帰り、仲間とともに彼を見舞ったのはその直前のことだ。

病院に運ばれた後、彼の痛みはさらに激しくなり、全身を焼かれるほどの激痛が襲ったと言う。痛みから嘔吐《おうと》し、血圧が限界まで上がったが、鎮痛剤の類は一切効かない。その状態が二時間ほど続いた後、痛みはぴたりと治まってしまったらしい。ベッドに座りうつむいたまま、デイブはその経緯をぽつりぽつりと語った。身体的にはもう何も問題が無いらしいが、気力を喪失しているように見えた。それまでの楽天的でお調子者のオージーの面影はどこにもなく、すぼめた胸に描かれた天使の図柄のタトゥーが痛々しい。度を越した痛みは人を変えてしまうのかもしれないと僕は慄《りつ》然《ぜん》とした。

結局のところマユミにも、グァムの病院の医者にも、彼の体を襲った痛みの正体はわからなかった。命が危ぶまれるほど血圧が上昇したが、痛みが引いた後は、彼の体からはそれらしき痕跡《こんせき》が消えてしまったからだ。

何かに足の親指の先を咬まれた、という事実と全身の激烈な痛みの因果関係についても、わからない。

メガロ・タタ島の水辺に、イルカンジクラゲに似た毒を持つ何かとんでもない小生物が生息しているのか、あるいはたまたまデイブが特殊な抗体を持っているか何かして、虫などに咬まれると激しいアレルギー反応を起こすのか。

僕たちはその後、池の中や周囲を調べたが、イルカンジクラゲに似た神経毒を持つと思われる虫や小動物はみつからなかった。

ココスタウンの管理事務所はホテルやコテージの客に対し、池に入ったり裸足《はだし》で芝生を走り回らないように、とインフォメーションビデオやメールを流して注意を呼びかけた。

そうした警告が効果を上げたのかどうか、似たような事故は起こらないまま僕は三月の終わりに日本に戻った。

2　捕食者

三十七歳の誕生日は日本で迎えた。相変わらず独り身で、相変わらず語学学校のアルバイト講師だ。六十を過ぎても体を鍛えることに余念のない父は、僕の顔を見るたびに「いつまでいい加減な真似をしている」と怒鳴る。父は地元のオクラホマに戻り、子供たちやビジネスマンに格闘技を教えるジムを立ち上げたいらしい。そこのアシスタントと後継者が欲しいのだが、肝心の息子がこれだ。しかし僕は型の美しい東洋の武道ならともかく、戦場で効率よく相手を殺すことを第一義とした格闘技になど興味はないし、自分がそれを使い、それを使える人間を増やすことに嫌悪感を覚えた。嫌悪感の正体は恐怖だ。僕は相変わらず、暴力も暴力を内包する世界をも怖がっている。

父の感覚からすれば僕は間違いなく、男としては失格だ。それはわかっていたが最近では母までもが、僕のことをろくでなし、と呼ぶ。結婚もせず、アルバイトで生活費を稼いで好きなことをやっている僕の将来が心配でならないらしい。

しかし僕の心は、いつでもウアブのことで一杯だ。愛すべき生き物、閉じられた生態系の中で育まれてきた命。それは実は地球全体に繋がっている。ウアブに限らない。一つの種の存在は、僕たちのちっぽけな知性では計り知れないほど複雑に入り組んだ生態系に、想像もつかない形で影響を与えている。

そして父も母も知ろうともしないが、今、僕はウアブ、すなわちヒノビウス・ミクロネシエンシスについては、どんな大学の研究者よりも世界で知られた存在なのだ。もっともウアブを知っている人や愛好家の、ごく狭い世界での話なのだが。

ウアブはこれまで二回、かなりの数が水面上に浮かび上がって死んだが、一方で繁殖もするので、僕たちが調べた限り、単位面積当たりの個体数は、ほとんど増減がない。ひょっとすると五月と十一月という半年に一度の大量死は、繁殖に関係した生命サイクルの一ステージかもしれないと、僕は考え始めていた。

その週末、僕よりずっと年下の友人や語学学校の生徒たちは、僕のために河原で、四日遅れの誕生パーティーを開いてくれた。

パーティーを企画して、バーベキューコンロやテーブルを用意してくれたのは、クラス一口の悪い生徒で、商社マンのイノこと、猪俣《いのまた》君だった。

「今年こそ、ジョージに彼女ができますように」とイノがコーラの缶を掲げ、「ブレイク、ザ、ドーテー」と品の悪い冗談を飛ばした。

鉄板の上で焼けていた肉を各自、紙皿に取り、乾杯したそのとき、甲高い音とともにスマートフォンに電話が入ってきた。

母の旧式携帯電話からの着信だ。

また小言の続きか、といささかうんざりして僕は出た。

「ジョージ、お父さんがたいへんなの」

声が震えていた。

「毒蛇みたいなものに咬まれたの。これからヘリコプターでグァムに運ぶわ」

メガロ・タタで休暇を過ごしていた父が、毒蛇のようなものに咬まれ、ショック状態から呼吸困難を起こしていると言う。

「わかった。今夜の便で、グァムに帰るよ」

デイブのときと同じだが、父が滞在するのはココスタウンではない。そこから島を半周したところにあるキャンプ地だ。

離れたところに島民の集落が点在するだけの、獰猛《どうもう》な緑と珊瑚礁の間にある白砂の浜は、手つかずの自然が美しいが、同時に様々な危険に囲まれている。毒蛇、毒トカゲ、海中の有毒な棘皮《きょくひ》動物や貝類、鋭く尖った鰭《ひれ》を持つ魚。

そんな場所で、僕たちに危険を避ける術を教えてくれた父が……。

「祈っていて、ジョージ。これからお母さんもヘリに乗るから、これで」

エンジン音に母の声が途絶え、電話は切られた。

呆然としてスマートフォンをポケットにしまう。

生きていて、パパ。教会になどいくら言われても行かなかった僕は、本気で祈った。

そして僕の中に流れている日本人の血が、父の期待を裏切り続けた不肖《ふしょう》の息子である僕自身を責めている。

言うことを聞くよ、パパ。だから死なないで。

青ざめ、涙ぐんでいる僕に気づいた年下の友人たちが僕を取り囲んだ。

全部、言い終える前に、「おっ、わかった」とイノが即座に僕の腕を摑んで、駐車場に駆け出す。コンロや肉を運んできた彼のバンに僕を押し込み、僕のマンションに向かう。

部屋に行ってパスポートとありったけの現金やカードを持って戻ると、イノはまだ駐車場で待っていてくれた。

駅まで送ってもらうつもりだったのだが、そのまま高速に乗り宵闇《よいやみ》迫る中を成田《なりた》まで走った。

「大丈夫だ、ジョージ、おやっさんは絶対、頑張ってくれるよ。だって元グリーンベレーなんだろ」

空港ビルの入り口で背中を叩かれ、僕はカウンターに小走りで向かっていく。父はグリーンベレーではなかったが、それでも彼の言葉がうれしかった。幸運にも、深夜便に乗れた。グァムには未明に到着し、空港からタクシーを飛ばし、僕は基地内にある軍関係者専用病院に入った。

父は生きていた。

息せき切って個室のドアを開けたとき、半身を高くして寝ていた父は、意外なほどしっかりした視線を僕に向けて、口元に笑みを浮かべた。父は生きて、回復していた。

病室には母や七年前に結婚した妹の一家もいた。

「大丈夫さ、俺はあのブービートラップだらけの地獄のような湿地から生きて戻ってきた男だ。このくらいは、蚊《か》に刺されたようなものだ」

父の口調は相変わらずマッチョそのものだったが、青ざめ、憔悴《しょうすい》した顔は、やはりそれがただ事ではなかったことを物語っている。

母に状況をよく聞いてみると、父はキャンプ地で毒蛇に咬まれたわけではなかった。

母や妹一家のたっての希望で、今回の休暇は島の裏側のキャンプサイトではなく、ココスタウンのホテル、アルカディア・リゾートで過ごしていたのだった。

まだ夜も明けやらぬうちにランニングに出かけた父は、公園の遊歩道でそれに遭遇した。

体長二十センチほどの、太い胴体をした、おそろしく醜い黒トカゲだったと、父は言う。それが藪《やぶ》の中から飛び出してきて、父の臑《すね》にいきなり咬みついたのだ。

「ワニのような俊敏さだ。咬みついたと思うと、飛び退く。それで次の攻撃の機会を窺《うかが》っているんだ」

父は語った。ただし攻撃のしかたはワニのように瞬時に獲物を水中に引きずり込み、体を反転させて食いちぎるのではない。それは立ったらしい。後ろ足と太い尾で一瞬、立ち上がり体を倒すようにして襲ってきたのだと言う。

「それでとっさにそばにあった立て札を引き抜いて、それの頭を狙って横に払ったんだ。横ざまに吹っ飛んでいったが、その後どうなったのかはわからない。立て札には『危険、池に入るな』とあったが、注意書きというのは、得てして間の抜けたものだ。札を立てた人間は、危険は池ではなく、陸上にあるとは気づかなかったらしいね」

僕は震え上がった。と同時に、そんな状況で冷静にそれを観察し、応戦した父にいつもながら尊敬とも怖れともつかないものを感じた。

「咬まれたときは、出血したくらいでどうということはなかったんだが、すぐに震えと硬直が来て、息も吸えない。それでも何とか自力で医務室に行った。即座に判断してヘリを呼んでくれた斎藤医師には感謝しているよ」

数時間、激痛から嘔吐と血圧の急上昇があって、あやうく脳出血を起こすところだった。まさにデイブが、何か得体の知れない生き物に咬まれたときと同じだ。僕たちが池や周辺を調べたときには、危険な毒や牙《きば》を持つ生き物は見つけられなかったというのに。

すぐにホテルに電話をかけて、マユミを呼び出してもらった。

電話口に出たマユミに、父の症状について「デイブのときと同じですよね」と確認する。

「似てはいたけれど同じかどうかは、判断できなかった。激痛を訴えて、血圧も上がっていたからホテルの医務室では処置できないし、呼吸が止まれば命に関わると思ったのよ。歳も歳だからね。それでためらわずにグァムに送った」

歳も歳、という言葉が、ずしりと胸にこたえた。屈強《くっきょう》な父も、決して若くはない。

「ただデイブのときには何に咬まれたかわからなかったけれど、父ははっきり見ている。というか応戦しているんだ。長さ二十センチくらいの黒いトカゲ。もしかして父の他にも、同じような例はなかった？」

「トカゲの咬傷《こうしょう》は一度しか診てないわ。咬まれた痕が化膿して、島民のお母さんが子供を抱えてやってきた。不潔にしていて細菌が入ったのよ。切開して消毒してすぐに治った。でもその子の症状は、あなたのお父さんやあのデイブとかいう坊やのとは違った」

「では父を咬んだようなトカゲは……」

「この群島はどこもかしこもトカゲだらけ。どのトカゲがどうなのか、私は爬虫類の専門家じゃないからわからない」

最後の一言で会話は断ち切られた。専門外のことについて決して語らない人々はいる。面白味はないけれど、憶測《おくそく》でしゃべり散らして人をわくわくさせたり、混乱させたりする人よりたちがいいのかもしれない。

続いてオーストラリアにいるデイブにメールを打った。父の症状について伝え、あのときの様子についてもう少し詳しく教えてくれるように頼んだのだ。

返信はなかった。僕のメールは宛先が無い、ということで戻ってきてしまった。気になって他のメンバーにも尋ねてみたが、だれもデイブの消息を知らない。メーリングリストを調べてみると、いつの間にか彼のアドレスがそこから外れていた。何も告げずに保護クラブから退会していたのだ。

あんなことがあったので、メガロ・タタ島も保護活動もこりごりだ、と思ったにしてもしかたがない。

父のことに気を取られていたが、その後、丁寧に受信メールを読み返してみると、メンバーのイスマエルから送られてきたものには、父の容態を気遣う本文の後に、追伸がついていた。

「ウアブの個体数が確実に減ってきています。早急に原因を突き止めなくてはいけません」

父は持ち直した。しかしウアブはまたもや数を減らした。これまでも二回ほど、大量の死骸が水面に浮かび上がったが、何とか全滅は免れ、繁殖も成功した。だがこのメールの「確実に減ってきています」という文面には、何かぞわぞわとするような不安を覚えた。

スマートフォンを取り出し、僕は勤め先の語学学校に電話をかける。

「ハイ、ジョージ」

受付の女性が出た。

調子どう？　みたいなくだけた挨拶を遮り、僕は父が事故に遭い状態が安定しないので、今週いっぱい休む旨《むね》を日本語で告げた。

「承知しました。お父様についていてあげてください。早く回復されるように祈っています。どうかお大事に」

普段はスラングだらけの英語を得意げにあやつり、講師たちをからかっているはずつぱな感じの女の子が、びっくりするほど美しい日本語で言った。彼女の優しさに感謝しながら、僕は嘘をついたことを心の中で詫びた。

父が順調に回復し退院したのを見届けた僕は、調査用キットを手にさっそくメガロ・タタへ飛んだ。

母も妹も、仕事やお父さんより両生類が大事なの？　とあきれ顔だった。

いったんココスタウンまで行き、レンタバイクを借りてイスマエルの勤め先である水産試験場に向かう。そこに保護クラブのメンバーが集まることになっていた。池の畔にサマーズ氏が提供してくれた小屋のような事務所はあるが、インターネットの繋がり具合が良くなく、調べ物をしながら話し合うには不向きだったからだ。

港のそばに作られた試験場の、ポリバスのような養殖槽の間を抜け、プレハブ平屋の研究棟に入る。試験場は日本の水産加工会社の協力で高級魚の養殖のために二十年くらい前に作られた施設だが、研究成果が上がり利益が出る前に日本の景気が悪くなって、運営費が打ち切られてしまった。職員の給与も滞りがちになり、外国から来た研究者はほとんど引き揚げてしまったが、イスマエルだけは未だにこの施設に留《とど》まっている。彼は損得感情では動かない、融通がきかないくらい律儀《りちぎ》な男なのだ。

メンテナンスが行き届かず、壁のペンキも剝《は》がれかけた廊下を抜けて突き当たりにあるミーティングコーナーに入ると、イスマエルとラナン、それに村岡さんや休暇でココスタウンに滞在している他のメンバーが六人ほど集まっていた。

イスマエルはパソコンの画面をこちらに向けた。

表示されているのは、保護クラブが定期的に取り組んでいるウアブの個体数調査の結果だ。

明らかな異変が見て取れた。

これまで二回ほど大量死が起きて水面に死骸が浮かび上がった。だが今回は様相が違う。

「死骸を見てないんです。岸と池の中央と六ヵ所に網を入れてウアブの数を数えたのだけど」とイスマエルは黒い瞳に沈鬱《ちんうつ》な表情を湛え、画面を指差す。

定期的に網を入れて調べている六ヵ所すべてで、数が減っている。中央部ではゼロになっていた。

「それに全体的に小さい。成体の十五センチまで育っていません」

「たまたま何か理由があって、網からウアブがすり抜けたということは？」

村岡さんが尋ねた。

「いえ」とイスマエルが、調査用の網がウアブや魚を傷つけず、小さな水生生物まで捕えるように、ごく柔らかい繊維で編まれた目の細かいネットであることを説明した。

「それより今回、数を減らしたにもかかわらず、死骸が浮かび上がらないというのは不思議じゃないかね」

そう尋ねたのは、年末年始やその他の休みにバードウォッチングにやってきて、三泊くらいで慌ただしく帰っていく日本人の大熊《おおくま》さんだ。

「水に毒物が入ったとか、汚染されたとか、病気とかいうことなら死骸が浮かんでいいはずじゃないか」

「だれかが捕獲したかな……」と村岡さんが首を傾げた。

「だれが捕獲するんだよ」

ラナンが太い腕を組んだまま、舌打ちした。

「掃除屋《スカベンジャー》がいるんじゃないか」と大熊さんが尋ねる。

「たしかに食われたのなら死骸は残らない」という村岡さんの同意を遮り、「死骸を食ってるとは限らないだろ」と不機嫌な口調でラナンが言葉をかぶせる。

「つまり……」

愕然として僕はラナンの小鼻の張ったごつい顔をみつめた。

「捕食者が現れたと」

「ああ。肉食獣か肉食魚が池に入ったんだ」

考えたくない。

「鯉か雷魚《らいぎょ》の類をだれかが入れた可能性は考えられない？」

大熊さんが顔を上げて、メンバーを見渡す。

「大型の魚は、あの池では見ていません」

イスマエルが形の良い眉を寄せ、几帳面《きちょうめん》な口調で答えた。

とにかく池を調べなければ何も始まらない、ということで、その日の午後から僕たちは再度、池のいくつかのポイントに網を投げ込んだ。

調査はまず岸のあたりから始め、小さなゴムボートで中央まで出て同じことをした。

水辺ではみんなのために手作りのおやつを用意してきた村岡さんの奥さんが、心配げに見守っている。

あの淡いオレンジピンクの肌をした、カワウソそっくりの形と黒くつぶらな瞳、和毛《にこげ》のようなエラ飾りを持つウアブが網に入ってくることはほとんどない。だが鯉や雷魚の類の肉食大型魚がかかることもなかった。

網の目には小魚とヤゴの類がひっかかるだけだった。それらを丁寧に網から外して水中に戻しながら、僕たちはだんだん暗澹とした気持ちになっていった。まるでだれかが大きな投網をしかけ、ウアブだけを根こそぎさらっていったかのようだ。

「水中に捕食者がいないということは」

僕は空を見上げる。

「鳥がここの水面に舞い降りて餌をあさっているのは、あまり見たことがないね」

大熊さんがすかさず答えた。

「肉食魚でも鳥でもないとすると……」

「ワニ？」

確かにこの島にはいくつもの泥色の川が海に流れ込んでおり、河口付近にはイリエワニがいて陸に上がってくるから気をつけるように、と僕は日頃から、ダイビングショップのオーナー、アリソンから聞かされている。

「だがココスタウン内にワニが出没したらかなり目立つはずだ」

「たちまちセキュリティガードがやってきて撃退するだろうね」と村岡さんが言う。

ココスタウンはそういう場所だ。

ちょうどボートから身を乗り出して網を引き上げたときだった。背後でタウンの住人が散歩させていた犬がはしゃぐように吠えた直後、頭上で木の枝が揺れた。

黒っぽいシルエットが目にも留まらぬ速さで枝を走り、先端から水中に飛び込んだ。

村岡さんの奥さんが悲鳴を上げるのが聞こえた。

笑いながらそちらに目をやってぎくりとした。

飛び込んだものは尾を櫓のように左右に揺らせながら、透明な水中に消えていく。

体長十五センチくらいのトカゲだった。まぎれもない爬虫類だが、泳ぎも潜水も得意なやつだった。舷に手をかけて水中を覗き込んだが、それは水底の草の間にまぎれて姿を消していた。

僕たちは顔を見合わせた。あれがウアブを食ったやつか、と思いながら、同時に頭にひらめいたことがある。

父の言葉だ。黒い、体長二十センチくらいのトカゲ。

岸にこぎ着け、ボートを引き上げているところに、一仕事終えたラナンがやってきた。島民の彼なら何かわかるかもしれない。

僕たちは彼に先ほど池に飛び込んだトカゲについて尋ねた。

「泳ぎが得意なやつはたくさんいる。潜りも得意でその大きさというと、ホカケトカゲだ。怪獣みたいに頭から首の後ろにかけてトサカみたいなのがある。魚や甲殻類《こうかくるい》、小さな鳥やネズミも食ってる」

僕は思わず身を乗り出した。

「そいつは毒をもっている？」

「聞いたことがない」

ラナンは首を振って、付け加えた。

「いろんなトカゲがいるんだ、この島は。咬まれるとひどく腫れたり、一晩痛んだりするようなやつは確かにいる。毒のあるのも、無いのも、小さい種類も、大きい種類も、海岸の砂の上に棲むのも、密林の木の幹に張り付いているのもいる。デカくて攻撃性の強い種類もいて村人が大事にしている闘鶏用の鶏を食われて悔しい思いをすることがあるし、子供が咬みつかれると熱を出して、大騒ぎになったりする」

つまり池のウアブを食べ尽くしたのも、デイブや父に咬みつき激痛をもたらしたのも、そうしたトカゲの一種だったということか。

「デイブみたいな症状を見たことはあるかい」

僕は念を押すようにラナンに尋ねた。

「ない」

ラナンはきっぱり答えた後に付け加えた。

「俺はないが、どこかでやられた者がいるかもしれない。その程度のことでは、ここではニュースにはならない。だれもブログなんかやってないからな」

閉じ込められた島の中で、生き物は独自の進化の道筋を辿《たど》る。

以前、フェルドマン教授からそんな話を聞いた。つまりここにそうしたトカゲ、水陸両棲で肉食、しかもイルカンジクラゲのような神経毒を持つトカゲがいたとして不思議はない。

「でも子供が咬みつかれたり、それで熱まで出しているというのに、州は退治したりしないのかしら」

村岡さんの奥さんが尋ねた。

「どうやって駆除するんだよ」と不機嫌な表情でラナンは奥さんを一瞥する。

「トカゲは昔から島にいるんだぜ。芋畑のネズミをたくさん獲ってくれるので島民はありがたがっている。鶏は金網に入れればいいし、気が立ってるやつらを見つけたら人の方が避ければいいのさ」

泳ぎも潜りも得意とする大型のトカゲ。島嶼《とうしょ》地域では珍しくもない爬虫類だ。捕食動物の特徴として個体数は少なく、だからそれまで僕たちが遭遇することが無かっただけかもしれない。

牙も毒も、およそ武器らしいものは何も持たず、速く泳ぐこともできないウアブは、飲み水をきれいに保ってくれるという理由から、人々に大切にされ、子供たちにかわいがられ、天敵のいない泉で生息してきた。だが捕食動物からすれば、米や芋のように、獲りやすく、食べやすい、最高の餌だ。

その日、網にかかったウアブは、網を打った六ヵ所合わせてもわずか四匹だ。僕たちはバケツの中で泳いでいるそれの大きさを測り、病気にかかっていたりしないか調べて再び池に放す。

「これを私が持ち帰るというのはどうかな」

そのとき背後で声がした。劉さんだった。

台北にある彼の自宅はホテルと見まごうような豪邸で、台湾各地にある店には大きな生《い》け簀《す》があると聞いている。

「このままでは絶滅を待つだけだ。君たちは何度もこの国の政府に保護を願い出たのだろう。ところが政府はそれどころじゃない、という対応だったそうじゃないか。なら私が飼って保護すればいい」

鷹揚《おうよう》だが真摯《しんし》な口調で言いながら、劉さんはみんなの顔を順繰《じゅんぐ》りに眺め、両手を開いてみせた。

「それはだめだ」

イスマエルが沈鬱な声で答えた。

「ジョージは別だが、だれかが個人的に飼う、というのはやめようじゃないか」

これまで劉さんはウアブを飼ったことがない。簡単に考えているようだが、輸入規制がされていないというだけで、ウアブは野生動物で、ペットショップで売られている蛙とは違う。劉さんの経営するレストランチェーンの生け簀で泳いでいるカレイやウツボとも違うのだ。決して飼いやすいものではなく、僕でさえいろいろ試行錯誤を重ねてきた。それ以前にどこかの国の金持ちが、みんなでかわいがっているものを自宅に持ち帰るという発想自体にメンバーのだれもが抵抗を覚えている。

劉さんは別段気を悪くした様子もなくゆったりうなずき、バケツの中のウアブはこの先、生き延びられるか否かわからないまま、再び池に戻された。

そして翌日未明、僕はグァムの実家には寄らずに日本に帰った。

東京西部にあるマンションに戻って一週間後、コンピュータを立ち上げると、あれ以来連絡が取れなかったデイブからメールが入っていた。なぜかメーリングリストではなく、僕個人宛だ。

「君とはずいぶん長く会ってないね」という文章から始まるメールを読むうちに、僕の体はこわばってきた。

「実はあの後、僕は片脚を失った」

メールにはそうあった。

「手術と義足をつけて歩く訓練。毎日毎日、痛くて辛いことばかりだった。そのうえ仕事もクビになってしまって。一時はドラッグに溺《おぼ》れそうになったこともあるんだ。今はようやく義足にも慣れて、走ることもできるようになったけどね」

音信不通はそういう理由だったのだ。その原因が彼が好きだったバイクの事故ではなく、別のことと知って、さらに殴《なぐ》られたような気がした。

彼がグァムの病院を退院して家に戻って一週間ほどした頃、ごく小さな傷口でしかなかった足の親指、それもほとんど治っていたあたりが痛み出した。傷薬を塗っておいたが痛みは激しさを増し、わずか一時間くらいの間に足の親指から足全体、臑《すね》にまで広がってきた。深夜、兄の運転する車で病院に向かう最中にも、痛みは脚の上部に上がってきた。

救急病棟に入ったとき、脚の皮膚は腿《もも》のあたりまで黒く変色していた。

その場で切断が決まった。

僕は思わず呻《うめ》き声《ごえ》をもらした。以前、父から聞いたハブの話を思い出したからだ。咬傷周辺の組織が凄《すさ》まじい速さで壊れ、切断を余儀なくされる。デイブの負った傷は直後の全身の痛みだけでは済まなかった……。

原因は汚染された水の中にいた細菌だ、と彼は書いていた。ごく小さな傷口から入った細菌が十日ほどかけて彼の体内で増え、それが臨界値に達したときに筋肉組織が急激に壊されていった。命を救うためには、菌が全身に広がる前に、脚の付け根から切断するしかなかった。

咬み傷に加え、細菌汚染された水。悪条件が重なってデイブは片脚を失った。

美しい人工の自然に囲まれ、浄化され澄んだ水を湛えたココスタウンの光景を僕は思い浮かべる。島の裏にある荒々しい自然に囲まれたキャンプ地や、平和だが貧しい村に比べれば別天地だった。そこに危険が潜んでいるとはだれが想像するだろう。

それから慌ててグァム島の実家に電話をかけた。

デイブのことを伝え、電話口の母に、父の体調に変化がないかどうか尋ねる。

「大丈夫、感染症なんか何もないわ。退院した後はぴんぴんしているわよ」

デイブには悪いが、ほっと胸をなで下ろした。

「それよりお父さんの場合は成人病の方が問題よ、あなたからも何とか言ってやってちょうだいよ、今日も朝食に卵を五つも平らげたのよ。もう現役じゃないのに」と機関銃のような勢いでしゃべりはじめる。

僕は無意識に自分の胃の辺《あた》りを押さえた。朝食のスクランブルエッグは卵五つ、ステーキは三ポンド。それを男の証明と考えているようなところが父にはある。

父の無事を確認したので早々に電話を切って、次にアルカディア・リゾートにいるマユミに連絡を取る。

もしあの池の水が汚染されているとしたら、トカゲとは無関係に切り傷などからも体内に細菌が入る可能性があるからだ。

メールアドレスを知らないのでホテルに電話をかけ医務室に回してもらうと、男の声が出た。

「彼女なら今、日本さ」

男は答えた。

「日本？」

「ああ、ビザの更新があるからね」

自分はマユミが不在の間、グァムの病院から来ている医者だ、と男は言う。

「で、君は？」と尋ねられ、何と答えたらいいのか迷った。

「ジョージ。マユミの友達。ときどきそっちに滞在しているんだ」

「わかった。彼女に伝えておこう」

スタッフの連絡先はやたらに教えられない、という意味だ。

電話を切られそうになった。

「待って、あなたでもいいので聞いてください」

デイブのことを簡潔に話し、池の水が汚染されているかもしれないので、そのあたりで怪我をした患者が運ばれてきたら注意してくれるように言う。池の細菌汚染の可能性についてホテルの責任者にも伝えてくれるようにと頼んだ。

「情報をありがとう。記憶に留めておこう。池の細菌汚染についてはホテルのスタッフに伝えておく」

「いや、スタッフではなく、総支配人のサマーズさんに」

「了解」

こちらのフルネームと電話番号を告げて電話を切り一時間ほどした頃、僕のスマホに見知らぬ番号から電話が入った。

「斎藤です」

マユミだった。さきほどの医者から確認の電話があったと言う。怪《あや》しい奴だと思われたのかもしれない。

僕は彼女にもデイブのことを手短に話した。ショッキングな話のはずだが、マユミは例によって動じた様子がない。少し深刻さを帯びた声で「あ、そう」と答えただけだ。

一時間後、再び、電話があった。

「今、どこ?」と尋ねられ、僕は自宅のある町の名を答える。

「ちょっと出て来てよ」とマユミはそこから十キロほど離れたターミナル駅の名前を言った。彼女の自宅がそのあたりなのかもしれない。僕の勤めている語学学校もその町にある。ここから自転車で三十分とかからない。

季節外れの台風が来ていたが、僕はレインウェアを身に着けて雨の中に飛び出す。僕の借りているマンションの交通の便は悪く、大雪でも降らない限り通勤はいつも自転車なのだ。

指定された駅ビル最上階のカフェの、檻《おり》の中のような喫煙コーナーにマユミはいた。透明なプラスティックの壁の向こうで僕に向かって手を振る。

内部に入ったとたんに鼻の奥に臭い煙が入ってきてむせた。頭上でファンが回っているが、それ以上に客が吐き出す煙が凄まじい。

「あの……」

遠慮がちに僕は尋ねた。

「お医者さんがタバコって、最近はあまりないですよね」

「何が言いたいの？」

鼻先で笑い、例によって鯨の潮吹きのように頭上に煙を吹き上げる。メガロ・タタと違い、煙は満天の星空に上っていくことはなく、騒々しい音を立てる換気扇に吸い込まれていく。

「医者のヘビースモーカーって、結構多いのよ。仕事の方がタバコよりよほど不健康だからね」

もともと愛想のない女の人だが、何だか荒《すさ》んだ雰囲気だ。よれよれの長袖のパーカーに膝の出たスウェットパンツ。日焼けで茶色くなった髪と褐色の肌は、向こうでは確かにワイルドビューティーに見えなくもなかったが、ここで煙の中に沈んでいると女を捨てた女にしか見えない。

「それでデイブのことだけど」と彼女は机の上に一枚のカラーコピーを置いた。そこにあるグロテスクな症例写真から僕は思わず目を背《そむ》けた。真っ黒になった人間の腕だ。

「ビブリオ・バルニフィカス。腸炎やコレラを引き起こす細菌と同じ種類のグラム陰性桿菌《かんきん》によるもの。南の温かい海で傷口や魚介類から感染するけれど、淡水の入り交じった薄い海水の中ではもっと繁殖するらしい。あの島の周りにはけっこう汽水域《きすいいき》があるから、菌にとっては絶好の条件だったかもしれない」

「もしかしてＶｖ菌」と僕は叫んだ。

以前、テレビや週刊誌で話題になり、やはりグロテスクな患部の写真を繰り返し見せられた。

「人食いバクテリアのことですよね」

マユミは苦笑した。

「大げさな言い方ね」

脚を付け根から切断したというデイブのことを思うと、僕にはそれが大げさとは思えない。

「本来なら免疫力が落ちていたり、糖尿病みたいな持病がなければ、ここまではならないんだよね」とカラーコピーの写真を指差した。

「でもデイブは元気そのものだった。黒いトカゲに咬まれるまでは」

マユミは小さくうなずいた。

「神経毒を持つ爬虫類にやられて、メンタルな面も含めて弱っていた。免疫力が落ちているところに菌が入って、悪さをしたってことかな。悪い運がいくつも重なってしまったわけよ」

「いずれにしてもココスタウンの前のビーチや池はVv菌に汚染されているってことですよね。消毒とかもしてもらわないと……」

マユミは頬杖《ほおづえ》をついたまま、視線だけ上げた。

「自然界に普通に存在する菌よ。太平洋を消毒する？」

気を悪くしながら、僕はうなずく。

「傷があるときに水に入るなとか、刺身を食べるなとか、注意喚起の情報はもう向こうに流しておいた」とマユミはタバコをもみ消して立ち上がる。

「以上。お疲れさま」

人をわざわざ呼び出したというのに、あまりにも素っ気ない。

「どうも」と僕も自分の飲んだカップを手に、下げ口に向かい気づいた。前を行くマユミの足元が何だか頼りない。開いたパーカーから見えるTシャツの腹がだぶついていた。オバサンを通り越して、まるでオッサンだ。

「家はこの近く？」

他に話題もなく僕は尋ねる。

「いや、ニュータウン。そこの学生用のワンルームを借りてる。これから当直」

ここからモノレールでいくつか行ったニュータウン内に大学病院があって、そこで短期の仕事をしているのだと言う。

「大学病院？」

「そっ。情報と技術を常にアップデイトしてないと医者は腐るから。ずっと南の島にいるってわけにもいかないよね」と自分の肩を叩く。

「そこの大学出身だったんですか」

「まさか。うちにそんな金ないよ。国立の医学部」

「頭、良いんだね」

僕にとっては精一杯の愛想だ。

「国立ったってピンキリよ」

せっかくの愛想を無にするようなことを言ってから、マユミは地方の国立大学を卒業した後、そちらの医局で数年間働き、四年前に実家のある東京に戻ってきた、と話した。

それがどうしてメガロ・タタのホテルの医務室に勤務するようになったのか、その経緯は話さなかったし、僕も積極的に聞こうとはしなかった。

ビルの出口で僕たちは別れた。雨の中をモノレールの駅に向かって歩いていくマユミの後ろ姿は、やはり少し猫背で生彩がない。

着ていたシャツがまだ乾かないまま、駅ビル向かいにある語学学校に行くと、カウンターの前で同僚のリコが真っ白な歯を見せて笑っていた。

「どうしたんだい、ジョージ。ああいう女性が趣味なのかい？」

背後にいたイノが、遥《はる》か年上の男のような仕草《しぐさ》で僕の肩をぽんぽん叩いて抱き寄せ、笑って言った。

「誕生日のとき、ああは言ったけど、焦る必要はないんだからさ」

駅ビルで見られたのだ。

「関係ないよ。ただの知り合い」と慌てて否定した後、そんな自分を少し恥じた。

その夜、家に戻った僕は、イスマエルにメールを打った。デイブのことを知らせた後、マユミの話していたホテル周辺の水域がＶｖ菌に汚染されているかもしれないということを書き加えた。

残暑の厳しい八月の終わりに、僕は前期の授業が終了しグァムに帰った。

怪我から完全に回復した父の「いい歳をした男がいつまで何をしているのだ」という叱責と母の小言から逃れるように、寝床用のシートをくりつけたバックパックを背負ってメガロ・タタに向かう。

早朝にココスタウンに着いて、池を覗いた僕は歓声を上げた。

池の底の岩陰では、孵化したばかりの、ごく小さなオタマジャクシのようなウアブがわき上がるように群れていた。前もってイスマエルからのメールでそのことは知らされていたが、目の当たりにするとぞくぞくするような感激がある。

三ヵ月前にほとんど絶滅かと思われたウアブはちゃんと生き残り、子孫を残していた。僕は水中に手を突っ込んで、その小さなものを水ごと掬い上げる。僕の掌の中でそれはさわさわと動き、早く広い水中に戻せと訴えている。

僕は笑いながら両手を水に突っ込み、黒い小さなものを池に戻してやる。

荷物を置くために保護クラブの事務所に行って、様子が変わっているのに驚いた。メガロ・タタでは僕はもっぱらこの小屋で寝泊まりしていたのだが、今、狭いスペースは薬剤の箱や噴霧器などに占領されていた。

そういえばココスタウン全体が、朝とはいえ奇妙に静かだ。ジョギングしている人の姿もないし、別荘のコテージや長期滞在者向けの三階建てコンドミニアムも、何となく寂《さび》れた雰囲気だ。

朝食のコーヒーでもいれようかと携帯式コンロに火をつけたとき、イスマエルとラナンがやってきた。僕が来ることは前もって知らせておいたので仕事前に顔を出してくれたのだ。

「池に小さいのが群れていたね。今度こそ死なせないようにしたい」

僕は挨拶もそこそこに弾んだ口調で言ったが、二人は視線を合わせ浮かない顔でうなずいただけだ。

実はウアブどころではない騒ぎがもち上がっていたのだ。

僕が日本にいる三ヵ月弱の間に、黒いトカゲが幾度か事件を起こしていた。

父が咬まれてしばらくした頃、ココスタウンの芝生や花木の手入れをする園丁の一人がやられた。作業中ではなく、花木の間に置き忘れた道具を夜になって取りに行って襲われたらしい。

彼は島民であったために、噂だけでニュースにはならなかった。その後どうなったのかはわからない。

それからまもなくして長期滞在していた客が連れてきた大型犬が足を咬まれた。しつけの良いレトリバーはリード無しで散歩していたが、飼い主の目の前で黒いトカゲに咬まれたのだ。素早いアタックだった。犬の足を一咬みするとトカゲは去った。島に獣医などいないから、犬はマユミのところに持ち込まれた。

犬はひどく痛がり、情けない悲鳴を上げていたがまもなく回復した。翌日、飼い主一家は、危険生物がうろついているリゾートになど滞在したくない、と語り、自宅のあるマニラに引き揚げていった。

「その後は日本人だ」

ラナンが僕を見つめ、唇を引き結んだ。

村岡さんがやられていた。やはり夜、ホテル内の売店からコテージに帰る途中に咬まれたのだ。奥さんは「だから危ない生き物は退治してって言ったのに」と、ホテルのスタッフに泣いて抗議していたそうだ。幸い、村岡さんもグァムの病院に運ばれ、命をとりとめたが、その後奥さんと二人、この島には戻らず日本に帰ったという。

そして昨夜、決定的な出来事があった。

知人のコテージで行われたホームパーティーから酔っ払って戻る途中のアメリカ人が、植え込み脇で何かに足を咬まれ、倒れ込んだところをさらに顔を咬まれた。痛みと痙攣で医務室に運ばれたが、救急ヘリを待つ間もなく死亡した。

「死人が出たのか」

ラナンが僕の顔を睨《にら》みつけるようにみつめたまま、うなずいた。

「ここにはいろんなトカゲがいて、毒のあるのも咬むのもいる、とこの前、君は言っていたね」と僕は確認した。

「ああ。だが、一つの村でこんなに立て続けに同じようなことが起きたことは今までない」

「ウアブのほとんどが何物かに食われて池から消えた。その後に、ココスタウン内で毒トカゲの咬傷事故が立て続けに発生した。ということは」とイスマエルが僕の目を見つめたまま、言いよどんだ。

その先の言葉は考えたくもない。確かに考えたくもないが、おそらくそのとき僕たち三人の耳底には、フェルドマン教授の言葉が同時によみがえっていたことだろう。

「ウアブが捕食されることで、この島、メガロ・タタの肉食動物の数が急に増える可能性がある」

島という閉じられた空間で、生態系にインパクトを与えると言えば、外から捕食動物が侵入したケースが真っ先に思い浮かぶが、餌となるものが持ち込まれた場合も同様だ。

それをフェルドマン教授はチャネル諸島に持ち込まれた豚の例を引いて語った。餌が増えることで数を増やしたワシは、在来種である狐をより多く捕食するようになり、結果、島のいくつかの種類の狐は絶滅した。

それまでこの島の片隅で少数生息していた、食物連鎖の頂点に立つ捕食動物に僕たちはウアブという餌を大量に供給して、数を増やしてしまったということか。

やがて人工池の中のものを食い尽くした醜悪な姿をした黒いトカゲは、別の餌を求めうろつき始めた。

狐と違いヒトは絶滅しないが、増えた肉食のトカゲによってココスタウンの住人は脅《おびや》かされている。しかもワシと違い大きくはないが、神経毒をもっている分だけたちが悪い。

池の中でウアブの幼生が孵化したのを見たときはうれしかったが、あれがまた餌となってたくさんの毒トカゲを引き寄せるとすれば、喜んではいられない。

「まさかあれはウアブを池から一掃するために……」と僕は、事務所の床を占領した噴霧器や殺虫剤の箱を指差す。

「いや、毒トカゲの駆除。ここの管理事務所が業者を頼んだらしい」とイスマエルが答える。

「良かった」と思わず吐息を漏らす。

「原因を作ったのが俺らだとすれば、高みの見物を決め込んではいられないだろ」

ラナンが入れ墨を彫った太い腕を組んだまま、ぼそりと言った。

その通り。僕は震撼《しんかん》した。

黒いトカゲにではない。自分のやったことが原因で、人が死んだり大きな後遺症を負ったりしたことに。そしてそれ以上に、そのことがココスタウンの住人や、父にばれることに怯《おび》えている僕は、二十代のイスマエルやラナンに比べてもまったくのガキだった。

ココスタウン内の従業員詰め所に向かうラナンと別れ、僕とイスマエルはホテルの医務室に向かう。毒トカゲの咬傷についてマユミから詳しく話を聞くためだ。扉を開けるとマユミは業者と思《おぼ》しき男とリストを手に薬品在庫のチェックをしているところだった。

振り返った身のこなしも俊敏で、東京で会ったときとは別人のように颯爽《さっそう》としている。顔に艶が戻って、よれよれのTシャツの上にひっかけた半袖診察衣が精悍《せいかん》な印象だ。

薬品のチェックが終わると、予《あらかじ》め連絡してあったので、彼女は挨拶も抜きで、さっそく説明を始める。

「トカゲに咬まれた患者で、私が診たのは四例。イルカンジ症候群と同様の対症療法しかないのよね。鎮痛剤と血圧降下剤を静脈に入れるけれど、痛み止めはほとんど効かない。ヘリを呼んでグァムに送ったけど、昨夜のアメリカ人だけは間に合わなかった。ペンションプランでここに住んでいたんだけど、年寄りで血圧が三百近くまで上がったものだから心臓が持たなかった。今朝、奥さんが遺体と一緒にボストンの自宅に戻っていった」

僕たちは互いに視線を交わし合う。あらためて事態の深刻さを実感する。

事故が起きたとき、咬まれた老人と一緒にいた七十代の妻は、「一匹じゃなかったのよ、何匹もいて、集団で襲ってきたの。見たことのない、醜い生き物。いいえ、生き物じゃない、あれは悪魔。地獄からやってきた悪魔に違いない」と語ったらしい。

「集団？」

「ええ。集団で襲ってきたと奥さんは言ってた」

そんなことは今まで聞いていない。

マユミによればその黒いトカゲはココスタウンのあちらこちらに出没するようになり、飛びかかってきたやつを手にしていたゴルフクラブで撃退したという日本人や、足首を咬みつかれたときに、たまたま軍用ブーツを履《は》いていたために助かったという韓国人もいるらしい。

「一匹も捕獲されてないの？」

僕が尋ねると「夜しか出て来ないし、攻撃された方はそれどころじゃないんだろう」とイスマエルが代わりに答えた。

「軍用ブーツで蹴飛《けと》ばして撃退した韓国人が言うには、それのサイズはこんなだそうよ」とマユミは両手を肩幅ほど広げて見せる。

「デイブは、虫か小さなトカゲかもしれないと言っていた。父がやられたのは二十センチくらい……」

撃退した者の武勇伝の中では、危険な毒トカゲはどんどん大きくなっていくのか。

「いや魚類や爬虫類は成熟した後もサイズが大きくなる。ここで繁殖したトカゲが成長しているのかもしれない」とイスマエルが言った。

餌になるウアブを処分する、などということは僕にはできない。食われないように守る。そして増えた毒トカゲのコロニーを探して駆除する。解決はそれ以外にない。だが具体的にはどうすればいいのか。

マユミやイスマエルの話を聞きながら、僕は自分のノートパソコンにメモしていく。その内容を簡単にまとめ、このホテルの無線LANを使い保護クラブの仲間にメールを送ると同時に、カリフォルニアにいるフェルドマン教授に一部始終を報告した。

脚を切断したデイブのこと、父のこと、そしてウアブを持ち込んだことで、ココスタウンでは攻撃性の強い、猛毒トカゲが大発生したのではないか、という僕の推論も。池には卵から孵化した幼生が泳いでいる、ということも書いた。

その後、イスマエルは水産試験場に出勤し、僕は池の畔の事務所に引き揚げた。木々に強い陽差しを遮られた一帯は、静かだった。ラナンたちから聞いた惨劇《さんげき》など想像もできない。彼らは昼間はどこかで息をひそめている。

黒いトカゲはいないが、人の姿も無い。

ゴルフの練習場の芝生の上にも、小道にも。プルメリアの咲き乱れる林に吊《つ》られたハンモックの上にも、池の畔のベンチにも。

アスファルト舗装された管理用通路をポロシャツ姿のセキュリティガードや清掃スタッフ、ゴミ収集員、生活物資の配達人などがカートで行き来しているだけだ。

アメリカ人の死はココスタウンの人々に少なからぬ衝撃を与えたようだ。人々は建物内に引《ひ》き籠《こ》もってしまったのだ。

机の上にノートパソコンを置き、習慣的に仲間からのメールをチェックしようとして思わず舌打ちした。サマーズ氏の話では事務所の小屋はＷｉ－Ｆｉが使えるということだったが、実際に接続しようとすると、機種との相性が悪いのか、電波が弱いのか、まったく繋がらない。

パソコンを抱えてホテルに戻り、ロビーのソファに座り、膝の上で開く。やはりだめだ。一時繋がるが、すぐに切れてしまう。

ふと目を上げるとロビーの端にビジネスセンターがあった。そこのパソコンを使わせてもらおうとフロントに行く。

目が覚めるようなきれいな化粧をした女性が、コンピュータのディスプレイから目を上げることもなく、「ルームナンバー？」と尋ねた。

「いえ、宿泊はしていません。ビジターです」と答えると初めて顔を上げ、マスカラに縁取られた大きな目で僕を見つめた。

「当ホテルのゲスト以外は使えません」

「料金は払います」

カードを見せたが首を横に振るだけだ。ゼネラル・マネージャーのサマーズ氏の名前を出そうとしたが、みっともないので思いとどまり、すごすごとロビーの椅子に引き揚げ途方に暮れる。ゲレワルの町にはネットカフェなどもちろんない。現地の人の携帯電話さえ繋がったり繋がらなかったり、といった状態なのだ。

しかたなく先ほどネットが繋がった医務室に戻ると、患者が来ていた。老人が喘息《ぜんそく》のような激しい咳《せき》をしている。

僕が突っ立っていると棚に器具を取りに来たマユミが、鋭く短い一声を発した。

「じゃま！」

「いや、ここでないとネットに……」

僕が口ごもっているとマユミは片手で診療衣のポケットを探り、無言で何かを放り投げてよこした。

鍵だ。ホテルのマークと客室ナンバーの代わりにアルファベットのFの文字が刻印されている。会議室かスタッフルームだろう。

「そこで繋がるから勝手にやってて」

「ありがとう」

僕は鍵に刻印されたアルファベットを頼りに部屋に向かう。海岸の草地に面した一階に降りると、コンクリートがむき出しの開放式の廊下になっている。ランドリールームと機械室の間にその扉があった。

開けると、アパートのような部屋だ。少しじめついた感じの展望のない広い居間があり、奥にもう一つ扉があるのは寝室らしい。

マユミの部屋だった。夜間早朝にすぐに対応できるように、医師にはホテル内に専用宿舎が用意されていたのだ。

僕は少し戸惑いながら、そこのテーブル上にパソコンを置き画面を開く。

インターネットに接続すると画面にホテルからの注意事項が表示された。

「危険生物に注意！

島内に猛毒で攻撃性の強いトカゲが発生しています。

夜間、早朝の外出は控えてください。十分に注意し、なるべくハイカットの靴、できればブーツを履き、サンダル等で歩き回ることは避けてください」

だが常夏《とこなつ》の海のリゾートにブーツは、無理がある。

メール画面に切り替えるとフェルドマン教授から返信が入っていた。

「どうやら僕が危惧《きぐ》したことが的中してしまったようだ」とあったが、だから言わんこっちゃない、というニュアンスはまったく感じられないことに感謝した。

余計な記述が一切無く、いくつかの対策が手際《てぎわ》良く列挙してあるのもフェルドマン教授らしかった。

第一に池の中のウアブが捕食され、その黒いトカゲ様の生き物の数をさらに増やさないための策を講じること。

捕食されないように、ウアブを池から一掃しろ、と書かれていないことに僕はほっとする。

その具体的な方法についても提案があった。池全体を覆う金網が望ましいが、広すぎて無理なので、池の周囲、約一キロを網で囲む。そこに弱い電流を流せばなお良い。

そのうえで増えすぎたトカゲを、本来メガロ・タタに生息している適正な数まで減らすために駆除する。池の周りに罠《わな》を仕掛け、まずはそのトカゲが何なのか調べるように、とある。

適正な数という言葉に僕はうなずく。

死者まで出したトカゲ騒ぎだが、本来はこの島にもともといたものだ。問題は、外国人の滞在者がリラックスしているココスタウン内部の池の周りに大量発生したことだ。島の中央部を覆っている熱帯林に生息している限り、ココスタウンの滞在者にも島民の生活にも影響を与えない。

僕はマユミの部屋を出ると総支配人室に走り、中にいたサマーズ氏に池をフェンスで囲うことについて許可をもらえないか、と頼んだ。

僕が話している間にも、サマーズ氏の許にあちらこちらから電話がかかってくる。ココスタウン内に発生している黒トカゲについての話だというのが、そのやりとりから想像がつく。相変わらずのアロハシャツ姿だが、今までと違ってかなり神経質な印象を受けた。

ウアブが成長した場合、肉食性のトカゲを餌場としての池の周辺に呼び寄せるおそれがあるから、と僕はサマーズ氏に微妙な嘘をついた。おそれどころかおそらくそれが原因そのものであることは伏せた。ここの管理責任者としては、そんなことを知ったら、即座に池の中に群れているウアブを処分せよ、という判断になるからだ。

「池の周りにネットや電気柵《さく》を張るのはかまわない。とにかくここの客に危害を加えるものを撃退できるならやってくれ。経費については基金で間に合うだろう」とサマーズ氏は、鳴り続ける卓上の内線と携帯電話の双方に手を伸ばしながら答えると、早く行けと言うように片手を振った。

一時間後、僕は管理事務所で借りたトラックでゲレワルの町に出た。島に一軒だけあるホームセンターで必要なものを買い揃える。何を買うかについては、あらかじめラナンから店主に電話で伝えてもらっていた。僕が着いたときにはすでに店の外に杭や針金、ボルトなどが積み上げられていた。

ネットや電線がないので店主に尋ねると、六十過ぎの店主はにこりともせずに「一キロメートル分ものネットがうちにあるわけないだろう。必要なら取り寄せる」と言う。

「時間はどのくらいかかりますか」

「さあ、首都にある在庫と船しだいだな」

すり切れたTシャツに半ズボン姿の店主は、のんびりした口調で答えた。

「裸電線は？」

「そんなものは必要ない」

「必要ないって、必要だから買いに来たんで……」

「ラナンから用途は聞いている。これで十分だ」とそこにある針金を指差した。

半信半疑で僕は金を払い、店主に手伝ってもらってそれらをトラックに積み込む。

事務所の小屋に戻ると、あらかじめメールを流しておいたので、保護クラブのメンバーで手の空いた人々が集まっていた。

勤務中のラナンも作業用ポロシャツの胸ポケットにPHSを突っ込んで抜け出して来てくれ、手際良く電源装置を組み立てる。

僕たちは手分けして池の周りに鉄の杭を刺していく。一キロ分の電線は手に入らなかったが、針金で代用できるということだったのだ。ただし変なものがひっかかって火事を出さないように気をつけないといけないらしい。

生け捕り用の罠を作っているのは、ダイビングショップの経営者、アリソンだ。

「こんなものは簡単よ、故郷のケアンズじゃよくワニを捕まえたもんだわ」とぼさぼさの金髪をかきあげながらこちらも手際良く金網を加工している。それに鶏肉を置いて池や緑地の各所に仕掛けるつもりだと言う。

作業していると、噴霧器を背負った男たちがやってきた。ロゴの入った戦闘服のようなものと軍用ブーツといった物々しい格好で歩き回っている。

「やあ」

保護クラブのメンバーの一人が、彼らに片手をあげて挨拶する。

ここの管理事務所が州の衛生局に依頼した駆除会社の人々だ。

「爬虫類駆除の専門業者なのかな？」

「まさか」とアリソンが溶接器を操りながら答えた。感染症発生のときに派遣されてきて、消毒や小生物の駆除などを行う業者だという。通常、野生動物に島民が襲われたとしても州や業者が駆除に関わることなどない。リゾートの客がやられたから来たのだ。確かにイリエワニや北米でのグリズリーなどの例を考えれば、当然のことではある。

「黒トカゲは発見できましたか」

業者の作業を見守っている州の役人に僕は話しかけたが、相手は笑いながら首を傾げてみせた。

「さあね、そんなものは影も形もないさ。夢でも見たんじゃないの」

実際に咬まれた人間がいるのだから夢のわけがない。僕は憤慨《ふんがい》して黙りこくった。

彼らは小道や芝生の上を歩き、ゴミ箱の中やシートの下を見たり藪を突いたりしながら黒いトカゲを探し、毒餌や忌避剤を撒《ま》いていく。

「こんな時間に来てみつかるわけないじゃないか」と保護クラブのメンバーの一人が口を尖らせた。

これまで起きた事故は、いつも夜だ。目撃したというのも、夜か早朝だ。彼らは夜行性だ。だが駆除業者も役人も真昼にやってきて、まだまだ日の高い時間に作業を終えて帰っていくつもりだ。

はなからやる気なんかないのさ、とメンバーの一人が吐き捨てるように言う。だが、僕は別のことを思った。

恐ろしいものに遭遇したくないのではないか？

地元の人々の町ゲレワルや村で発生したのなら事情が違うだろうが、州の衛生局にしても駆除会社の作業員にしても、ココスタウンはよそ者の町だ。そこで不都合が生じれば、逃げ帰る場所のある外国の金持ちの滞在地域だ。そんなところの住人のために、自分の身を危険にさらす気になるだろうか。

日暮れ前に一通りの作業が終わり、僕たちは解散した。

ノートパソコンを取りにマユミの部屋に行くと、彼女は戻ってきていた。

部屋を使わせてもらった礼を述べて出ていこうとすると呼び止められた。

「危ないから、あの事務所の小屋に寝泊まりするのはやめたら。隙間から変なものに入られたらひとたまりもないよ」

確かに風通しの良い小屋で隙間だらけだが、キャンプ地は遠すぎて保護クラブのメンバーたちと連絡が取れない。かといってココスタウン内のホテルや長期滞在者用宿泊施設は、もともと富裕層向けのものなので僕の収入では泊まれない。

「この部屋を使ったらいいじゃない。トラベルシーツ持っているんだから」

マユミは居間の床を指差した。

「とんでもない」

僕は、ぶるっ、と首を横に振る。

「保護クラブのメンバーとの打ち合わせもここでやった方が便利でしょ。ネット環境整ってるし」

「いや、そういうわけには……」

僕は、一応、まともな両親に育てられた男だ。

「ここは公私混同はそううるさく言われないの」

「そういう意味じゃなくて」

マユミは切れ長の目をすがめて、僕をみつめた。

「何、考えてるわけ？」

「いえ、別に……」

否定しても肯定しても失礼にあたる。

「Ｗｉ－Ｆｉ使うときにはまた寄らせてもらうけど、一応、今日はこれで失礼します」

できる限り礼儀正しく断り、僕は池の近くの小屋に向かう。

低くなった陽があたりをまばゆく輝かせている。目を細めてゴルフ練習場の手前まで来たとき、向こうから大柄な東洋人がゴルフクラブを担いでやってくるのが見えた。

「ハイ」

男はこちらに向かって手を挙げた。

僕も挨拶を返す。

「暑いね、相変わらず」

男は気さくに話しかけてきた。訛《なま》りから日本人だとわかる。五十歳くらいだろうか。日焼けした赤ら顔が夕陽を浴びてかてかと光っている。僕のクラスにもときおりこんな見るからに精力的なビジネスマンたちが語学研修にやってくる。

「ゴルフですか？」と日本語で返すと「おっ、日本語うまいね、君」と相手は驚いたような顔をした。

僕は笑ってうなずく。こんな反応には慣れている。

「気をつけてよ、今はいいけど夜になるとオオトカゲがこのへん、うようよするからね。いや、ホント、凶暴なやつらだよ」

男は言った。

「遭遇したんですか」

思わず尋ねる。

僕も保護クラブのメンバーも、その生き物をちゃんと見た人間はいない。ちゃんと見て咬みつかれた者は、ほとんど自分の国に帰ってしまっている。

「遭遇なんてもんじゃない」

男の口調がにわかに熱を帯びた。

「二ヵ月近く前かな。打ちっ放しの後、ちょっとホテルの売店に寄ってビール買って帰ってきたんだ。それで池の脇を通ったら、いるわいるわ、どっからわいてきたのか、だれも本気にしないが、うようよだ。交尾しているやつ。喧嘩《けんか》しているやつ。すごかったよ。後ろ足で立ってぶつかりあって、互いに咬みついてるやつまでいる。七月の満月の夜さ。月の光がてらてらの肌を照らしているんだ。気持ちわるいのなんのって。それで気の立ったやつが襲いかかってきた、それも一匹二匹じゃない。それでこうやって」と男は手にしたゴルフクラブを振り上げた。

「ガン、と一発。体が吹っ飛んでいったね。いや、こっちも必死だから、二、三匹やったかな。いや、死にはしなかったんだろうね、死体をみつけたって話は聞かないから」

彼がマユミの言っていた、毒トカゲをゴルフクラブで撃退した、という日本人だ。

重要なこと、恐ろしいことを彼は今、口にした。

「交尾していたんですか」

「ああ、そうだよ」

男は眉を上げ、小鼻を膨《ふく》らませた。

「二匹重なってるっていうか、ひっ絡《から》まってるっていうか、よくガマガエルが集まってきて、カエル合戦をやってるけど、あんなお祭りみたいなもんじゃなくて、やり方も何だかしつこいし、とにかく殺気立ってるわけだ」

カエルや蛇など、理由は分からないが満月の夜に集団交尾する生き物は多い。池のウアブを食って増えたやつらが二ヵ月前に交尾したとすれば、狭い島は早晩、危険な生物でいっぱいになる……。チャネル諸島のワシどころではない。

「君はゴルフはやらないの？」

男はクラブを構えてみせる。

「しません……」

「そうだよな、ここに来たらゴルフよりダイビングだ。僕のこれもどっちかっていうと護身用だね、あれ以来」

クラブのヘッドを撫でながら早口でしゃべると、男は池の反対側にある一群のコテージを指差した。

「僕はあそこにいるんだ」

金持ちだ。何をしている人物かわからないが。そちらの方向にある二階建てコテージの分譲価格はココスタウン一高いと聞いている。

「ま、今度、遊びに来てよ」

馴れ馴れしく僕の肩を叩くと、その日本人は足早に去っていった。

陽が沈みかけ、まばゆかった空は急速に光度を落としていく。僕は足早に事務所に向かう。倉庫と化した小屋はこうして見ると孤立していて頼りない。トラベルシーツにくるまった僕の足を得体の知れない毒トカゲが囓《かじ》る光景が思い浮かんで、背筋が冷たくなった。

内部に手洗いはないから用足しには、公園内のトイレまで行かなければならない。さきほどのマユミの忠告が現実味を帯びる。

そのとき足音と話し声が近づいてきた。

いきなりドアが開けられる。

「失礼。ちょっと退いてくれ」

先ほどの駆除業者がセキュリティガードと一緒に中に入ってくる。作業用のベストを着た他の人々もどやどやと小屋に入ってきて、噴霧器を置き、余った薬品を戻す。

押し出されるように後ろ向きのまま外に出ると、「忘れ物だ」と僕のバックパックもセキュリティガードに放り出された。

出て行け、ということだ。緊急時で、ウアブの保護どころではないのだ。

諦めてホテル方向に引き返す。レンタバイクで島の裏側のキャンプ場に行くしかない。だが敷地内にあるレンタバイク屋はすでに閉まっている。

途方にくれた。

とりあえずいったんマユミの部屋に行く。

「やっぱり危ないと思ったでしょ」

リビングで缶詰のパスタを温めていたマユミは言った。

「いや、そういうわけじゃないけれど、今夜、一晩だけ」と僕は頭を下げた。

バッテリー切れ寸前のパソコンを電源に繋いでいるとスマートフォンが鳴った。ここは電波がよく入る。

イスマエルだった。仕事を終えてもうこのホテルのロビーに来ていると言う。

「どこにいるんだい？　ちょっと前に事務所に行ったんだけどだれもいない」

駆除業者はあれからすぐに帰ったらしい。

「打ち合わせならここでやっていいよ」とマユミは素早くテーブルの上を片付けた。

やってきたイスマエルに僕はこの日、池の周りに柵を巡らしたことや駆除業者が入ったことなどを話す。さらにゴルフクラブで黒いトカゲを撃退したという日本人の話として、彼らが二ヵ月近く前、池の畔で一斉《いっせい》に交尾していたと言うと、イスマエルは腰を浮かせた。

「爆発的に増えるまで秒読みってことじゃないか」

「もう増えて、成長しつつあるかも……」

そしてまもなく池の中の小さなウアブも成長して、彼らの餌になる……。

「急がないと」

二人同時に同じ言葉を言った。

「ところで」とイスマエルは声をひそめ、部屋の床に畳んで置かれた僕のトラベルシーツに視線を走らせた。

「よかったら僕の家に泊まらないか」

「いいのかい？」

「君たちの文化では普通のことかもしれないけれど、こういうのは僕たちの感覚からすると不道徳なんだ」

遠慮がちな口調で言われ、僕は戸惑《とまど》いと羞恥《しゅうち》に言葉を失った。

そんなことではないんだ、僕たちの文化においても、女性の住まいに夫でも恋人でもない者が寝泊まりするなど普通じゃないんだ。けれども……

もごもごと言い訳しながら、僕は自分の軽率さを反省した。

「あんたたち何考えてるわけ？　ばかじゃないの」というマユミの言葉に送り出され、その夜、僕はイスマエルのバイクの後ろに乗り、彼の借りている家に向かった。

外国人で研究員であるイスマエルの住まいだから、設備のそこそこ整ったアパートメントだろうと僕は勝手に想像していたのだが、そこがゲレワルの町中から海に向かって、未舗装の坂道を下りきった水辺、マングローブの林が切り開かれた集落の中の一軒だと知って驚いた。角材の柱にベニヤ板をはっただけのトタン葺きの家だ。土台は高く雑草だらけのじめついた通路で集落内の家は結ばれている。平地の少ないこの島で、湿地の上に集落が作られていた。道路を隔てた山側はタロ芋畑だ。

「この島に設備の整ったアパートメントなんかないよ」とイスマエルは笑いながら、僕を家に上げた。室内は整然と片付き、網戸にも破れがない。窓の向こうの通路を近所の人々が挨拶して通り過ぎる。

僕は無意識にスマホの画面に目をやる。予想通り電波の受信状態は悪い。ネット環境はキャンプ地と変わらない。

コンピュータは職場にあるから不自由はないよとイスマエルは笑い、奥の洗面所でバケツに汲んだ水で体を洗い、床にマットを敷いてお祈りを始めた。

その淀《よど》みのない動きと真摯な横顔に僕は見入る。マレーシアのお金持ちの息子と聞いているが、お金にも娯楽にもさしたる興味を抱かず、生真面目で整然とした生活を普通に送っていることに、僕は本当の育ちの良さを感じる。

インターネットから離れた一夜だった。薄暗い蛍光灯《けいこうとう》の下で僕はイスマエルと話し、読書した。落ち着いて、充実した時間だった。

しかしそれを楽しんでいる場合ではなかったのだ。

その夜、事件は起きていた。

僕がそのことを知ったのは、ノートパソコンを入れたバックパックを背負い、イスマエルのバイクで送ってもらってココスタウンに戻ってきた翌午前中のことだった。出勤してきたラナンが教えてくれたところによれば、昨夜、たかが爬虫類、とばかりに、コテージの庭でバーベキューパーティーを開いていた人々がいたらしい。アメリカからやってきたカップルとその友人たちだ。ダラス出身のこの夜のホストが、彼らのしきたりに従い羊の肉を切り分けていたとき、それは現れた。

体長四十センチくらいの黒いトカゲは、火を囲んでいた人々を襲うこともなく、彼が切り分け、皿に置いたばかりの羊の肉に飛びかかったらしい。

闇の中から現れたそれが、今、騒ぎを起こしている生き物だと即座に悟った男は、とっさに手にしていたナイフを振るった。だが生き物の肌に、調理用ナイフの刃は立たなかった。

幽霊でも切ったらそんな感じがするのだろうが、奇妙な感じに刃が滑ってまったく手応えがなかった。

次の瞬間、その大きな黒い爬虫類は、後ろ足と尻尾で立って男に向かってきた。男は飛び退き、その場にいた友人や隣近所の人々がグラスや皿を放り出して逃げ出したとき、この獰猛な生き物に果敢に立ち向かった者がいた。彼のガールフレンドだ。この晩、バーベキューコンロの脇で、得意のケイジャン料理のために、大量の油を深鍋に入れて温めていたのだ。

彼女は素早くレードルで油を掬うと、大きな口を開けて威嚇《いかく》するようにこちらに向かってくるそれに浴びせかけた。

熱い油がその頭部に命中したのは幸運としても、方向感覚を失ったらしく、狂ったように身をくねらせて攻撃を仕掛けてくるそれに向かい、彼女はすこぶる冷静に、幾度も鍋の油を掬ってはかけた。丸ごと一羽の鶏を揚げるときの要領だ。その黒い悪魔は、じゅうじゅうと音を立てて、芝生の上で素揚げにされていった。

「で、トカゲの死骸は今、どこにある？」

「知らない。俺も出勤してきてここの客に聞いたところだ」

今から客室のエアコンを修理しにいくというラナンと別れ、僕はそのカップルが滞在しているコテージに行った。

前夜バーベキューをしたという庭は、焦《こ》げ臭いにおいが漂い、芝生のあちらこちらが真っ黒になっているだけで、バーベキューコンロも死骸も片付けられており何もない。

ドアをノックするとしばらくして、ちりちりの髪をターバンでまとめ、肩を丸出しにしたワンピース姿の女性が現れた。

艶《つや》やかな琥珀《こはく》色の肌をしたセクシーなムラートの女性で、僕は口ごもりながら昨夜のことを聞きたい、と言った。

「その……駆除しなくてはいけないので」

「ああ、今朝はあなたで四人目よ。そのうちABCニュースが来るかもね」と笑いながら女性は自分の腕を見せた。点々と赤くなって、水疱《すいほう》もできている。

「私も油がはねてあちこち火傷《やけど》したけど、あのときは熱いなんて感じなかったわ。隣人たちを襲ったこいつをやっつけなくては、と思っただけ。ええ、丸揚げになったわ。食べたいとは思わなかったけどね。でも、本当のことを言うとね、いい匂いがしたの。黒い皮がじゅうじゅういって弾けたときに。揚げた肉の匂い？　もちろんそうだけど、それだけじゃない。そう、故郷で使うスパイスの香りよ。マリネもしてない、生きているトカゲだというのにね」

「スパイス？」

「ええ。真っ黒でぐねぐねした気持ち悪い奴なのに、爽やかな香り。もっとも私のカレは嫌な臭いだといったけどね、カレはスパイスが嫌いなのよ、いつも私の料理に……」

「で、死骸は？」

急《せ》いた口調で僕は尋ねる。

彼女は顎で植え込みの方を差した。半ば灰になった食材の残りや炭、焼けてとけたプラスティックのようなひとかたまりのゴミがある。が、死骸はない。

油まみれになって全身の皮膚が縮んで割れ、白っぽい肉が弾けてもなお逃げようともがいているそれに向かい、彼女のボーイフレンドで、そのトカゲを最初にナイフで切りつけた男が、バーベキューの焼けた炭を投げたからだ。周りに飛び散った熱い油に引火して、あっという間にそれは炎に包まれ、暴れながら絶命した。動かなくなった後も、その体は燃え続け、真っ黒に縮み炭になった。

「彼、パニクってたわ、肝心のときになると腰抜けなのよ」

恐怖のあまりにやったことなのだろうが、確かに男の行為は賢明とはいえない。おかげでせっかく勇気ある沈着なガールフレンドが仕留めた悪魔の正体が、これでわからなくなってしまった。せめて素揚げの状態であれば調べられたものを。

僕は礼を言って引き揚げ、マユミの部屋でパソコンをネットに接続する。

動画が複数投稿されていた。前夜、騒ぎを聞きつけて屋外に出て来たコンドミニアムやコテージの住人、ホテルの客までが目撃したものを、僕はパソコンの画像でしか見られなかった。しかも小さな画面に映っているそれは、闇を焦がして立ち上る炎の中心にある、もはや動かぬ黒い点に過ぎなかった。

「ばかじゃないの」

パソコンの不鮮明な画面に目を凝らしている僕を見下ろしながら、マユミは昨日と同じことを言った。確かにその通りだ。友人に自分がどう見られるかを気にする小心さから、僕はココスタウンを離れ、黒い悪魔の正体を見極め、死骸だけでも手に入れるチャンスを逸してしまったのだ。

その夜、僕はマユミの部屋の居間にマットを敷いて寝かせてもらった。後から来たイスマエルにも、マユミは黒いトカゲを観察したいならその部屋で待機した方がいいと言ったが、イスマエルは極めて紳士的に、しかし毅然《きぜん》と断って出て行った。

今夜出たら必ず正体を見極めようと、僕はトラベルシーツに潜り込む。枕元には懐中電灯と撮影に使うためのスマートフォン、それに島の漁師が使っている銛《もり》や蛇の捕獲に使う袋なども用意した。

マユミは、床に寝ている僕を平然と跨《また》ぎながら歯磨きや洗面をした後、自分の寝室に引っ込んでしまった。

浅い眠りについた頃、ドアがノックされた。

「だれ？」

僕は飛び起きた。

「開けて」

切羽詰まった声だ。勢い良く扉を開く。

イスマエルだった。真っ赤な顔で肩で息をしている。

ぐっすり眠っているらしく、マユミは起きてこない。

イスマエルは室内に入ると、雨に濡れた犬のように大きく身震いした。

「いたんだ、一匹だけじゃない、四匹か五匹……やつら、集団で狩りをしている」

床に座り込み、彼は膝を抱えて震え続けている。

ここを出て行った後、イスマエルはゲレワルの自宅には戻らず、それの正体を見極めようと事務所の小屋で見張っていたのだと言う。

夜半、ごく近くから聞こえる物音に気づいた。網戸しかない窓から外を見ると植え込みの根本に黒い影が群がり、真ん中にある肉塊のようなものを食っていた。互いに引っ張り合い、体をひねって餌を千切り取る。凄まじい食事の光景だったと言う。

恐怖が体を貫き何もできなかった。彼はそのおぞましい晩餐《ばんさん》が終わるのを震えながら待ち、怪物たちがどこへともなく去った後に、ドアの下も、破風《はふ》も、隙間だらけの小屋を後にして、ここまで逃げてきたのだった。

「もう少し詳しく話してくれないか、それはどんな奴らなんだ」

僕はせっついた。黒いトカゲ、あるいは黒い悪魔の現物を見た保護クラブのメンバーは彼だけなのだ。村岡さんも見たが、日本に帰り、それきり連絡が取れない。

イスマエルは青ざめた顔でかぶりを振るだけだ。

黒い影だったということしかわからない。黒い体色だったということさえ定かでないと言う。

なぜはっきり見てこない、写真くらい撮ったらどうだ、などということを僕が言えるはずはない。同じ立場なら僕だって生きた心地もしなかっただろうから。

結局、夜明けまでイスマエルはマユミの部屋で過ごし、彼女が目覚める前に出て行った。

トカゲたちが食っていたものは、翌朝判明した。どうやら狩りをしてはいなかったらしい。一帯には凄まじい腐臭が漂い、コンドミニアムのゴミ置き場のバケツがひっくりかえされていた。彼らの食事した後には、七面鳥をパックしたビニールの切れ端だけが残されていた。切れ端の一つに、加工年月日が印字されている。二ヵ月も前のものだ。久々、別荘にやってきただれかが、冷蔵庫の中でパックが破裂寸前にまで膨らみ、変色している肉を丸ごと捨てたのだろう。これで彼らが腐肉をあさる動物だということがわかった。

一方、アリソンが作った罠には、いろいろなものがかかっていた。大小のトカゲやネズミ、ココスタウンを作った人間が持ち込んだタイワンリスまでが入っていたが、設置場所に問題があったのか、それとも相手はけっこうな知恵者なのか、肝心の黒いトカゲと思しきものはいなかった。相変わらず僕たちにはそいつの正体がつかめない。

そうこうするうちにマユミの部屋には、僕やイスマエル、ときにはラナンまでがやってきてたむろするようになっていた。

ネットが繋がらない公園の小屋は対策本部として機能せず、かといってサマーズ氏に、池の畔の小屋ではなくホテル内の部屋を貸せ、とは言えないからだ。

自分の部屋の半分を男たちに占領されているのに、マユミは嫌な顔をしない。もちろん愛想もない。それどころではないのだ。彼女の患者はホテルの宿泊者だけでなく、ココスタウン全体にいる。そのうえ医務室のフィリピン人看護師が里帰りしたきり戻ってこない。やむを得ずホテル側は看護師がいない間、資格のない島民の女性を雇って雑用をさせていたのだが、その女性も数日前から無断欠勤している。

そんなことで医務室内の業務が、昼夜の区別もなくマユミの肩にかかっている。深夜に部屋の内線電話が鳴り響き、短パンTシャツの上に診療衣を引っかけて出て行ったりもするから、時間の空いた真っ昼間、寝室のドアを開け放したまま、裸同然の姿でいびきをかいていることもある。そのたびに僕は目を逸《そ》らしてそっとドアを閉める。

僕たちにできることは食べ物や飲み物を彼女の分まで用意し、トイレやシャワールームの掃除をすることくらいだ。

ある日の明け方、マユミが出て行ってしばらくした頃、部屋の内線で僕は叩き起こされた。医務室に来るように言われて階段を駆け上ると子供の泣き声が廊下にまで聞こえてきた。一目で島民とわかる半ズボン姿の女が大声でお祈りしながら小学生くらいの女の子を抱いている。

「カートの運転頼む」と少し憔悴したマユミが白衣の袖で、額の汗を拭いた。

「どこまで？」

「桟橋《さんばし》。ビーチそばの」

泣き叫ぶ女の子の右腕に目をやって僕は凍《こお》りついた。

浅黒い皮膚のはずが、手先から肘《ひじ》の辺りまでが炭のような黒さに変わっている。

「壊死《えし》がどんどん進んでいるの」

無意識に呻き声を上げた。人食いバクテリアだ。

「ヘリは？」

マユミは答えず、泣き叫ぶ子供を抱えた母親をうながし階下に向かう。

無人のロビーを抜け、そこにあったカートに母親と子供を乗せ、僕は命じられるまま、数百メートル離れた敷地内の桟橋に行く。

かすかに明るんだ浅瀬にダイビング用スピードボートが待機していて、パーカー姿のアリソンが突き上げるように手を挙げる。ぼさぼさの金髪が風に煽《あお》られ、鍾馗様《しょうきさま》のように舞い上がる。子供と母親がボートに乗り移ると同時に、爆音を響かせてアリソンのボートが沖に向かっていった。

「島民の子供。州立病院に運び込んだけど今日は外科医が来ていなかったそうよ」とマユミが説明した。

「このままだと死んでしまうと、お母さんが抱いてきたけれど私だって切断手術なんかしたことがないし、第一、医務室には手術の設備がない、看護師もいない」

「グァムに送るんじゃなかったの……」

「提携しているのはココスタウンの滞在者についてだけ。それにあの子の家にはそんなお金はない」

言葉を失った。金や出自によって、救える命も救えない。メディアを通して知り尽くしているつもりだったが、理不尽な現実を目のあたりにするとやりきれない。

マユミはアリソンに頼み、ダイビング用のスピードボートを出してもらって女の子を首都にある病院まで運ぶことにしたと言う。

「首都の島まで最速で二時間十分。助かるかどうか」

マユミが厳しい表情で、少しずつ青みを増してきた海の白い航跡に目を凝らす。

「で、まさかあのトカゲに……」

僕は恐る恐る尋ねる。

「そう。四日前に村の芋畑で咬まれた。どのトカゲか私にはわからないけれど」

咬まれた直後、女の子は痛がってひどく泣いたが一晩で治まり、傷口もまったくわからないくらいになった。それが昨日の昼からまた痛みを訴え始め、夕刻に入り傷口から組織の壊死が始まった。

デイブと同じ人食いバクテリアだ。咬まれたところから湿地の水が入って細菌に感染した……。

自然界に普通に存在する菌。マユミはそう言ったが、体力が落ちていればそうしたことが起きる。

「ついにココスタウンの外で被害が出たのか」

「みたいね。というか、私が診てないだけで、ゲレワルの病院にはもう担ぎ込まれているかもしれない」

腹の底が冷たくなる。

マユミはくるりと体の向きを変え、伸びをしながら言った。

「とりあえず、ちょっと帰って寝るわ」

村で起きていることならラナンが何か知っているかもしれない。彼に連絡を取ろうとして、気になっていたことを思い出した。

ここ数日、ラナンの顔を見ていない。普段なら用もないのにマユミの部屋を訪れ、僕のパソコンで勝手にポルノグラビアを見たり、買い置きのドリトスを齧ったりしているのだが、いっこうに顔を見せない。

彼の出勤時間を待って業務用のPHSに電話をし、昼休みに従業員のたまり場になっているホテルの裏手に行く、と告げた。

「いや、俺がマユミの部屋に行く」

「ＯＫ」

インターネットにアクセスしたいのだろう、と僕は思った。

十一時過ぎに、パック入りのタロ芋とおかずの燻製《くんせい》の魚を持ってラナンはやってきた。

僕が今朝ほどの女の子のことを話すと、ラナンは左手に芋、右手に魚を持って齧りながら、島民の間でもとうに被害が出ている、と語った。

当然のことだった。広大な敷地を塀で囲みガードマンが立っていても、そんなものは普通の生き物にとっては、障壁《しょうへき》ではない。ここで増えた黒いトカゲは周辺に広がっていく。

ココスタウンに近いいくつかの村で、真夜中に鶏小屋や豚の囲いが壊されたと、ラナンは話した。たちの悪いことに、その魔物は、中に入って一匹、一羽を襲って食い尽くすことをせずに、囲いの中にいるものを片端から咬み散らかしていくのだ。

また、ナイトバザールの帰りに、農道を歩いていた女性がやられた。続いて明け方、水浴びをしていた子供が襲われた。

男たちは未明に漁に出て、午前中に戻ってくる。暑いから女たちが畑仕事をするのは、早朝と夕刻だ。ブーツなど見たこともない、サンダルしか履かない、あるいはサンダルしか買えない人々の生活を、夜行性のトカゲは脅かしていた。

被害はとうに出ていたのだ。だが、ココスタウンで起きたのとは違い、騒ぎにはならなかった。人の命が安い。そこにあるのは残酷な事実だ。動物に咬まれたとして、そしてその数日後に敗血症やその他の細菌による感染症で命を落としたとして、よくあることと見なされてしまうのだ。どのくらいの人間が咬まれ、そのうちどのくらいの人々が亡くなったのかもはっきりしない。

死者の中には、ずいぶん前にココスタウンで咬まれた園丁も入っていた。咬まれて数日後には多臓器不全で亡くなっていたにもかかわらず、僕たちはまったくそのことを知らなかった。

「島民は、黒い毒トカゲは、ココスタウンの住人がペットとして飼っていたものが逃げ出したのだと噂しているんだ」

ラナンは黒ずんだ唇を尖らせる。

「いくらなんでもそんなもの、ペットにしないよね」と言った後に、僕は気づいた。

「ということは、あの黒いトカゲをこれまで島民は見たことがないってことか？」

「いや、以前、グァムの軍人が連れてきたブルテリアが島民を咬み殺した事件が起きたからだ」

知らなかった。

「要するに、悪いことが島で起きた、原因は海の向こうから来た者が、災厄《さいやく》を島に持ち込んだからだ、って、そういう話になるんだよ」

島民の言葉が必ずしもナンセンスとは言えない。

本来そこにいなかった、愛らしく無害な生き物を僕たちは隣の島から持ち込んだ。

ミクロ・タタとメガロ・タタは、同じ国の中の、同じ群島にある兄弟島なのだ。生物環境にそれほどの違いがあるとは思っていなかった。しかしミクロ・タタには、肉食の黒いトカゲはもちろん、他の捕食動物もおらず、メガロ・タタにはいた。人と人の生活を脅かすこともなく、頂点捕食者としてごく少数生息し、おそらくは生態系のバランスを保つ上で重要な役割を担っていたに違いない有毒な黒トカゲ。それに僕たちは大量の「餌」を与えて、人の居住域に呼び寄せ数を増やすことで、飢えた「悪魔」に仕立て上げてしまった。

「親父も村の者も、俺にここで働くのはやめろと言い始めた。ここで仕事している島の連中は、みんな似たようなことを言われている」

医務室を手伝っていた女性もそんな理由で来なくなったのだと言う。

「だが現金が欲しければ、俺たち島民は、教員や役人をしている親類にたかるか、ここで働くしかないんだよ」

同じ保護クラブの仲間と一括《ひとくく》りにしていたが、ラナンの立場が自分とまったく違うことを初めて意識した。

幼い頃から家族で休暇を過ごした、厳しいが美しい自然に囲まれたキャンプ地、そして島の反対側にある富裕な外国人の集まるリゾート、その二つが僕にとってのメガロ・タタだった。そこで普通に魚を捕り、芋を作り、トタン屋根にベニヤ壁の簡素な家に暮らす人々の存在を、恥ずかしいことに僕は知ってはいても意識したことはなかった。そして現地の人々と外からやってくる人々との、経済的文化的格差を痛切に感じることもなかった。

そんな中でガードマンに守られた富裕な外国人のための町に出入りしているラナンは、微妙な立場に立たされている。

口を真一文字に引き結び、睨みつけるように僕を見るとラナンは押し殺した声で言う。

「言っておくが俺は、金のためにここに来ているんじゃない。俺は首都のコミュニティカレッジを卒業して電気技師になった。島の中で人生が閉じるなんぞ嫌だ。親父や親類や幼なじみの顔を見ていると息が詰まる。家族が食う分だけの魚を捕って、芋食って、嫁《よめ》もらって、子供を作って、村の男衆の中で地位を上げていって、ジジィになって死ぬ。そんな一生はごめんだ。ここを足がかりにして、数年のうちに必ず外に出て行く。俺はでかい舞台で勝負したいんだ」

幼い頃からどっちつかずで、半年ごとに日本とグァムを行き来している僕は気圧《けお》されながらラナンをみつめる。外に出たってでかい舞台なんかない、と言いかけた自分が真底腑《ふ》抜《ぬ》けに思えてくる。

首都の病院に運ばれた女児がどうなったのか気になって、マユミに尋ねたのは数日後のことだ。

「死んだ」

無表情に答えた後、マユミは宙を睨みつけ、「もっと早くここに連れてくれば、命は助かったかもしれないのに」と呻くようにつぶやいた。

そうこうするうちに地元民の集落に被害が出ていることを受け、州政府もようやく駆除に本腰を入れ始めた。だが毒蛇駆除用の罠をしかけたり、有毒ガスを使ったりしても、いっこうに効果は上がらない。罠にはかからず、それらしきものに有毒ガスを噴射したりしてもそれは素早く逃げ、周りの人間や犬がガスによって中毒を起こす。

もっともやりきれないのは、撒かれた毒餌を拾って食べた子供たちが中毒を起こし、うち一人が死んだことだった。毒餌は肉の匂いを発するドッグフード状のものだが、草むらや建物の陰の地べたに落ちているそんなものをなぜ拾って食べたのか、僕は泣きたい気分だった。その一方で毒餌にやられた黒いトカゲ、と思しき死骸がまったく見つからないのも、悪い冗談としか思えない。

父が島にやってきたのはその頃のことだ。生命力の強い父は無事に退院し、とうに普通の生活に戻っていたが、自分を咬んだ黒いトカゲが島内で暴れ回っていると聞いては放ってはおけない。目と鼻の先の島で、のんびり退役生活を送っている場合ではないと判断した、と言う。そして来るなりタウン内に住む勇敢な男を集め、駆除隊を組織した。

州政府に対して、もっと真面目に取り組めと要請したり、業者のいいかげんな仕事ぶりを咎《とが》め、説教したりするのではなく、ボランティアを募って自分たちで駆除しようと立ち上がるのは、いかにも父らしい。当然のように、父は僕に駆除活動に加わるように命じた。

それが夜に出没することを知りながら昼間にしかやってこない、父曰く「腰抜けども」と違い、ココスタウンの自警団は、深夜に出動することに決まった。そんな危険な生き物と闇の中で遭遇することを思うと正直怖かったが、現物を捕獲しないことには何も始まらない。これまで咬まれた人、目撃した人はいても、発見された個体はほぼ灰になってしまった死骸だけで、鮮明に写っている写真さえないのだ。

深夜、指定された場所に行った僕は度肝《どぎも》を抜かれた。

除草用バーナーを改造した火炎放射器や銛、猟銃まで手にし、戦闘服のようなものを身につけた男たちが、ココスタウンのガードマン詰め所の前に集まっていたのだ。

遊歩道に現れた黒いトカゲをゴルフクラブで撃退した、という日本人ビジネスマンはこの日は銛で武装していた。

銛やナイフと、手製の火炎放射器ならともかく、この島はグァムと違い銃の所持は認められていない。目を凝らして、彼らの手にした銃がこの国でも合法な空気銃であることを知ったが、日本人の言う「エアガン」、戦闘ゲーム用の玩具銃ではない。猿の駆除などに使われる殺傷力のある猟銃だ。

僕は慌てて父に近づき、ささやいた。

「闇雲に退治しようとしても危険なだけで、効果は上がらないよ」

父は視線だけをこちらに向け、眉間に皺を寄せた。僕は続ける。

「どんな生き物か同定もできてないんだし。正体を見極めて、習性を調べるのが先だと思う。そうすれば効率的に駆除できるし、それと共存する方法もみつけられる」

おずおずと僕は続けた。卒業した後も、正業に就かず、結婚もせず、家から出ても行かないことを咎められて、いつもごまかし、逃げる。きっとそんな口調だったのだろう。

「共存？」

男たちの間から不審そうな声が上がり、ざわめいた。

僕は集まった人々の方に向き直った。

サメ、熊、ハブ、そしてオオカミ。人に危害を及ぼしてきた捕食動物は、実は生態系の中で重要な役割を担っている。そうしたものを絶滅させた世界がその後に直面した深刻な環境破壊について、僕はいくつかの例を引いて説明した。ほとんどはフェルドマン教授の受け売りだったが。

「人が咬まれたんだ。それで死んだ。手をこまねいている暇はない」と誰かが遮った。

四十過ぎくらいの長身の東洋人が空気銃の銃身を布で磨きながらこちらに険しい視線を浴びせてくる。浅黒い頬が痩《こ》けた、少し不穏な感じがするくらい精悍な男だ。

父は無言で僕をみつめていたが、やがてゆっくり首を振った。

「行動しなければならないときに、また研究に逃げるのか」

怒るかわりに、倦《う》んだようにつぶやいた。おまえには、ほとほと、愛想が尽きたよ、とでも言うように。精悍そのものの容貌にも確実に老いがしのびよってきた父の顔に浮かんだのは、疲れの滲《にじ》んだ失望の表情だけだった。

3　竜の島

生温《なまぬる》い突風がココヤシやプルメリアやハイビスカスの木々を揺らせ、しならせていた。雲の垂れ込めた空は、タウン内の灯りを反射して奇妙に明るい。海上が一面藤色に輝くような稲光が見え、夜が更けるにしたがい雷は激しさを増していった。

僕とイスマエルはマユミの部屋のテーブルにパソコン二台を並べて調べ物をしていたが、雷による電圧の急変を怖れ、途中で電源を落とし、プラグを引き抜いた。しばらくした頃、爆撃のような重低音がとどろき、近くに雷が落ちたことを知った。

蛍光灯が瞬《またた》き、消えた。はめ殺しの小さな窓から稲光が射し込み室内を斑《まだら》に照らした。

鉄の玉をばらまくような重たい雨音が聞こえたかと思うと、滝を思わせる連続音に変わる。

寝室の扉が開き、懐中電灯を手にマユミが出て来た。

「どうしたかね、駆除隊の人たち」と言いながら、非常灯の灯った廊下にふらりと出て行く。

「どこへ？」と尋ねると、内線電話も通じなくなっているので医務室で待機すると言う。

「連中、無茶して怪我人出して戻ってきそうな気がするんだ」

僕とイスマエルは唾《つば》を飲み込んで顔を見合わせる。

マユミは何か気づいたようにいったん戻ってきてタバコの箱をポケットに突っ込むと、ばたばたと走り去った。

幸い、その夜父たちからは何も連絡はなかったし、医務室に担ぎ込まれた者もいなかった。だが、僕たちがせっかく半日かかって池の周りに作った電流柵は、落雷のために焼け焦げ壊れた。あたりを焼かなかっただけまだよかったが。

翌朝、僕とイスマエルはココスタウンを出て、この日、休日に当たっているラナンの案内で島の湿地や集落に向かった。黒いトカゲを見た、という島民の話を聞くためだ。

ココスタウンを一歩出ると、あたりの景観は一変する。

観光客や各国の裕福なリタイア組の集まるリゾートエリアに、この島本来の自然は存在しない。ピンクと白のプルメリアの花が咲き、池の水面は柔らかく光を遮る林に囲まれてきらきらと陽光を反射し、朝夕と日中、そして深夜さえ、安全な敷地内を散策する人々の姿は絶えない。遊歩道脇の低木にはＬＥＤライトがきらめき、まるで一年中がクリスマスのようだ。だが楽園のすべてのものは、人によって他の国から運び込まれたものだ。

許可無く島民が立ち入れない六十六エーカーの敷地の背後には熱帯林が広がり、刺だらけの木々や毒のある芋が生い茂り、林床には大人の親指ほどの太さのヤスデや毒蛇の類が潜んでいる。そうした密林を切り払った湿地や海岸沿いの平地で人々はほそぼそと自家消費用のタロ芋やキャッサバ、バナナやパンノキなどを栽培している。それがメガロ・タタの本来の姿なのだ。

そんな殺風景で獰猛な自然に囲まれた未舗装道路を僕たちは小型バイクを連ねて進む。

咬まれた、その後死んでしまった、見た、襲われそうになった……。そんな噂は耳にしていたが、実際に村に入ってみると、はっきりしたことはわからなかった。

咬まれた話の中には、蛇やイリエワニやその他のトカゲの話も入っている。最近の話があるかと思えば、幼い頃に負った咬み傷を自慢げに見せる老人もいる。

半日ほど回ってようやく、飼っていた豚をやられた、という島民に会えた。数日前から病気で立てなくなっていた豚に、数匹のトカゲが群がっていたという。

「あんなの見たことがないさ。悪魔だ。持っていた山刀を投げたのだが、刺さりも切れもしない。噂通り幽霊みたいなやつだ」

ナイフが利かない、というのは、以前、バーベキューをしていたダラスから来た男の話と同じだ。

ラナンが通訳になってくれて、僕はその島民から、黒いトカゲの特徴をきいた。

「トカゲはトカゲだ。黒い。黒くて大きい。大きいといったって普通の大きさ」と男は手を広げてみせる。肩幅より少し狭い。

「そういえば顔がちょっと違ったかもしれない」

「顔？」

「口がぐわっと裂けて、いや、ワニには似ていない。もっと丸い、顔というか頭が……」

要領を得なかった。彼にとって、刃物が利かない、ということが、その他の特徴をかすませてしまうくらいに強烈な印象を残していたのだ。ワニのように頑丈な皮膚を持っているのか、それとも鎧《よろい》のような鱗《うろこ》を持っているのか……。

この魔物には刃物が利かない、という話は、島内のあちらこちらで聞いた。ココスタウンの人々は、地元住民のことはほとんど知らないが、島民たちはココスタウンの人や起きていることを注視しているらしい。そして黒い悪魔について、都市伝説めいた噂話が、電気も引かれていない島の反対側にまで広まっていた。

そいつを倒せる力を持つのは女だけだ。退治するたった一つの方法は、女が熱した油をかけることだ。

バーベキュー事件は、すでに村の伝説になっていた。

最後に行った湿地にある集落では、下半身に長いスカートを巻き付けて、垂れた長い乳房を丸出しにしたお婆さんが高床式住居の階段に腰掛けて、芋の皮を剝《む》いているところだったが、僕らを見るなり剝いた皮を投げつけてきて怒鳴った。

「あんたたちのおかげでたいへんなことになったよ。どうしてくれるんだい」

ラナンによれば、お婆さんはそう言ったらしい。黒いトカゲが何かしたのだと思ったが、そうではなかった。トカゲが死んでしまった、とお婆さんは怒っていたのだ。

「このところ毒餌にやられたり、鉤棒《かぎぼう》で突かれたりしてたくさん殺されたんだ。今朝も起きてみたらこれさ」

お婆さんはあぜ道の方向を指差した。僕は後ずさった。

黒に近い灰色の肌をしたトカゲが、口の周りを血で濡らして伸びている。

僕とイスマエルは顔を見合わせ、ラナンは無言で首を振った。

「ミズオオトカゲだよ。トカゲはネズミを食べてくれる、蚊を獲ってくれる、汚い海島の死骸や腐った魚を食べて、海岸や家の周りをきれいにしてくれる。この島にはたくさんのトカゲがいるんだ。黒いの、灰色の、黄色と茶色の、緑の、丸太ほど太いのから、小指より小さいのまで。いろんな種類だ。それぞれみんな役に立っている。それを役所だの業者だの余所者だのがやってきて闇雲に殺して回っている。夜も昼もさ」

正体がわからない黒トカゲを駆除しようとすれば、罠や毒餌にそれ以外の生き物がかかる。正体がわからないから、それらしきものを見つけると無差別に殺してしまう。しかしこの島にそれほど多くのトカゲが生息していたとは知らなかった。

「みんな、みんな、隣の島の竜の子孫なのさ」

お婆さんは、そこにあるトカゲの死骸を一瞥すると、悲しげに首を振った。

高波が来て沈んでしまったが、昔、このメガロ・タタの沖に大きな無人島があった。雨も緑も多い平地の島だったが、人が住みつかなかったのは、そこは竜が支配する島だったからだ。島に上陸したものは、人も牛も竜の吐く毒に苦しみ、食われるからだ。

このあたりの島は、昔からいろいろな国から人が入ってきて領土にされたが、あの島だけは、だれのものでもなくずっと竜が支配していた。

「竜が領地を与えたものはアリだけさ。森深くに棲むアリだけが、自分の領地をもらってときには木の上にまで上って、竜が島を治める様を見ていたんだ。ところがある日、大きな嵐と地震がいっぺんに来て、波が島を洗った。それはそれは恐ろしい出来事だった。波がざぶざぶ押し寄せてきて、島の周りを水びたしにしただけじゃない、真ん中にある木をなぎ倒し、森を呑み込んだのさ。アリたちは真っ黒な絨毯《じゅうたん》みたいに海面に浮かび上がり、みんな魚の餌になってしまった」

竜のおそろしい咆吼《ほうこう》が、周辺の島々に一晩中、こだましていたが、明け方、周りの島の人々がそちらを見ると、島の上空に向かって巨大な竜が昇っていった。それと同時に島は凄まじい音をたてて海中深く沈んでしまった。

それから半日ほどした頃、周辺の島に、無数の流木に乗って、小さな竜がたくさん流れ着いた。島の人々は上陸した小さな竜を殺さず大切に扱ってやったので、竜はやがていろいろな形や色をしたトカゲとなって、人々と農作物をネズミや害虫から守ってくれるようになった。

お婆さんはそんな話をした。

伝説にあるたくさんの種類のトカゲ、その中のどれが人を襲うようになったのか、僕にはますますわからない。

ラナンやイスマエルと別れココスタウンに戻った僕は、海岸に設置された淡水シャワーを浴びてこざっぱりした格好になると、一人でホテルと渡り廊下で結ばれたコンヴェンションセンターに入っていった。

そこには付属図書室があって、この国の政治経済、歴史や自然などについての資料が揃っているという話を、マユミから前夜に聞いたからだ。

コンヴェンションセンターのロビーは静まり返っていた。灯りもついていない。これでは図書室も閉まっているかもしれないと半信半疑で扉を押すと開いた。

正面のソファに、ノートパソコンを広げたマユミの姿があった。

「お疲れさん」とマユミは視線だけこちらに向けて挨拶し、「閑古鳥《かんこどり》が鳴いてるよね、ここも」と小さく舌打ちした。

閲覧用ソファの向こうにあるバーコーナーを兼ねたカウンター内も灯りが消え、スタッフの姿がない。

「今日、開かれる予定だった国際珊瑚礁会議がキャンセルになったたって」

それでロビーの灯りが消えていたのだ。

「この騒ぎで？」

「急遽、会場をパラオに変えたらしい」

「危険情報が流れたんだ……」

「正式な発表はないけれど、ツイッターとかＬＩＮＥでね。ここの島で毒と感染症をばらまくトカゲが暴れ回っていて死人が出た、と。日本からのパックツアーは全滅。

バリ、プーケット、ハワイあたりに行き先を変えたってさ」

「文化も風土もぜんぜん違うと思うけど」

「レストランとエステがあれば、どこでもいいのよ。テロだの暴動だの、どこに行ったって危険なことに変わりはないのに」

マユミは両手を頭の後ろに組んで、伸びをした。

「調べ物？」と尋ねると、うなずいて画面を指差す。細かな数字が並んでいるだけでわけがわからない。

「州の衛生局に連絡して池の水や島内の湿地の水質を調べてもらったんだけど、Vv、あなたの言う人食いバクテリアは、発見できなかった」

僕は無意識に唾を飲み込んだ。自分の座っている木製椅子がきしみ、静まり返った図書室に思いの外大きな音が響いた。

「つまり、水のせいじゃない。トカゲ由来のものだってこと、あれは。Vvよりたち悪いよ、言っておくけど」

マユミは冷然とした口調で告げた。

「するとやっぱり毒……人食いバクテリアではなく、人食いトカゲ」

「衛生局を通して州立病院に問い合わせをしたら、村人は咬まれた傷から筋肉組織が壊死したケースだけじゃなくて、ひどい腸炎を起こしているケースもあるって。腎臓障害で死んだ人がいるけれど、たぶん赤血球が壊れたのが原因だと思う。いろいろな症状が出ていて、咬まれてから発症するまでの時間もまちまちなので、咬傷との因果関係がわからない」

「何なんだ、いったい」

「黒トカゲは屍肉《しにく》を食べていたって、言ってたよね」

確かに人や犬に攻撃を仕掛けてきたが、賞味期限切れでゴミとして捨てられた七面鳥やバーベキューで焼いた羊肉も食っていた。捕食動物であると同時に掃除屋でもあるということだ。

「屍肉漁《あさ》りをするとしたら、当然腐肉も食べるよね」

あっ、と僕は声を上げた。

口の中に細菌を飼っている。それだけならよくある。だがそれが腐った肉に繁殖する複数の細菌だとしたら。

「でも、父はやられなかった」

すがるような思いで僕は言った。

「それについてはグァムの病院に問い合わせをしたんだけど」とマユミは、手元にある英文の印字された紙をぱらぱらとめくり舌打ちした。

「患者のプライバシー保護とかで、詳しいことなんか教えてくれやしない。何とか聞き出した範囲で言うと、傷口を入念に洗って消毒した後、あらゆる抗菌剤を投与してる」

「そういうことか」と僕は膝を打つ。

「あそこはそれができるけど、他の所じゃ無理」

父の入院先は軍関係者専用の病院だった。外傷の治療では最先端を行くところだ。

マユミはいらいらした様子で手元の鞄を探りタバコの箱を取り出しかけ、この場所が禁煙だと気づいたらしく再び鞄に押し込む。

「口の中の雑多な細菌が複合的に作用する。お父さんが助かったのは、もちろん軍の病院が外傷については特別に高い技術を持っていたからよ。でももし別のバクテリアだったら助かったとは限らない」

背筋が凍った。

出産並みの強い痛みとショックを見舞う毒と、危険な細菌のカクテルのような唾《だ》液《えき》。そのうえ強い攻撃性を備えた捕食動物。それがワニやコモドドラゴンほどのサイズならまだ発見もしやすい。

だが大きくてもせいぜい四、五十センチ、デイブが足を咬まれたのは、さらに小さい。気づきにくい分だけやっかいだ。

どうしたものかと頭を抱え、ここに来た目的を思い出した。

周辺の島の地形や植生、生物分布といったものを調べに来たのだった。しかしそれらしきコーナーに行っても、目的の本はない。図書室とはいっても、あくまでホテルのものだから、冊数自体が少なく、観光資料のたぐいが中心だった。

「何を探してるわけ？」

マユミに尋ねられ、この日、島の辺境の集落で聞いた、すべてのトカゲの先祖である、今は無き島を支配していた竜の言い伝えについて話した。

「あるわけないね」

頬杖をついたままマユミは鼻先で笑い、僕は腹を立てた。しかし無礼な態度と裏腹に、彼女は図書室の棚を丹念に探索し始めた。

どう見ても関係の無さそうな歴史の棚に置かれた本を一冊一冊手に取っては戻していく。

「あの、歴史というか、神話の世界だと思うんで、そんなところにはないと思うよ。むしろ文学の方じゃないかな」

僕は遠慮がちに声をかけたが、「これが私のやり方なのよ」と、マユミはにこりともせずに答えた。

「端から全部、調べるの。何も考えずにね。ピンポイントでうまいことできるのは、天才だけ。でもブルドーザーですべて掘り返して、ふるいにかければ何かが必ず出てくる」

あまりの徒労感に、見ている方が疲れてくる。そっと離れてグーグルで検索をかけていると、一時間あまり経った頃、「ジョージ」と手招きされ、一冊の本を見せられた。

「南洋群島統治総論」

日本語だ。

マユミによると戦前に書かれた本で、日本にとって、南洋群島、すなわちこのあたりの島がいかに資源的にも国防の上でも重要であるかという内容らしい。十九世紀末期に、スペインが手放した後、ごく短期間のドイツの支配を経て、日本人がやってきた。この本にはそれぞれの島の産業や発展の具合、地政学的な重要性などについて書かれているというが、茶色に変色したページに印刷された旧仮名遣《かなづか》いの文章の意味は、僕には追えない。

マユミは目次に目を通すと、問題のページを開けてみせた。確かに現在の地図には無い島が、そこの見開きページの旧地図には描き込まれている。群島のほぼ中央にその島はかつてあった。

ページをめくると各島の人口、産業、日本からの移民数、出身県などが一覧になっていた。だが、その島についての統計はない。いや、ある。人口ゼロ、移民数ゼロ、産業なし。

現地名はわからないが、「忌島《いみしま》」として、その本が書かれた数年前に地震と暴風雨による高波で海中に没し、現在はただの岩礁であることが、欄外に※印を打って記されている。

「この本が書かれたのは一九三〇年代。その数年前なら神話なんかじゃない。バリバリ現代史の世界じゃないの」

マユミは得意げに言うと、グーグルに「忌島」を打ち込み検索をかける。すぐに諦めたように首を振った。ホラーゲームに似たような名称が出てくるだけで、歴史的事件として記述されているものはなかった。「忌島」の竜はともかくとして、僕はこの島の各所で事件を起こしているトカゲについて考え続けている。

その夜、床の上でシーツを被《かぶ》って眠っていた僕は、マユミに起こされた。

狭い食卓の上に数枚のプリントが置かれている。

「日本棄民史」という民俗学の本の「暗黒の南洋」と題された章の一部だった。マユミが日本の大学図書館に問い合わせ、データを取り寄せたらしい。その中に大正の終わり、南洋庁創設当時の実験的移民政策により、北海道から入植した農民からの聞き書きがあった。

「忌島」はその記述の中に登場する。ここの群島にはめずらしいくらい平坦な土地と豊富な降水、ミネラル分を含んだ肥えた土に恵まれた島だったようだ。南方農業のそこそこの生産性を期待できそうなその島に、なぜか先住民はいなかった。

後の東南アジア進出の布石として送り込まれた寒冷地出身の自作農たちは、島の沿岸部の湿地を切り開き、サトウキビ畑を作る。

当初は多少標高があり、台風などの塩害の少ない島の中心部を開墾《かいこん》する予定だったのだが、思わぬ伏兵がいた。アリだ。熱帯林の開墾に蚊や蜂などの刺す虫、病気を媒《ばい》介《かい》する虫による被害はつきものだが、この島のアリは格別に攻撃性が強く、コロニーに足を突っ込む、といったことをしなくても、鬱蒼《うっそう》と茂る林で鉈《なた》を振り上げた次の瞬間には、体に這い上られ、全身を咬まれている。

小さな島で餌に恵まれないせいか、人々の持ち込んだ穀物は箱に入れても木に吊してもたちまち食い尽くされ、たまたま他の島から持ち込んだ鶏などは気がついたときには、白い羽だけが残されている。そこで人々はいったんマングローブに守られた沿岸部に後退し、そこの帯状の湿地に小屋を作り農耕を始める。ところがそこで夜になるとどこからともなくやってくる真っ黒で大きなイモリのようなものに遭遇する。

人を怖れることもないその生き物は、イモリと違い後ろ足で立ち上がり倒れ込むように素早い一撃を加えてくる。だが、歯はそれほど大きくはなく、たとえ咬まれても傷は小さい。そのあたりに生えている薬草などを貼り付けて血止めをすればいったんは治まるように見える。だが、しばらくすると全身が激烈な痛みに襲われ、身体虚弱な者はそのまま絶命した。身体強健な者も、数日後には体が弱り死んでしまう。

掘っ立て小屋のような住居に、その大きなイモリのようなものは容赦なく侵入してくるようになり、刃物も火も怖れず、寝ている人々に攻撃をしかけた。

身体強健な北の農民の大半がやがて病に冒され絶命する。

「四肢に負った傷の周辺は炭のごとく黒変し、一昼夜のうちに壊疽《えそ》は全身に及び、阿《あ》鼻叫喚《びきようかん》のうちに絶命す」

数ヵ月後、連絡の途絶えた島に調査に入った南洋庁の役人は、開拓農民の残したそんな内容の日誌を発見する。生存者は二十代くらいの女性が一人だけで、その女性も発狂していて、詳しい経緯を聞くことはできなかった。直後に南洋庁は植民区画地から忌島を外し、なぜかその島に開拓民を送り込んだ事実自体をなかったことにした、と「日本棄民史」にはある。

僕にはそのややこしい日本語は読めず、概略を聞いただけだったが、腹の底が冷たくなった。「忌島」で人々を襲ったのは、本によれば「真っ黒で大きなイモリのようなもの」で、ココスタウンの人々が遭遇しているのは「真っ黒なトカゲのようなもの」だ。イモリとトカゲの違いはあるが、いずれにしても「のようなもの」だった。

その攻撃の仕方や、咬傷によって起きる痛みや症状はそっくりだ。

この群島は、大陸からも、周辺の島からも隔絶されている。だが群島内のいくつかの島は、ウィンドサーフィンで渡れるほど近い。

水没した忌島から、小さな竜たちが流木に乗って周辺の島々に渡ってきたという、島のお婆さんの話は神話伝説の類ではなく、事実なのではないか。そして群島の多彩な環境下で、「竜」は様々な種類に枝分かれしていった……。

それにしても、と僕は「竜」の生け贄《いにえ》になって倒れていった九十年近く昔の日本人と、この島にいる僕たち自身を重ね合わせて、恐怖に囚《とら》われる。


ココスタウンは以前よりいっそう静かになっている。最初、人々は建物の中に閉じこもっていたが、今は続々と国に帰っているからだ。わずかに残ったウアブを連れ帰って、自分のところの水槽で絶滅しないように保護しようかと提案した劉さんも、暖かくて治安が良くて風光明媚《ふうこうめいび》で、と一年の大半をここのコンドミニアムで暮らしていた日本の年配者たちも、広いテラスと専用庭を備えたコテージを別荘にしている世界各国のお金持ちたちも、大半がいつの間にかいなくなった。

危険なら逃げる。安全が戻ったら帰ってくればいい。それが僕たちの立場だ。長期滞在者も、観光客も、国際会議もこの島から逃げて行く。

逃げ場所や他に行く所のある人々はいい。だが、九十年前の入植者に逃げ場はなかった。そして今の島民にも逃げ場はない。周辺の島はウィンドサーフィンで渡れるほど近いが、逃げた先では畑も仕事もなくて生活できない。

マユミの話によれば、ホテルの医務室に魚とキスして唇に怪我をした初心者ダイバーや、疲れから熱を出した中国人の子供、市場で買った貝を刺身で食べて腹をくだした日本人などがやってくることは、もはやほとんどない。代わりに夜間、近くの村から島民が駆け込んでくる。何かに咬まれた、と言って青ざめた大人が、泣き叫ぶ幼い子供を背負った父親や母親が、ここに来れば助かるかもしれない、と一縷《いちる》の望みをつないで。

トカゲや蛇やその他の小動物のケースもあったが、まぎれもなくあの毒トカゲの咬傷のこともある。

だが島民を救急ヘリでグァムに送るのは難しい。ココスタウンの外国人と違い、金がないからだ。できるかぎりのことをした後、マユミはゲレワルにある州立病院に送る。周辺海域を軍事拠点として差し出すかわりに、島民の医療や教育はアメリカからの補助金によって賄《まかな》われており、州立病院なら島民はアメリカ本土にもない公的医療保険でかかれる。医療水準はあまり期待できないが。

僕は食卓に自分のノートパソコンを置くと、フェルドマン教授宛にメールを送る。

昼間、島の端の集落で、お婆さんから聞いた水没した竜の島の話と、マユミが見つけてきた資料にあった「忌島」の記録について、僕自身の推察も憶測も想像も排し、とにかく見たもの、聞いたことだけを書いた。

返信は一時間足らずのうちに来た。

「ハワイ諸島、ガラパゴス諸島の例をひくまでもない。君も知っているとおり、流木、嵐の風、船といった様々な手段で小動物は海を渡る。その水没した島が、群島内であればメガロ・タタのトカゲ様の生き物（話を聞いたところコモドオオトカゲの亜種のようだが）もそうして渡ってきた可能性がある。

しかし伝説は伝説に過ぎない。環境の違いによって、「竜」が多種多様なトカゲに進化することは可能だが、現代史のスケールではありえない。君も知っているとおり、フィンチのくちばしが変化するには、気が遠くなるほど長い時間が必要だった。

その一方で、変化は思ったよりも早い道筋をたどることもあるから油断は禁物だ。環境的な要因によって、驚くほどすみやかに変えられるものがある。食性や行動だ。本来魚食いのシャチがアザラシのようなほ乳類を捕食することも進化と考えるなら、そうした進化は意外に早く起きることかもしれない。

いずれにせよ、その口中に細菌を飼った毒トカゲも、メガロ・タタの在来種とみなすことができる。そうした生き物を絶滅させれば様々な問題が生じる。だが、状態からすると島内の本来の生息地から移動してきたようだ。ウアブという餌を与えられ、いささか増えすぎ、本来の生息域、たとえば密林の中央部などから人の居住地域に広がったのだとしたら、駆除によって個体数を適切なレベルまで減少させる必要がある」

最後の言葉が、ずしりと両肩に乗ってきた。

調査研究より行動が先、すなわち即座に駆除せよ、という父の言葉は、半分くらい正しかったのかもしれない。

僕たちが村に調査に入った前夜に行われた駆除が、荒天のため中断されたことを知ったのは翌日のことだ。

父からすぐに来い、と電話があった。

呼び出されたのは駆除隊のメンバーの一人、あのダラスから来た男の家だった。以前、熱したオイルで黒い悪魔を丸揚げにしたという肝の据わったガールフレンドから話を聞くために僕が訪れたことのある、芝生の庭付きコテージだ。

ダラスから来たロブという男は短い金髪、モスグリーンのTシャツがはち切れそうな鍛え上げた大胸筋、長身の僕よりさらに高い背丈で、実の息子の僕よりも、父に似ていた。

頬の片側にだけ筋肉質なえくぼをつくり、ロブは快活な調子で挨拶すると、僕を背後の物置小屋に案内した。シャッターを開けると中にはバーベキュー用コンロやテーブル、それに大型の冷凍庫があった。

「こういうのは、君や君の仲間の方が詳しいだろう」と、傍《かたわ》らで父が言う。

ビニール袋に、厳重にパックされ皮膚の焼け焦げたトカゲのようなものの死骸があった。もう一つには焼け焦げはなかったが、皮膚に刺し傷のある死骸だ。そちらは今朝方、罠にかかっていたので、駆除隊のメンバーが銛で止《とど》めを刺したものだと言う。刺し傷のある方の皮膚はまっ黒だが、形状からしてこのあたりの島で普通にいるミズオオトカゲだ。役に立つのに殺されてしまった、と集落のお婆さんが嘆いていたのと同じ種類だ。

「お父さんを襲ったのも、こういうのだった？」

僕が尋ねると、父は「似ているが断定できない。暗くて一瞬のことだったので、形についてははっきりしない。確かなのは黒く、体長二十センチくらい、ということだけだ」と答えた。父は不正確な物言いを嫌い、その場の雰囲気や憶測でいいかげんなことを口走ったりしない。わからないものはわからない、知らないことは知らないと答える。そうした点で僕は父を信頼している。

「あなたが見たのは？」とロブに尋ねると、「違う、これじゃない」と首を振る。

「もっと嫌な奴だった」

「嫌、というと？」

「だからグロテスクなんだ。悪魔のように黒く、醜く、凶暴な奴さ。地上の生き物とは思えない」

「その通り。まったく別物よ。トカゲじゃないわ」

背後で声がした。

いつか会ったガールフレンドが、タンクドレス姿で立っていた。

「トカゲじゃないって？」

ハサミで切りっぱなしにした大きな襟ぐりから艶々した胸が半分露出していて、僕は落ち着かない気分で視線をそらせる。

「もっとぐねぐねしてて、ウツボみたいなやつだったわ」

「ウツボが陸の上にいるわけがないだろう。馬鹿なことを言うな」

ロブが不機嫌そうに言う。

「でも、ウツボみたいだったのよ、手足を生やしたウツボ。グニャグニャの体で飛びかかってくる。ものすごく生命力が強そうな」

「言っておくがウツボは海水に棲む魚類で四肢はない。芝生の上に出るわけがない。自分の知らないことに口を出して混乱させるな」

ガールフレンドは腰に両手を置いて反り返ってロブを睨みつける。

「私に命令するのやめてくれない？　パニック起こしてせっかく私が仕留めたものに火をかけて燃やしてしまったくせに」

ウツボか、トカゲか、気が動転していれば、そんな曖昧な印象しか残らないものなのだろう。ただ彼らの印象からすれば、罠にかかって刺し殺された生き物と、それは別物らしい。

もう一方の焼け焦げた方については、駆除の夜、メンバーの一人が手製の火炎放射器で仕留めたものだと言う。ココスタウンからほど近い村の道に出て来て、こちらに向かってくるように見えたのでとっさに炎を吹き付けたという。

「今のところ、仕留めたのはこの二匹だけだ」と苦々しげに父が言う。

暴風雨がひどくなり近くで雷が落ちたりしたので、駆除隊はわずか一時間たらずで引き揚げたらしい。

「それでよかったよ、パパ」

無意識のように言葉が出た。表皮が焼け焦げたトカゲの死骸をもらって、僕は池のそばの小屋に引き揚げ、イスマエルとラナン、それにまだココスタウンに残っている保護クラブのメンバーを呼んだ。解体して骨格や胃の中のものなどを調べるつもりだった。

しかし解体の必要などなかった。駆けつけるなりラナンが眉毛を上げ、厚ぼったい唇を突き出した。

「マングローブオオトカゲの仲間だ。食えるよ」

僕たちはあっけに取られてラナンの顔を見た。

「こいつら俺たちの飼っている鶏の卵をみつけると食っちまうんだ。それで怒った村の人がときどき捕まえてきて焼いて食う」

イスマエルは吐きそうな顔をしている。

「うまいよ、食ってみるか」

ラナンはそれを手づかみし、僕たちの前に突きだす。本人は冗談を言っているつもりなのだろうが、にこりともしないので、凄まれているようで怖い。

だが、ラナンの言葉は父や駆除隊のメンバーに聞かせてやりたい。だから闇雲に駆除などしても無駄だと言ったのだ。

いずれにせよこれ以上、無害なトカゲを殺させてはいけない。

僕は結果を父に報告し、明晩に予定されている二回目の駆除には、僕も参加する旨を伝えた。

「自分の役割や責任を自覚したようだね。きっと上手くいくだろう。心強いよ」

父は言った。何かを間違えているようだが、僕は何も言わなかった。

その夜、ラナンやイスマエルとともに僕は、火炎放射器だの空気銃だので武装した人々とセキュリティガードの詰め所前から小型トラックの荷台に乗って出発した。

女の人も交じっていた。ダイビングショップのアリソンだ。鍾馗様のようなぼさぼさの金髪をバンダナで留め、ビデオカメラを構えている。彼女も調査目的で入った仲間だ。もう一人はロブのガールフレンドだったが、車の荷台に上がりかけたところで、危険な上に足手まといだ、とロブに無理矢理、引きずりおろされていた。

前回会った精悍な感じの東洋人は、一際《ひときわ》威力の大きな空気銃を手にしていた。男のまとった暗殺者のような不穏な雰囲気に僕は怖《お》じけづいたが、「シン・ジョファン、韓国系アメリカ人で、バイアスロンの元選手だ」と父が紹介した。休暇で韓国を経由してこちらに遊びにきていたが、黒トカゲ騒ぎで帰国を延期して駆除隊に加わっているらしい。

僕の腑抜けぶりは一目でわかるのだろう、ジョファンは僕を無視したまま無言で銃の手入れをしていた。

「君、ダグラスのご長男なんだって?」

背後から日本語で声をかけられて僕は振り返る。ダグラスとは僕の父の名前だ。あのゴルフクラブの日本人がいた。

「あんまり似てないね」

遠慮のない物言いをする人だ。だが似ていると言われたら、もっと不快だったかもしれない。

「僕は花村勇治《はなむらゆうじ》。ユー坊と呼んでくれ」と力強い掌で僕の手をしっかり握った。

「定年退職組だよ。ここの島で第二の人生のスタートを切った」

「定年ですか……」

僕はまじまじと男の顔を見る。

「ああ、二年前ね。オーストラリアの砂漠のど真ん中から、フセイン政権下のイラクまで、世界各国回って、プラントを建ててきたのさ」

若い。髪は少し薄くなっているが真っ黒で、肩や胸の筋肉も分厚い。父とはテイストの違うたくましさがみなぎっている。艶々と日焼けした肌、下ぶくれでエラの張った赤ら顔、少し充血した奥二重の目。ぎらぎらした脂っぽさが全身から放たれているが、不思議と不潔感はない。

ユー坊、と仲間うちから呼ばれているのかもしれないが、半分日本人の僕からすれば、定年退職した六十過ぎと思われる男性を、坊呼ばわりするのは抵抗がある。「よろしく勇治さん」と挨拶すると「さんはいらない」と言われた。

一昨日の夜、荒天のために行かれなかった島の中央部に最初に向かう。

それぞれが懐中電灯を手にしていたが、アリソンはサーチライトのように強烈なものを用意していて、荷台にくくりつけた椅子にかけると、それを高く掲げた。

車はココスタウンとゲレワルの町、空港を結ぶ舗装道路を走り始めたが、町に出る前に集落を繋ぐ未舗装道路に入った。覆い被さるような木々の間を、車は跳ね上がりながら走り、僕たちは荷台の枠にしがみつかなければならなかった。ヘッドライトが路面を照らし、さらにアリソンの掲げたライトが周囲の木々の枝葉やときおり現れる集落の家々の壁を、真っ白に色が飛ぶほど明るく照らし出す。光に直撃されて、小さな鳥の群れが羽音とともに飛び去り、浜から上がってきたヤドカリの類が慌てて木の根本に移動する。

しばらく行った頃、車が急ブレーキをかけた。体が投げ出されそうになり、隣にいたロブの太い腕に摑まれて引き戻される。

父が路上のものを指さした。背後にいたジョファンが素早く銃を構えたが、ラナンが落ち着いた動作で銃身を摑むと、押し上げた。

ジョファンは憮然《ぶぜん》としてラナンを睨みつける。ラナンは、よく見ろ、とでもいうようにそこにいるものを顎でしゃくった。

近くに川があるのだろう。ヘッドライトに照らされ、威嚇するように身を起こしているのは、せいぜい七、八十センチしかないイリエワニだった。一般に見るものより黒っぽい肌をしているが、トカゲとは明らかに姿形が違う。

僕は頭を抱える。こうして島民と共存しているミズオオトカゲやマングローブオオトカゲの類を、一昨日の夜、この人たちは殺してきたのだろう。

相手を見極めてから銃を向けろ、というのは、しかし非現実的だ。危険な生き物であればあるほど、反射的に引き金を引かなければこちらがやられる。十分に確かめている暇などない。嫌々ながら父に猟を仕込まれた僕にはそれがわかる。銃に限らず、武器とはそうしたものだ。

「どちらにしても人食いワニだろう」

暗い荷台の片隅でだれかが言った。

「ああ。何年かに一度、川で水浴びをしている子供や洗濯をしている女が襲われて殺されている」

ラナンが路上をのそのそと去っていくイリエワニに視線をやって答えた。

「なぜ駆除しない？」

ジョファンが尋ねた。

「神だからさ」

まったく抑揚の無い、軽すぎる口調だ。

「イリエワニは俺たちの神様の一つなんだ」どこまで本気なのかわからない。

確かに島民はイリエワニを駆除しようとはしない。沖縄のハブ、インドの虎……。

危険な生き物と人は共存していく。ときには神としてその力に敬意を払いながら。ではあの黒いトカゲの場合はどうなのか。

島の中心部の小高い丘まで行き、途中、何度か大型のトカゲに出会った。そのたびにラナンとイスマエルが、それが島でよく見かける無害な爬虫類であることを告げて、血気にはやった連中を静める。

結局、それらしき黒いトカゲを見つけることはできずに、僕たちはココスタウンに引き返してきた。トラックの荷台から降りた駆除隊は今度は徒歩で敷地内を見回る。それまで車上からずっとライトを掲げて周囲の藪や行く手を照らしていたアリソンが、ここでもその強烈な光であたりを照射する。がさがさと逃げていくのは、小型の齧歯《げっし》類《るい》や鳥類だ。

「それ、消してみたら」

遠慮がちに僕はアリソンに言った。

「なるほど、光で逃げていたのね」

アリソンはスイッチを切る。あたりが闇に塗り込められたように感じたのもつかの間、目が慣れると月の光が想像以上に明るい。

公園の小道を外れ、コンドミニアムの庭園に足を踏み入れた瞬間、異様な気配が体を包んだ。何か異様なものがいる、という気配ではない。何もいない気配が異様なのだ。

植え込みの中もあたりに繋っている木々の周りもひっそり静まり返っていた。騒々しいばかりの虫の音、ヤモリの発する大型犬の吠え声を思わせる鳴き声もない。

池の方を振り返る。水面もまた月を映して静まり返っている。

僕たちはコテージの並ぶブロックへと移動した。だれもが黙りこくり、無意識のうちに足音を忍ばせている。

ざらついたリード音に似た動物の鳴き声が聞こえた。

僕は身を硬くしたが、父たちは無言のまま歩みを速める。

頭上で動くものの気配がした。猫だ。野良猫が高い木の枝に登り、怯えか威嚇か、毛を逆立てている。

部屋着姿の老年の夫婦が、懐中電灯を手に、コテージの玄関ポーチに立っている姿が目に飛び込んできた。

「出ないで。危ないから」

父が鋭い口調で警告する。

「あそこ」と奥さんの方がガレージの方向を指差した。

芝生の上に白い袋のようなものがあって動いている。周りに黒いものがいた。二四、いや、三匹だ。初めて見るそれは僕には悪魔にもその他の魔物にも見えなかった。遠目には、ただの大型のトカゲだ。

アリソンがサーチライトを掲げた。ビデオカメラの作動する音が意外なくらい大きく響く。

大型のトカゲの姿が、強すぎる光の中に、濃い陰影を刻んで現れる。トカゲとは違う、と直感した。もっと体が柔軟で、確かにロブのガールフレンドが語った通り、ウツボのようにぐねぐねと、生理的嫌悪感をもよおす姿をしている。

近づいていくうちに、僕は目の前の情景に震え上がった。

白っぽい袋に見えたのは、山羊《やぎ》だった。倒れている山羊に黒いトカゲのようなものが、数匹、群がっているのだ。山羊はまだ生きている。抵抗か、単なる反射か、片足を空に突き上げ全身を痙攣させていた。

ロブが後ずさる。以前のバーベキューの折の恐怖が蘇ってきたのだろう。

「俺の山羊だ」と叫んだのは、ここのゼネラル・マネージャー、サマーズ氏の親類筋のオーストラリア人、イーサンだった。

芝刈り機の代わりにこの島に山羊を連れてきたイーサンは、ペットとしてそれを可愛がりながら、一帯の雑草取りを引き受けていた。

「ピタゴラス、ピタゴラス」

イーサンは山羊の名を叫び、背中に火炎放射器をくりつけたまま、食事中の悪魔たちに向かい突進していく。

「一昨日、囲いから逃げ出したんだ。探していたのに」

「待て、危険だ」

父が叫んで後を追う。

「畜生」

イーサンはノズルをそちらに向け、炎を噴射した。

黒いトカゲたちの動きは想像以上に俊敏だった。逃げ出した一匹に向かい、イーサンは執拗《しつよう》に炎を浴びせかける。

ノズルの先端から噴き出した炎は、確かにその黒いトカゲのようなものを直撃した。しかしそれはひるむ様子もなく、棘《とげ》のような歯の生えた口を大きく開き、こちらに向かって飛び跳ねた。火も恐れない、いや炎から生まれた地獄のトカゲ、火竜か？

「やめろ」

父が叫び、手製の火炎放射器を手にしたイーサンに飛びかかって、その腕を押さえてスイッチをオフにした。

遅かった。飛び散った火が庭に植えられていたユーカリの木に燃え移り、油を含んだ葉が燃え上がっている。

勇治が走り出すと凍りついたように立ちすくんでいる老夫婦を退《ど》かし、彼らの家に飛び込んだ。消火器を担いで出てきて、燃え上がる炎に向かい噴射した。しかし木々に燃え移った火はなかなか消えない。

このあたりのコテージは、ほとんどが木造だ。火が入ったらひとたまりもない。黒トカゲ騒ぎに室内で息を殺していた人々も慌てて家から出てくる。

炎が赤々とあたりを照らし出す中、僕たちは消火器やホースの水で火を消す。

数分後、炎はコテージの庭にたててあったウィンドサーフィンのボードを数枚焼いた後に、何とか建物に燃え移らずに鎮火《ちんか》した。

一同がほっと胸をなで下ろし、小火《ぼや》を出したイーサンが呆然と立っていたそのとき、僕はあたりを覆った焦げ臭い匂いの中に、何か懐かしい、清涼感のある香りを感じ取った。

だれかの低いうなり声が聞こえた。

黒いトカゲのようなものが、勇治の足下にいた。

勇治は太い腕を振り上げ、手にした銛の切っ先をそれに向かって打ち込んだ。

「くそっ」

銛の先端はそいつの皮膚をかすめただけで勢いよく芝生の地面に突き刺さり、素早く身を躱《かわ》した黒いものは、尾と太い足を使ってうねるように体を反転させ、傍らにいたジョファンに飛びかかった。

瞬時にジョファンは飛び退き攻撃を躱したが、それは大きく尾を振り二度目の攻撃を仕掛けようとする。直後に銃声とともにその体がはねた。

二発、三発……。

ジョファンの空気銃が、至近距離からそいつの幅広い、クリケットのラケットのような頭を打ち抜いた。

「やった」と歓声が上がる。

しかし僕は、明るい月明かりに照らされたその姿を見て、嫌な予感に囚われていた。

頭を撃ち抜かれたまま、芝生の上にばたばたと尾を打ち下ろし、転げ回るそれの姿をアリソンのライトが細部まで照らし出していた。

真っ黒なそいつの体には、爬虫類の持っている鱗がなかった。代わりにその全身が、まるで釉薬《ゆうやく》をたっぷりかけた日本の焼き物のように、てらてらと光っているのだ。そして転げ回るほどに皮膚の表面には、土埃や草の切れ端がまぶされていく。

粘液だ。大量の、透明な粘液で覆われている。それが刃物や銛の先を逸らせて、皮膚が傷つくのを防ぎ、雑草焼却器を転用した火炎放射器程度の炎にはびくともしなかったのだ。

あたりには、ほのかな苦みと酸味、それに青臭さの入り交じった、独特の柑橘系の芳香が漂っている。

僕は混乱していた。僕の大好きな匂いなのだ。ミクロ・タタの泉で、水中であのかわいらしいウアブと戯れていた頃のことが、鮮やかに脳裏に蘇る。そして自宅の水槽を泳ぐウアブをときどき掌に載せてみるときに立ち上る匂いだ。

僕は思い出していた。母の特製ペペロンチーノを食べた翌朝、シーツや枕カバーに、ニンニクの匂いが染みついていることを。

ウアブという絶好の餌を大量に食ったそいつは、その芳香を身にまとったのか。

だが、それ以上に悪い予感が僕の頭をかすめた。

確かに僕は見たのだ。池にウアブの死骸がいくつも浮かび上がり始めた頃、その中に奇形となったものを。

皮膚の色が黒ずみ、トカゲのように口が大きく切れ込み、解剖してみると浮き袋が肥大していた個体があった。

浮き袋が肥大したら、何になるのか。

答えは肺だ。

ウアブが陸に上がる。何らかの理由で陸に上がったウアブは、水中にいたときのかわいらしい姿と人なつこい性格を一変させて、猛毒と攻撃性を持つ黒い悪魔に変わり、町を震撼させる。

そんなばかな……。

イスマエルが両手を握り締め、こちらに顔を向けた。黒い瞳が困惑の表情を浮かべ、その傍らでラナンが地団駄を踏むように両足を踏み換えている。みんな同じことに気づいている。

僕は頭にいくつもの穴を開けられて転がっているそれを暗澹《あんたん》とした思いで見下ろす。

それからはっと我に返り、マユミの携帯に電話をかけた。

「すぐ来て」

「どうした？」

「食われてる」

気が動転して、そんな意味不明のことを叫んでいた。

「どう？　動かせない？」

「ああ、たぶんもうだめだ」

「わかった」

救急キットを手に駆けつけたマユミは見物人をかき分けて近づき、虫の息の山羊を見て、あんぐりと口を開けた。

「私、獣医じゃないんだけど……」

「でも傷口とか調べれば何かわかるかと……」

人と山羊は違う、とぶつぶつ言いながらマユミはゴム手袋をはめる。

「だれか、懐中電灯」

アリソンが彼女の強烈なライトで山羊を照らす。

マユミは食われた傷口を調べる。

「ナイフある？」

男たちが数人、自分のサバイバルナイフを差し出す。

「ありがとう」

その中の一本を手に、断末魔の苦しみの中で声も上げられず痙攣している山羊の喉《のど》笛《ぶえ》を切ろうとして、マユミはためらっている。一応、そんな神経を持っていたことを知り、僕は新鮮な驚きを覚える。

「俺がやる」

頭の薄くなった白人の男がマユミの体を退かし、マユミからナイフを受けとった。ウアブ保護クラブにも所属している老オーストラリア人だ。

「待って」

マユミがすばやく自分の手袋を渡した。

「汚染されてるかもしれない。気をつけて」

一瞬のうちに、老人は山羊を屠《ほふ》った。鮮やかな手並みだった。対して男の証明のように日常的にナイフを携行している島民、ラナンは、野次馬の後ろの方で目を背けている。釣り上げた巨大な魚をしめることはあっても、この島に畜産はなかったのだ、と僕はあらためて思い出した。最前列で山羊の飼い主、イーサンが手を組んだまま泣いている。

「ちょっと体、開かせてもらっていい？　気になることがあるの」

遠慮がちにマユミが彼に尋ねた。

「ああ、かまわないが食うのはやめてくれ。埋めてやりたい」

マユミは屠った男に手伝わせて山羊を解体しにかかる。

駆除隊のメンバーは、その光景を無言で見守る。勇治がデジタルカメラを手に最前列にやってきて写真を撮り、アリソンがその隣でビデオカメラを回す。

山羊は生きながら腹の中を食われていたが、マユミはその後ろ足を指差した。

人々の間から呻き声が上がった。赤黒くただれた皮膚が大きく露出し、白い毛ごと皮膚を取りのけると、黒く壊死した部分が広く深く広がっている。

「この山羊は、何日か前、昨日か一昨日かもしれないけれど、どこかで咬まれていたのよ。傷口から汚染された唾液を通じて雑菌が入り込んで筋肉組織が壊死した。内臓もやられていたかもね。それでだんだん弱って抵抗できなくなったところを襲われたってわけ」

あまりにも陰惨な作法に、取り巻いていた人々は身震いする。

「そんなもの食って、よく腹、壊さないものだな」

勇治だけが脳天気な口調で言った。

山羊の組織を切り取ってビニールにパックした後、汚染された死骸を火葬にするために灯油をかけようとしたとき、勇治がマユミに尋ねた。

「このまま、この山羊、研究所か何かに持ち込めない？　病原体とか調べる必要があるだろう」

マユミは首を振った。

「ここにそんなところはないんだよね。州の衛生局に報告はするけれど」

「グァムあたりからだれかきてもらえないかな」と勇治は父の方を振り返る。

「無理無理」とマユミが代わりに答えた。

「エボラやSARS《サーズ》じゃないんだから。咬まれない限り感染はないし、海に隔てられているんで島内に封じ込めが可能、となれば外の者にとっちゃ関係ない」

「航空機がここにも発着するんだから、封じ込めなんかできないだろ」

「人から人への感染がないから飛行機は関係ないのよ」

アジアで普通にある狂犬病、せいぜいがその程度の脅威でしかないのだ。島外の人間にとっては。

　山羊を火葬にした後、頭に銃弾を撃ち込まれた黒いトカゲのような生き物の死骸を僕たちはビニールに密封し、大量の保冷剤とともにアイスボックスに入れて、いったんロブのコテージにある物置に置かせてもらった。

　父がこの日、ホテルを引き払い、彼のコテージに移ってきたからだ。ロブは急用ができて、ガールフレンドとともに、明日、休暇を切り上げて国に帰ることになった。そこでロブというよりは、ロブの父親が所有しているこのコテージを父が一時、借りることになったのだ。

　ここを駆除活動の拠点にしてくれ、とロブは言ったらしい。確かに芝生の庭や広い居間は駆除隊のミーティングには絶好の場所だ。

　父はロブのような男が島を出て行くのを残念がっている。だが僕はさきほど見た。血まみれの山羊の断末魔とそれに群がる黒いものを目にしたロブが、人垣から離れ、芝生の上に嘔吐しているのを。灰色熊を猟銃で仕留める人間にだって、苦手なものはある。それはわかっているが……。

　ロブは、僕にもそこで寝泊まりするようにと勧めてくれた。だが僕は断り、イスマエルとともにロブのコテージを後にした。父は格別引き留めはしなかった。男の友人の家か、島の裏手のキャンプ地に引き揚げるとでも思ったのだろう。

そしていつもと同様、僕はマユミの部屋に戻った。

なぜだ、とイスマエルは咎めるような言い方をする。

「なぜ君は自分の父親のところに行かないんだ?」

彼と彼の文化からすれば、いい歳をした息子が実の父親と寝起きをともにするのはかまわないが、妻でも婚約者でもない女性の家に寝泊まりするのは不道徳なのだ。だが僕はマユミの部屋に居座る理由を彼に告げることができない。

ロブは当然のように言ったのだ。

「自分の家のつもりで使ってくれ。ただし、君の仲間二人は屋内に入れないように」

と。

ラナンとイスマエルのことだった。ラナンはココスタウンの住人ではなく島民であり、水産試験場に勤めていて、海辺の湿地に住むイスマエルの発する魚臭い体臭と日焼けした肌は、島民と区別がつかず、しかもムスリムだ。


翌早朝、僕は黒いトカゲ様のものの死骸を水産試験場に持ち込んだ。ラナンとイスマエル、それに勇治も一緒だ。

研究室のステンレスのテーブル上に僕はビニールシートを広げ、昨夜、仕留めたものをアイスボックスから出して置いた。

「これが、例のやつなのか」

背後で声がした。

ここの施設長だった。

「はい。汚染しないように注意深く進めますので、どうかよろしくお願いします」と僕は挨拶する。

施設内への死骸の持ち込みについては、イスマエルが先ほど彼に許可を取ったが、その際、危険なことはないのか、と何度も念を押されたという。

「くれぐれも気をつけてな」

日焼けした顔に金歯を光らせた施設長は、シートの上にあるものを薄気味悪そうに一瞥しただけで事務室に引き揚げていった。

水産試験場の施設長という立場にはいるが、彼は魚類や水棲生物の専門家ではなく州の役人だという。試験場が出来る前は、役場で公衆衛生関係の仕事をしていたらしい。

テーブル上のそれを僕たちは見下ろす。限りなく黒に近い体色、その肌を覆った釉薬のようにぎらつく粘液、そして台形の頭部と大きく開いた口、鋭い棘のような歯。激しい攻撃性と攻撃の際の俊敏な動きを可能にする発達した尾と丈夫な後ろ足。

昨日発していたハーブに似た香りはすでに消え、保冷剤のために腐敗は免れていたが、血と汚泥の入り交じった、異様な臭気を発している。

気味悪そうにその口のあたりに手を伸ばした勇治に、イスマエルが研究所の備品であるゴム手袋を手渡す。

「ああ、ありがとう。病気持ってるんだったね」

勇治がうなずいた。

マユミに頼んで調達してもらった使い捨てのビニールエプロンを全員がかけ、作業にとりかかった。試験場の他の職員たちも興味深そうにやってくる。

僕はゴム手袋をはめた手で死骸の向きを変えようとした。だが凄まじい量の粘液に包まれた体は摑もうとするたびにぬるりと逃げ、ゴムの指先からは透明な粘液が滴《したた》る。

勇治が僕を退《ど》かし、両手に力をこめてそれを摑んだ。その拍子に、それの排泄孔《はいせつこう》から何かが滑り出た。

背後でイスマエルが呻き声を上げ、僕の体は硬直した。黒っぽい小型のトカゲのようなものが数匹排出され、動いていた。

卵胎生だ。

だが僕たちが息を呑んだのは、それだけではない。小さくたよりない姿のトカゲのようなもの、だがトカゲではない何かの幼生。それはミクロ・タタの泉の中、そして公園の池の中を泳ぎ回っているウアブそっくりだったのだ。

なぜだ。大きな疑問はわいたが、興味や好奇心といった前向きのものではない。腹立たしさ、悲観的な感情、何より恐怖がその場を支配していた。

「交尾していたと言ってましたよね」

僕は勇治に尋ねる。

「ああ。こいつらが二匹重なって、上の一匹が下の首に咬みついて、落ちないようにしているんだ。気持ち悪いのなんのって」

少し得意げに勇治が語る。

鱗の無い、粘液に包まれた肌。彼だけは凍り付いていない。それは爬虫類ではなく両生類のものだ。ということは、交尾というよりは単純に抱接かもしれない。

イスマエルがうごめく黒いオタマジャクシ様のものをゴム手袋の掌ですくい、プラスティックトレイに移す。黒い死骸はさらに幼生やまだ孵化していないどろどろの卵を排出した。

「うわっ」

さすがの勇治も悲鳴のような声を上げた。

「こいつら、親の腹の中で共食いをやってやがる」

プラスティックトレイの中で、ウアブの形をした幼生はまだ成長していないオタマジャクシ様のものを、そしてオタマジャクシのようなものは卵を食っていた。それだけではない。目を凝らせば半分食われたらしく、体の一部が欠損したオタマジャクシが動いている。

身震いするようなおぞましい光景だった。

「地獄だ」

イスマエルがつぶやいた。

シートの上をきれいにすると、僕はまず鋏《はさみ》とナイフでそれの黒い皮を剝ごうとしたが、うまくいかない。大量の粘液に覆われて、刃物が利かないのだ。

魚類の解剖に慣れているイスマエルが代わった。やはり難儀している。

「貸せ」

ラナンがナイフを受けとり、魚をさばくようにそのどろどろの粘膜とともに鮮やかに表皮を剝いでいく。

僕とイスマエルは同時に呻き声のようなものを漏らした。

あの愛らしいウアブとは似ても似つかない、醜悪な黒い悪魔。しかし黒くてらてらとした皮をむいてしまうと、そのピンク色のトルソや頭の形は、ウアブにそっくりだった。ウアブよりも遥かに大きく、輪郭は細長く、全体的にたくましい姿ではあったが。

僕は組織を切り裂いていく。

以前、自宅の水槽で死んだウアブを解剖し、詳細をノートに記したことがあるのだが、シートの上の死骸は、筋肉の走り方、骨格、内臓の作りは紛れもなくウアブのものだった。

だが、ウアブは水の中にしか棲まない。ウアブはエラで呼吸し、これにエラはなく代わりに立派な肺がある。

ウアブはゼリー状の卵を水草に産みつけるが、こいつは卵胎生だ。

ウアブは産みつけられた卵に牡《おす》が放精するが、こいつは池のそばで抱接していた……。

村のお婆さんの言ったとおり、この島にはあらゆる種類の「トカゲ」がいる。流木に乗ってやってきた小さな竜がたくさんの種類のトカゲになった、というお婆さんの言葉は確かに伝説だろう。だが一帯の島でその気になって探せば、トカゲのような爬虫類はもとより両生類についても登録されていない新種がたくさんいるのだろう。

僕たちが今、目にしているものもそうしたメガロ・タタの在来種であり、僕たちがミクロ・タタから連れてきたウアブはその亜種かもしれない。

そう考えたかった。目の前で皮を剝がれているそれがウアブであることを、僕は必死で否定しようとしていた。

死骸から採取した組織の一部を厳重に梱包し、僕は航空便でオーストラリアにある研究所に送った。以前、僕がウアブについて学会誌に論文を発表した際、遺伝子解析をしてもらったところだ。

数日後、DNA検査の結果がコンピュータに送られてきた。新種でも亜種でもない。そのグロテスクな黒い悪魔はウアブそのものだった。

もう逃げられない。画面を見詰め、僕は凍りついていた。はっと我に返りその結果を添付しこれまでの経緯を書き連ね、僕は保護クラブの主立ったメンバー、ラナンやイスマエル、フェルドマン教授たちに送る。

だが父や駆除隊の人々にはどう説明したらいいのか。あの黒いトカゲ様のものの死骸を解剖したときから予想はしていたが、覚悟はできておらず、DNA検査の結果を表す数字とローマ字の羅列を前にして、僕はすくんでいる。

そして本来なら真っ先に伝えなければならない相手、そして場合によっては多額の損害賠償を請求されるかもしれない相手、ゼネラル・マネージャーのサマーズ氏のことを思い出した。彼に直接会ってこのことを伝えなければならない。

僕は意を決して階段を上がっていった。

マユミには「私も一緒に行く」と言われたが、さすがに断った。彼女はめずらしく自分でコーヒーを淹《い》れて、僕の背中を叩くというよりは、殴りつけて送り出してくれた。

「大丈夫よ、ショーン・サマーズはアバウトな男だから。だれのせいだの、損害賠償どうこうなんてケチなことは言わない。でもへいこら謝ったってだめだと思うよ。一匹残らず退治するために全力を尽くすと宣言するのよ。できるできないなんて、そのあとの話なんだから」

一匹残らず退治、という言葉が重く、辛く、のしかかる。

フロントで用件を伝えた後、総支配人室の前に行き、怖じけづきながら部屋のドアをノックした。

僕が入っていくと、サマーズ氏は眺めていたコンピュータ画面から一瞬だけ視線を外して、傍らの椅子を指さした。

「座りたまえ」

海亀模様のアロハと全身から醸し出される威圧感がなんとも不釣り合いで、僕は怖じけづく。

「実は……」

ＤＮＡ検査の結果のプリントを見せながら、ココスタウンを震え上がらせた黒い怪物の正体について、サマーズ氏に伝えた。そして責任を持って、僕たちウアブ保護クラブが駆除する、と宣言した。実際のところメンバーのほとんどは帰国してしまっていたのだが。

サマーズ氏の二重顎が深くなった。マユミの言ったとおり彼は責任の所在を尋ねることもなければ、損害賠償の話もしなかった。ただ僕の目を見詰めたまま、ぎしりと椅子をきしらせ身を乗り出した。

「で、具体的にどんな方法で行うんだ」

追及の意図ではないことがその口調からわかった。

答えを用意していなかった僕は口ごもり、駆除隊と連携して、成体の駆除と池の中のウアブの捕獲を行う、とわかりきった説明をする。

「捕獲してそれをどうする？」

答えられない。

駆除はいつ行う？　規模は？　すべて終わるのにどのくらいかかる？

答えられない。計画を立て、工程表を作ってからここに来るべきだった。まずは正直に報告し謝罪する、などということを考えた自分の甘さを痛感していた。

眉間に皺を刻んでうなずいたサマーズ氏は、「人員や機材などについては、必要に応じて提供しよう」と約束し、「とにかく早急に収拾するんだ」とだけ言った。彼は相手が自分の前で謝罪の言葉を口にすることなど許さなかった。彼にとって重要なのは具体的な計画と実行のみだ。

マユミの部屋に戻るとスマホの着信音が鳴った。ローミングサービスがないこの島でも、ホテル内のＷｉ－Ｆｉが、この部屋にいる限りは入る。

画面にフェルドマン教授の名前が表示された。

「私の危惧は当たらなかったようだね」

冷静な声でフェルドマン教授は言った。

「ええ。それ以上に悪いことになりました。まぎれもない外来の捕食動物をメガロ・タタに持ち込んでしまったのですから」

だが、なぜメガロ・タタに連れてきたウアブが、あんなに醜く、危険で、邪《よこしま》な生き物に変態してしまったのか、理由はわからない。

「オオカミの子供は平たい顔をしている。思わず抱き締めたくなるようなつぶらな目で見上げ、可愛らしい声を出す。保護してもらうための戦略だ。子供はすべてそうしたものだ。大きくなっても人に甘え続け、餌と保護を手にしつづける愛玩犬は、永遠の子供、と言えるだろう」

沈鬱な声で教授は言う。

ミクロ・タタの泉で子供たちに可愛がられ、彼らの手から食べ物をもらいながら、水中の小生物や藻を食べて一生を終える、オレンジピンクの柔らかな半透明の肌をした、カワウソのような形をした可愛らしい生き物、クウクウと小犬のように鳴く非力な両生類。それは、怪物の子供だった。

では親は？　大人のウアブはどこにいたのか。

いなかった。いたいけな子供のまま、それは成熟した。卵を産み、放精し、次世代を残す。彼らは永遠の子供だった。透明な水が湧き出し、緑陰に守られた子供の楽園で、ヒトの子供たちに餌をもらい、可愛がられながら、彼らは一生を終えた。

有尾目の両生類では、そう珍しいことではない。

幼形成熟……。確かに珍しいことではなく、ペットとして人気のあるウーパールーパーはその例だ。その彼らもごくまれに変態して成体になることはある。だが、ほとんどはすぐに死んでしまうか、変態する途中で死ぬ。

ところがこの島に来て変態したウアブは、陸に上がり活動を始めた。

「なぜ、この島で突然、変態してしまったんだろう」

僕は教授に問いかける。

「その前に、なぜミクロ・タタでは、ウアブは幼生のまま一生を過ごしたのか」と教授は疑問を投げ返してきた。

そう、大人になり親になり次世代を残して死ぬのが、生き物として自然なのだ。一生を子供のまま過ごすことで環境の変化に適応できるという利点があるにせよ、それは特殊な進化の例でしかない。

ぬいぐるみのように可愛らしい熊の子供、愉快で楽しいチンパンジーの子供、それがある日突然、人に牙をむく猛獣に変わる。それを嘆くのは、人間のエゴイズムだ。ペットであることをやめて、ある日獰猛な捕食者に変わる。

本来のウアブのライフサイクルもそうしたものだった。それがなぜミクロ・タタでは子供のまま一生を終えるようになったのか。

そしてこの島に来て変態したウアブは、彼らの本来の形で次世代を残そうとしている。彼らの親の世代とは異なる形で。水草に卵を産む卵生から、親の胎内で卵から孵《かえ》る卵胎生へ。

しかし九月の初めに僕は確かに池の中に群れているごく小さな幼生、黒い小さなオタマジャクシのようなものを見た。彼らはまぎれもない卵生だった。一方、駆除した黒い成体ウアブの腹の中では、卵が孵り親と同じ姿になっているものがいた。そしてそれらはまだ孵らぬ卵や、より小さな幼生を親の腹の中で食っていた。

「個体差だろう」とフェルドマン教授は僕の疑問に答えた。

「あるものは成体になり、あるものは一生を幼生のまま過ごす。種として変化する途上で、個体差が生じるのは当然のことだ」

いくつかの疑問を残したまま、ウアブはこの島で変化を遂げつつある。だが生物的な興味を持ってじっくり観察し、研究している余裕はない。

島にとって危機が迫っていた。ここの島民と、ココスタウンの住人にとっては深刻

だが、群島から離れた者にとっては脅威ではなく、したがって協力も得られにくい、

限定的な生物災害だ。

「いてはならないものを僕らが運び込んだ以上、僕らの手で元に戻さなければならな

い、ということですね」

痛恨の思いを込めて僕は言う。

元に戻す、とは、サマーズ氏とも話したとおり、ここからウアブを一掃する、とい

うことだ。だがミクロ・タタの楽園の泉はもうない。つまり僕らは最後の一匹まで、

駆除するということだ。

「外来生物だから最後の一匹まで駆逐しなければならない、と考えるのが果たして正

しいのだろうか。完全に地域固有の種などというものは地上のどこにも存在しない」

フェルドマン教授は言う。その言葉を、どこかで待っていた。

慎重に、しかし悲痛な響きを込めて、フェルドマン教授は続けた。

「環境も生物も常に侵略を繰りかえし、動的平衡（へいこう）を保っている。絶対に変わらない環

境があるとすれば、すべてのものが死に絶えた世界だけだ。問題は外来種が限度を超

えたインパクトを与えること、それから在来種と交雑することだ」

少なくとも今のところそうした環境へのインパクトはない。ただ、神の地位に君臨しているヒトの生活と生命を、ウアブは脅かしているのだ。

「いずれにしても、駆除して数を減らさなくてはならないということですね」

「それが理想だが頭数のコントロールは難しい。根絶以上に」

呻くようにフェルドマン教授が言う。

「ほとんどの侵入生物は、低密度になるほど高い増殖率を示す。つまり一度駆除しても短期間で爆発的に増えてたちまち元の数に回復するんだ」

「きっと何か良い方法が見つかります」

心と裏腹に僕は前向きな言葉を吐く。同意も否定もなくフェルドマン教授が冷静な声で言った。

「まず最初にするのは、コロニーを探すことだ。群れで狩りをして、集団で交接していたということからして、ココスタウンの中に、少なくとも一ヵ所はコロニーがあるはずだ」

それは僕も考えていた。彼らは夜行性だ。昼間に彼らが群れで隠れている場所がある。

セキュリティガードに守られた六十六エーカーの楽園。だがセキュリティガードの目に入るのは、不審者や犯罪者であり体長四十センチあまりの両生類ではない。

藪か、コンクリートの建て屋の隙間か、給水塔の陰か、長期滞在者もホテルの客も決して行かないバックヤードに、彼らはコロニーを作っているに違いない。活動性の低い昼の間に彼らの巣を見つけられれば、駆除は安全に、効率的に進むはずだ。

その日の午後、僕は保護クラブのメンバーだけでなく、駆除隊の人々にも声をかけ、ココスタウンの従業員に案内してもらい、コロニーを探した。

集まったのは、父やシン・ジョファン、勇治など駆除隊のメンバーがほとんどで、保護クラブのメンバーは僕の他には、たまたま休暇でここを訪れていたバードウォッチャーの大熊さんだけだった。大熊さんは三泊四日の旅でこちらに来たのだが、今日の深夜、帰国の途につくので、せめて何かの役に立ちたい、と参加したのだ。ラナンやイスマエル、アリソンは仕事があり、他のメンバーは帰国しているか、危険なのでコテージに引きこもっている。あの柔らかくひ弱で人なつこい生き物を愛してやまない人々が、武器を手にして危険生物に変貌したウアブを狩り出すことに躊躇《ちゅうちょ》するのは当然だった。

駆除隊の人々は、これで昼のねぐらを見つけられれば一網打尽《いちもうだじん》だ、とはやっている。

そんな彼らに、実はあれはウアブの変貌したものだ、と告げる機会も度胸もないまま、僕はセキュリティガードの詰め所前を出発した。

広い敷地内でもあり、メンバーは予め渡してある地図に従い、三手に分かれた。一グループが四、五人であり、コロニーをみつけても決して自分たちだけで駆除を始めないように、ということを確認し、それぞれのグループの一人が、従業員用のＰＨＳを持ち、連絡を取り合うことにした。

僕たちのグループはココスタウンの北側を受け持った。敷地の東側はホテルのプライベートビーチ、南側は海岸林を控えた芋畑と小さな集落、そして西側の陸寄りの場所は、南側に比べて密度の高い熱帯林になっている。海岸沿いの舗装道路は島の南側にある空港からゲレワルの町を通り、ココスタウンの中央にある入り口で終わる。その先は未舗装の道が延びていて、途中いくつかの小河川を渡り、集落を繋ぐ形で島を一周している。橋の多くは戦前や戦争中に日本によって架《か》けられ、その後アメリカや日本のＯＤＡによって修復されたり架け替えられたりしている。

南の芋畑はココスタウン内では、「タロテラス」と呼ばれ、ホテル直営のレストランの二階バルコニーから、みずみずしく大きな葉や青空を映す水面や作業する島民の女性たちの姿が望める。対して西側は僕もほとんど行ったことはないのだが、比較的急な斜面で、密林との境は有刺鉄線で仕切られ、動物などが入ってこられないようになっている。そしてひっきりなしに侵入してくる竹やその他の草木については、園丁が入って定期的に刈っているようだ。

対して僕たちが見回ることになっている敷地北側に有刺鉄線はない。敷地の境は小河川で、プライベートの人工砂浜の端にかけて両岸はマングローブ林が広がっているのだ。

川の流れは時間帯によって変わる。通常は島の中心部から河口へと流れるが、潮が満ちてくると海から陸へとハマザクロやヒルギの実を浮かべてゆったり遡《さかのぼ》る。

いくら歩き回ってもウアブのコロニーどころか、一匹の個体も発見できない。頭上を覆う木々の濃緑色の葉が薄暗く蒸し暑い。視界がきかない中、鳥の鳴き声や不意に飛び立つ羽音が聞こえるばかりだ。

「こんなところにもカラスかよ……」

勇治がそちらに顔を向けて、日本語で呆れたように言ったのを「いえ、カラスモドキ」と大熊さんが訂正する。

ココスタウンの敷地内にあって、境界線付近には島本来の自然が残されている。アリソンのダイビングクラブでは、敷地奥にある桟橋から客をカヤックに乗せ、この川を下って海に出るというオプションを用意していたが、一般の観光客が減りインストラクターが帰国してしまった今、そうしたツアーの催行はすでにない。

僕たちはマングローブの中の道を歩き続ける。

「あの白いのはアマサギ、このあたりにはクロサギもいるんだけれど、今日は見てないな」

双眼鏡を手にした大熊さんの解説が続く。

「鳥の数は前回来たときより少ないのが気になる。成鳥は食われないとしても、やはり卵や幼鳥がやられている可能性があるね」

やはり黒いウアブは捕食者としても、この島の生態系にすでにインパクトを与えているようだ。

「ほんとはちゃんと数、数えないと何も言えないんだけど体感でわかるんだよ」

大熊さんの口調が深刻味を帯びる。だがウアブ自体はみつからない。

僕たちの見回る範囲は他に比べると狭い。敷地のほとんどが湿地でヒルギやニッパ椰子が柱や網の目のように密生しており、足を踏み入れる隙間がないからだ。

「いちおうカヤックを使って、マングローブ林の中を見よう」と上流側を指差した勇治に、大熊さんが首を横に振った。

「あのね、マングローブ林にはワニとか蛇はいるかもしれないけれど、僕らの探しているものはいないよ。あれはトカゲではなく、両生類なんだよ。このあたりは海水が混じる汽水域なので、浸透圧の関係から両生類は生きられないの」

「へえ」と勇治は感心したようにうなずいた。一緒に解剖はしたが、勇治はそのあたりの分類に格別、注意を払った様子はなかった。

他の駆除隊のメンバーはあれがウアブの成体だということをまだ知らない。同じグループの人々にも、大熊さんと勇治の間で交わされた日本語のやりとりはわからない。僕は沈黙したまま、人々を促し、廃材や給水塔などが置かれたバックヤードに向かう。

そちらも探したが黒いウアブは見つからず、僕たちは敷地奥の密林側を担当した人々に合流した。

夕暮れ近くまで探したが、結局この日、コロニーらしきものは発見できなかった。

全員が詰め所前に戻り、解散の挨拶をしたそのとき、習慣的にか、双眼鏡を目に当てていた大熊さんが、無言で僕の腕を摑んだ。

何か尋ねようとした僕に「しっ」と口をつぐませ、双眼鏡を手渡し彼方の植え込みを指差す。不慣れな僕では双眼鏡の狭い視野が揺れ動き何も見えない。

諦めて目から外した瞬間、ジョファンの体が小さく、素早く動いた。

黒いウアブが芝生の上に現れた。

二匹いる。僕が思わず後ずさりした瞬間、ジョファンの空気銃がそれを狙い撃ちした。

続いて父の銃が鋭い音を放つ。

ジョファンの銃で頭を撃ち抜かれた方はしばらくばたばたと暴れていたが、父が撃ったもう一匹は尻尾の付け根あたりに弾が当たり、体を引きずるように蛇行しながら植え込みの中に逃げた。

とどめを刺そうとしたジョファンを父が止める。

「脊椎《せきつい》を撃ち抜いた。その必要はない」

植え込みの先には散歩道やコテージなどがある。人がいる可能性もあるのでそれ以上の発砲は確かに危険だ。空気銃とはいえ、人に当たれば軽い怪我では済まない。

駆除隊の人々と大熊さんを見送った後、僕はジョファンの仕留めた死骸を袋に入れ、夕闇が迫る舗装道路をレンタバイクを飛ばし、ゲレワルにある水産試験場に向かった。

職員はみんな帰宅した後で、施設にはイスマエルしか残っていない。

屋外水槽で濾過《ろか》水が流れる音を聞きながら、僕は彼にフェルドマン教授とのやりとりについて、なるべく正確に伝えた後、昼間に敷地内のコロニーを探したがそれらしきものは発見できなかったことを話した。

仕事を終えたラナンとマユミも加わり、四人でコンピュータの画面を見ながら、これまで僕たちが集めたウアブに関する調査データを丁寧に見直す。

池に移した後の単位面積あたりの個体数変化、卵を産み付けられた位置、産卵の時期、生育状態、そして約半年に一度やってくる大量死の折の毎日浮かぶ死骸の数……。

その他に保護ボランティアが付けている日記や気づいたことを撮影している雑多な写真、身辺雑記のようなブログ。個々のデータに加え、そうしたウアブには直接関係ないものも集め、僕たちは画面に見入った。

だがいくら丁寧に見ても、なぜメガロ・タタに移されたウアブが、いきなり成体になったのかわからなかった。

マユミの方はゴム手袋をして、成体ウアブの死骸を調べにかかる。

僕たちが頭を抱えていると、マユミがいきなりけたたましい笑い声を上げた。僕とイスマエルが眉をひそめてそちらを眺めると、手袋の指先でウアブの排泄孔あたりをつついている。

「こいつ生意気にもオチンチン持ってる」

僕たちは顔を見合わせ、そちらに行く。

マユミは腹を上にして置いたウアブの尻尾と排泄孔の中間くらいのところを指先で押す。すると排泄孔から確かに折りたたまれた触角のようなものが飛び出し、それを見てさらに笑う。

「おっと、ちっちぇえな」とラナンも豪快な笑い声をたてる。

だが僕とイスマエルは顔を見合わせるばかりだ。

幼形成熟し水中で一生を終えるウアブは、体外受精をした。金魚のように生殖期は不定で、産み付けられた卵に雄が放精したようだが、その場面を僕は見たことがない。

一方イモリなどは、雄が精子の詰まった鞘《さや》を雌に受け渡し体内受精し、カエルは生殖孔を近づけ精子のやりとりをする。だがヘビや他の爬虫類のように外部生殖器を持った両生類については、ミミズそっくりの四肢のないイモリの類がいる他、僕は知らない。

「水から出て陸上生活に適応しつつあるということだね、この前の卵胎生のことも含めて」

僕が言うとイスマエルが、ステンレスバットの上に置かれた死骸を見下ろし、表情をますます硬くした。

「急すぎる。もし成体になる個体が現れたにしても、最初はせいぜい一匹か二匹のはずじゃないか。それが何年もかかって体の変化が起きる。何もかもが早すぎる……」

「こうなる方がノーマルだろ」

平然とした顔でラナンが答えながら、黒いウアブの腹を指先で押しては、触角のような外部生殖器を出したりひっこめたりしている。

「だってそうだろ、一生をガキのまま過ごして、ガキのまま子供作って死んでいくとしたら、そっちが異常だと思わないか？」

「人間の雄じゃ、そういうのが増えているけどね」

ガラス棒でウアブの口の中を拭《ぬぐ》いながら、マユミが鼻歌まじりのような軽い口調で言い、僕は何だかわからないまま気を悪くする。

「本来、こうなるべきものが、ある一定の条件下で一生を子供のままに過ごすことになった。だからその条件がなくなれば、たちまち元の姿、元々のライフサイクルに戻る、ということだね」

イスマエルが断定した。

「条件、と言うと？」

「環境。ミクロ・タタの」

僕は、ウアブのルーツを考えていた。

地震と嵐で沈んだ「忌島」。そのとき、小さな竜たちが流木に乗って付近の島に逃げてきた。爬虫類のトカゲやヤモリ、その中には両生類のウアブもいた。

多くの入植者を死に追いやった「黒いイモリ」も、ミクロ・タタの海岸に流れ着いた。

僕はミクロ・タタの光景を思い浮かべる。大人になると褐色に変わってしまう、見事な金髪を持つ子供たち。ニッパ椰子の葉で屋根を葺いた家々と、小船で魚を捕り、狭い畑で芋を栽培し、電気も水道もない暮らしをしていた人々。

群島内の島は相互に近い。だが島と島の間には、深い海がある。その海を境にして、島の気候も土壌も植生も異なる。

忌島は、本によれば、このあたりではめずらしく平地が多く水に恵まれた島だった、とあるが、隆起珊瑚礁の美しい島ミクロ・タタの土は保水力に乏しい。いや、土などというもの自体が少なくて、ほとんどが砂地だ。そこにあの泉が湧き出ていた。澄み切った、貴重な淡水だ。あの泉の周りにあるのも、砂と岩だけだ。だからウィンドサーフィンで遊びにいく僕にとっては快適だった。顔にしつこくたかってくるハエも、裸足の指を刺して水疱を作る蟻もいない。肌を刺す虻《あぶ》や蚊や、毒の粉を振りまく蛾《が》もいなかった。

だがそこに住むものにとって、ミクロ・タタは苛酷な島だ。地味は痩せ、労力の割りには貧弱な芋しか取れず、人々は主に海に頼って生きている。人だけでなく、多くの生き物にとっても、あそこは苛酷な島だ。

だが、例外的に泉の中は、豊かだ。陽差しを浴びて藻が生長し、様々な生命が生まれ、宿る。島に流れ着いたウアブは、いつの頃からか、成長して苛酷な地上に出るのを止《や》めた。

幼生の時代に過ごす真水の中で、藻と小生物、子供たちのくれる餌で命を繋ぎ、卵を産み、小さな体のまま大人になり、一生を過ごすことにしてしまったのだ。肺を持つことなく、一生、エラをつけて、なんとも愛らしい子供の姿のまま。

幸いなことには、泉にも島にも、そうしたやわやわと非力なものを喰う捕食者はいない。

いや、ひょっとするといたのかもしれないのだが、貴重な飲み水の守り神であるウアブを守るために、島民が徹底駆除したのかもしれない。

忌島では入植者を悩ませ、死に追いやった黒い悪魔は、ミクロ・タタに渡ったとき大人になることを止め、泉の守り神、可愛らしく非力な両生類として一生を楽園で過ごすことにした。

だがある日、ウアブは人間の都合で楽園を追われた。居心地の良いミクロ・タタの泉から、リゾート島の池に連れてこられ、放たれた。

そのときウアブの中では、止められていた成熟へのスイッチがいきなり入ってしまったのだ。そしてウアブは忌島にいたときの本来の姿に戻った。

そんなことを口にすると、イスマエルが首を左右に振った。

「ウアブがミクロ・タタで幼形のまま、水中で一生を過ごすようになった、という理由はたぶんそれで正しいと思う。だがこの島の池で何がウアブの成熟のスイッチを入れたのか」

「だからミクロ・タタは昔から何もない島なのさ」とラナンは唇を突き出して、肩をそびやかした。「学校も病院も、あっちの島の者はみんなメガロ・タタまで定期船で来るんだ。ウアブだって、ここに来ればもう狭い池の中で一生を過ごさなくて済む。何しろ陸の上は木が茂っていて餌が豊富だ。虫やカタツムリ、小さなカエルもいる」

「食べ残しのスパゲッティ、賞味期限切れの七面鳥、子供が振りまいたオレオの欠片《かけら》」

こちらに背を向け、顕微鏡を覗きながらマユミが付け加える。

「いや、そうじゃない。彼らを変態させたのは、ミクロ・タタにはなかった脅威だ」

僕は反論した。

「非力な幼体のままでは生きられないような危険が迫ったんだ。強いストレスが成体へと変容するスイッチを入れたんだ。確かに人にとってはこっちの方がミクロ・タタより住みやすい。だが、ウアブにとっては違った。こっちに移して二ヵ月後にはたくさんの死骸が浮き上がったじゃないか。何かがウアブを殺した。脅威を回避するために彼らは一生を子供でいることを止めて陸に上がったんだ」

「その脅威とは何？」

イスマエルが尋ねた。

僕はかぶりを振る。それがわかれば、きっと事態を収拾する手段もあるのだろう。

「いったい何があったのよ、あんた」

マユミがゴム手袋の指先でウアブの腹をつついては生殖器を出し入れしながら、奇妙に湿った口調で死骸に話しかけている。

「ここの池の水に含まれる成分か水温、この島の土壌や気候、僕たちにはわからないけれど、ウアブにとっては棲みにくいものだったのだろう」とウアブに代わって僕は答えた。

「熱帯の小さな村で生まれ育った者が、突然、東京に連れて行かれた様子を想像してみればわかるだろう」

「流木に乗って忌島からやってきた小さな竜は、ミクロ・タタでみんなに可愛がられて、おとなしいペットに変身し、この島にやってきて辛い目にあって、また怖い竜に戻ったと？」

茶化す口調でもなく、マユミが言う。

「その話だけど」とイスマエルが遮った。「ウアブのルーツが群島内の他の島にあるというのはあり得る話だけど、流木に乗って海を渡ってきたという話には無理がある。爬虫類ならともかく両生類の場合は、海水を浴びたら体液のホメオスタシスが崩れて死んでしまう」

この日、大熊さんも言っていたことで、生物学の初歩だ。

流木に乗った竜は確かに伝説に過ぎない。恐ろしいと同時に魅力的なメルヘンだ。

実際のところは漁師の小船か何かにくっついてウアブは運ばれたのかもしれない。

そのときけたたましい携帯電話の着信音が鳴り渡った。

マユミの胸ポケットに入れてあったものだ。すばやくゴム手袋を外して出ると、マユミはくるりとこちらを振り返り、「患者が来た。帰るわ」と告げた。

「また、あれ？」

僕らは気色ばんだ。

「いえ、違う。色白チャイニーズの女の子がビキニで日焼けして、痛くて死にそうなんだって。観光客が逃げていったのでディスカウントしたら、怖いもの知らずの中国の団体さんがやってくるようになったのよ」

ドアを開けながら、こちらに向き直り、マユミは顕微鏡を指差す。

「あの黒いウアブの唾液。バクテリアのカクテルよ。とびきり濃厚な。しっかり見て、死骸も焼き捨てて」

それだけ言い残して出て行く。ラナンが「暗いから危ない。俺が送ってやる」と追いかけていった。

残された僕とイスマエルは顕微鏡を覗き込む。

背筋がぞっと冷たくなって、思わず呻き声を漏らしていた。何がどの病気の細菌か、などということはマユミがいないのでわからない。ただ白っぽい視野の中に、様々な形の、おびただしい数のバクテリアが重なりあってうごめいていた。

翌早朝、僕はトタン屋根の家々を繋ぐ草だらけの狭い通路を、バイクを押してイスマエルと歩いていた。前夜、遅くなったので彼の家に泊めてもらったのだ。

幹線道路に出る分岐まで来るとイスマエルは反対方向の海側を指差した。

「先日、あそこで子供がやられた」

僕は振り返る。海側ではあるが海は見えない。艶やかで分厚い緑に遮られている。このあたり一帯を取り巻くマングローブ林だ。

「夕刻、魚を突こうと海に入って、大きな魚と間違えてあれの尻尾を狙ってしまった。反撃されて足に咬みつかれた……」

「海？」

僕はバイクの向きを変え、そちらに向かう。

海岸だ。集落の排水まじりの川の泥水が入っているのだろう。汚泥のような砂とゴミの積もった浅瀬にマングローブ林が張りだしている。

「ウアブは両生類のはずじゃないか。たとえ変態して陸に上がっても、ワニやトカゲならともかく、両生類は海水には棲めない」

イスマエルはうなずいた。

「しかし海水の中で暮らすことはできなくても、餌をあさりに浜に出てくることはある」

「魚を突こうとして海に入って間違えてウアブを突いた、と言ってなかったっけ？」

ちょっと混乱したようにイスマエルは視線を動かした。

「話、聞けないかな、その子に。実際にどんなやつにやられたのか」

「死んだ」

悲痛な口調でイスマエルが答えた。僕は言葉もなくイスマエルの思い詰めたような横顔をみつめる。

「町の病院に連れていって、いったん元気になってもどってきたんだけど、四日目の夜に」

「死因は？」

「わからない。このあたりで子供が死ぬときには、たいていわからない。腹が痛いと言って、下痢と嘔吐が続いたらしい。最後はたぶん脱水かな」

僕は視線をあたりの海面に移す。不潔なところだ。プラスティックボトル、生ゴミ、発泡スチロールの箱、得体の知れない白いスポンジのようなもの。貧しいわりにはゴミが多い。いや、貧しいからゴミの処理ができないのか。子供を咬んだのはウアブではなく、ミズオオトカゲかもしれないし、ウツボかもしれない。単純にガラスの欠片を踏んだのかもしれない。僕でも足を滑らせて落ちて水を呑み込んだりしたら、腹を壊すだろう。

「ココスタウンのゴミがこっちに回ってくるのさ」

イスマエルが足下に漂う発泡スチロールの食品容器に視線をやった。

「ちゃんと業者が入って処理しているはずだが」

「ちゃんとした業者ならね」とイスマエルが冷めた口調で言う。

ココスタウンに戻り医務室を訪ねると、マユミは机の上のパソコンを操作しているところだった。

僕は、たった今、イスマエルから聞いた話をマユミに伝えた。

「ただ、海の中のことだから、咬みついたのがウアブとは考えにくい。近くの川から汚れた水が入っていて、ゴミだらけですごく汚いところだった。死因は傷口が化膿したとかじゃなくて、腹痛、嘔吐、下痢……」

「細菌性胃腸炎。Ｖｖ菌の起こす症状のうちの一つ。昨日の顕微鏡で見たウアブの唾液の中にも、どっさりいたけど」

こともなげにマユミは答えた。

「でも子供が咬まれたのは、海の浅瀬だったと……」

僕が言いかけたとき、「ところで」とマユミはパソコンを僕の方に向けた。

日本語だ。沖縄《おきなわ》県から出された侵入生物注意情報だった。本島中央部にある自然体験型観光施設で、観光客複数がトカゲ様の生き物に咬まれて重症、とある。

咬まれたのはいずれもここ数日のことで、二日後から三日後に、傷口から壊死性筋膜炎を発症し、一人は重体で現在も入院中。

咬んだ動物については見つかっていない。目撃者は見たこともない黒いトカゲ、と表現したが、咬み跡からするとトカゲのように顎が尖ってはおらず、平たく幅広い顎に、ハの字状に歯が並んでおり、オオサンショウウオに似ている。だが沖縄にオオサンショウウオは生息しておらず、ペット業者が密輸した動物を捨てたか、マニアのところから逃げ出したかしたものと見られている。

反射的にマユミと視線を合わせていた。

危険なので見つけたら触らず、速《すみ》やかに警察に通報すること、と記事は結ばれている。

「だれが持ち帰った？」

僕とマユミは同時に言った。少し前に帰国した日本人の顔を僕は思い浮かべるが、この騒ぎに怖じけづいてもどっていった人々が、そんなものを持ち帰るはずはない。それなら僕がミクロ・タタから持ち帰ったように、だれかが変態前のピンク色のウアブを、スーツケースの底にでも隠して日本に持ち込んだのか。

それともチュウゴクオオサンショウウオか何か、まったく別種の生き物か。

「この記事をみつけたから、英語で検索をかけたのよ。そしたら出て来た、ほら」

マユミはマウスをクリックした。

常識的に考えればニュース以下の噂話や都市伝説の類だ。だが僕からすると信憑性《しんぴょうせい》のあるブログ記事やツイートが多数、発信されていた。

発信地はフィリピン、ミンダナオ島のダバオだ。

内容は、この島で起きていることと同じだ。夜間、家畜や人が襲われる。咬まれてから、数時間の激烈な痛みが何とか治まった後に、感染症を発症。筋膜炎や胃腸炎、敗血症などにより、死に至るケースが多い。そして信憑性は疑われるが、ショッキングな記事があった。子供が家から数キロ離れた学校からの帰り道に襲われ、食われたというものだ。

人や家畜を襲った動物は、現地の人がこれまで見たこともない「黒いトカゲ」で、何枚もの写真が投稿されている。血まみれの傷口、皮膚に掌大の壊死のある人の下肢。そして死体。その中に、「黒いトカゲ」を写したものがあった。溜池を背景に、コンクリートの上を這っているその姿は、間違いなく成体のウアブだった。

ココスタウンにフィリピン人はずいぶん来ていたが、日本人同様、ここから逃げて行った人々が、わざわざ危険な生き物を連れ帰るはずはない。

ひょっとすると船かフェリーの貨物にまぎれて渡ったのか、と思い、さっそく港湾事務所に問い合わせてみたが、群島内の島々を巡る小型船や観光客用のボートの他に、グァム島やミクロネシアの州都から来る定期フェリーはあるが、フィリピンや沖縄に向かう船はない。

「どういうことだと思う?」

マユミに問われたが、答えなどみつからない。

フィリピン人は、このメガロ・タタやパラオ、グァム島などにたくさん働きに来ているが、ミンダナオ島とここの距離は一千キロだ。そして沖縄はさらに遠い。

半信半疑のまま僕は医務室から引き揚げ、池に向かう。

陽差しは眩《まぶ》しく、肌をじりじりと焼いた。こんなときだというのに、中国からは新婚旅行と思しきツアー客たちが訪れ、ホテルのプールで戯れていた。昨夜のマユミの患者も、彼らの仲間の一人なのだろう。

芝生から花木の下の小道に入るとほっとする。

池の中にはウアブの幼生がいた。前回見たときより大きくなり、可愛らしい手足が生えていた。

解剖したウアブの腹の中で兄弟を食っていたのも、これと同じ、ウアブの幼生だ。

勇治が一斉に交尾する光景を見たというのは、七月上旬の満月の夜だった。そして僕がごく小さな、まだ四肢の生えていないオタマジャクシが池に群れているのを見たのは、九月の初めだ。その三週間後、ウアブの死骸から出て来た幼生には、四肢が生えていた。七月の満月の夜に、ウアブは一斉に交尾し、あるものはごく早い段階で幼生か卵の状態のものを池に産み落とし、あるものはかなり成長するまで卵管の中に抱えていた。

それがフェルドマン教授の言う変化の途上で起きる個体差なのだ。いったいどれだけの数のウアブが水中に卵を産み付け、どれだけが腹の中で卵を孵したのだろうか。

水の中に放たれた卵や幼生は、数が多くても成長する前に小魚や鳥や他の爬虫類の餌になる。一方、母親の腹の中で孵化したものは、他の生き物の餌食にはならないが、親の方はそれほど多く腹に抱えることはできない。雌の負担も大きい。そこで他の生き物に食われる代わりに、共食いが起きる。結果、生存競争を勝ち抜いたごく少数の子供がある程度育ってから生まれてくる。

生き物の戦略としてどちらが有利なのかはわからないが厳しい話だ、と思いながら僕は水中を覗き込む。今、池の中に群れている幼生の何割かは、あるいは大半かもしれないが、確実に変態するのだ。

その夜、僕はロブの家に行き、それまで隠していた「黒い悪魔」の正体について、父に告げた。

それがグァムにある我が家の水槽にもいる、ふわふわとしたピンクの可愛らしい両生類の本来の姿で、まさに騒動は僕たちが引き起こしたものだ、ということを知った父はひどく驚いていたが、やがて僕の肩をゆっくりと三つ叩いて言った。

予測不可能なことだったのだ。そんな過《あやま》ちを人間は一生の間にいくつかは犯《おか》すものだ。肝心なのは、その結果に責任を持ち、自分の手で収拾することだ、と。

それから柔らかな口調で付け加えた。自分の手で、というのは、自分一人で、ということじゃない。コミュニティの人々や島民にも協力を頼み、できるかぎり速やかに終わらせよう、と。

わかっているよ、僕はもう子供じゃない、という言葉を僕は呑み込む。

父はまず、ホテルのあの池の水を抜けないかどうか、ゼネラル・マネージャーの許可を取り、調べることを提案した。成体となった黒いウアブをいくら駆除しても、第二世代のウアブや繁殖池を放置しておいたら次々に湧き出るように上がってくるからだ。池の中にいる変態する前の幼生を根絶させなければならない。

僕は、それは危険だ、と答えた。池の排水についてはまだ調べてはいないが、場合によっては、ウアブの幼生が排水路を通って近隣の陸水に広がるおそれがあるからだ。

ならば駆除剤を撒いたらどうだ、と父は言う。

それにも僕は異を唱えた。蓮とウアブと小魚しかいない公園の池とはいえ、かなりの広さがありココスタウン内の環境に池はそれなりの役割を果たしている。そこに駆除剤を撒いて死の池にしてしまうことは、ここだけでなく島全体の生態系にどんな影響をあたえるかわからない。エコロジカルな理由だけではない。僕は父のような決としすぎた、当面の危険を避けるために、多少の犠牲はしかたない、と腹をくくる態度に抵抗を感じる。

僕たち保護クラブでは、その日の午後、すでに辛い決断をしていた。

まずは池を泳ぎ回っているウアブを捕まえて駆除するというものだ。ただし父とは異なる方法で。

おそらく父は不完全だ、と反対するだろうが、僕たちはそれこそが一番、確実なやり方だと信じていた。

4　赤道海流

その日、僕たちは池の畔に集まった。

ラナンが家から持ってきた投網をゴムボートに載せて池にこぎ出した。そしていくつかのポイントでラナンが投網を打った。手際良く投げては、底をさらうようにして、ウアブを捕まえる。

少し前に調査したときには、ごく小さく足さえ生えていなかったウアブは、その頃にはこのまま繁殖できるのではないかと思えるくらいの大きさに育っていた。

そしてボートに揚げるとつるつるした半透明の体についた黒い目で僕たちをみつめ、その丸く小さな口から、クゥクゥと子犬のような声を上げた。かわいらしい前足をすりあわせ、赤ん坊が這い回るようにして容器の縁に這い上がろうとしていた。しかし先に掬った方から順番に、地上の乾いた空気と太陽の光にさらされてひからびていく。

夢中で作業しながら、僕は泣いていた。自分の中の魂を殺しているような気がした。片方の拳で涙を拭いながら、投網にひっかかっているウアブを摑みとっては容器に移す。

不穏な徴候もあった。その中の二、三匹は、すでに体色が変化していた。背中のあたりに黒い縦の筋が入り、その周りにコーヒーの粉を散らしたような黒い点が散らばっていた。頭が台形に変形し、口が大きく裂け始めている個体もあった。

まだ生きてクゥクゥと鳴いて這い回っているそれを、すでにひからびてしまった死骸とともに、僕たちはホテルの庭を抜けた向こうにある海に持っていき、アリソンの店のモーターボートで沖まで運んで捨てた。

ウアブは塩水の中では生きられない。青緑色に澄んだ海水に放たれたそれは、直後は驚いたように元気よく泳ぎ回っていたが、すぐに体内の水分が抜け始め、次々に海面に浮かび上がってきた。いたいけなオレンジピンクのウアブたちが、波間で苦しみ、海面に次々に浮かび上がる様を眺めながら、僕は彼らに謝る。

目を逸らして沖に目を転じたときだ。そこに漂う筏《いかだ》のようなものに気づいた。

遠くてよくわからなかったが、縦横二メートルくらいはあるシート状のものが波間に浮かび、かなりの速さで流れ去っていく。

「あのあたりは潮の流れが速いのよ」

ボートを操縦していたアリソンが陽差しに目を細めて言う。

「ダイバーの間では、要注意ポイントね。この群島全体が、海の中に川が流れているようなところにあるんだけど、特にあのあたりは。油断してうっかり潮に乗ったらフィリピン沖に流されてしまう」

「潮だけじゃないさ。このあたりの島は風まで強い。季節によって風向きが変わるから、漁師は潮と風の両方を読まないといけないんだ」とラナンが言う。

そんな会話の間に、海に浮かぶシートのようなものは流されて視野から消えた。

「それにしてもあれは何だったんだろう？」

僕が首を傾げると、アリソンがくしゃっと顔をゆがめて両掌を天に向け、ラナンが小鼻を開いて、ふん、と笑った。

「ゴミさ」

「ゴミ？　あんな大きな……」

「のわけないだろ」

「だって大きかった」

「魚や野菜の入った発泡スチロールの箱、カップ焼きそばの器、ペットボトルやちぎれたブイ、要するに水に浮くもの全部さ」

「島のゴミか」

「うちの島のゴミもあるけれど、うちのだけでもない」とラナンは頬を膨らませた。

「アメリカとか、日本とか、ハワイとか、太平洋沿岸のゴミ、いや中国のゴミも全部、この島の沿岸を通ったり浜に打ち上げられたり、そこからまた流れて行ったりする」

「海中の状態はひどいものよ」

アリソンが言う。

「珊瑚礁の浅瀬に細かなゴミが漂っているの。有機物も含まれているから小魚が群れるじゃない。何も知らないシュノーケリング客は魚がたくさんいると喜ぶ。だけどそういうゴミが沈んで珊瑚にダメージを与える。そうすれば、一帯の海が死ぬのよ。私たちダイバーにとっては腹立たしいことこの上ないわ」

アリソンが口元を引き締めた。

「で、沈まないのはあんな風に集まって……」

「集まるだけじゃなくて絡まってるの。漁師たちが漁網を捨ててるからね、ゴミに絡まってこのあたりで波にもまれてゴミ筏になってしまう」

まるで巨大な洗濯機のような海流に乗ってゴミが移動する。海水の大循環を、こともあろうに漂流ゴミで見せられて、僕は呆然とする。

翌日も池の中の幼生のウアブを掬って捨てる辛い作業が続いた。僕らは底をさらうようにして、ウアブを捕まえた。その中には明らかにあの黒いウアブと同じ色、形をしたごく小さなものもいた。親の腹の中で育ち幼体となって生まれてきた個体だ。エラ呼吸ではないが、それでもしばらくの間、彼らは真水の池を必要とするのだ。だがごく小さな、足も生えていないような幼生や草や岩の間に産み付けられた卵はなかった。

それで知った。

彼らは月夜に一斉に交接し、あるものは産卵し、あるものは腹の中で育てる。だが繁殖の時期は同じだ。

ミクロ・タタでは、これほど一律の産卵と成長はなかった。あの泉の中では、ほ乳類のカワウソそっくりの、愛らしい淡いオレンジピンクのウアブたちは、様々な成長過程にあった。そして潜ってみれば、岩の間には、ごく少数の卵がたいてい見つかった。繁殖期はないとはいえないが、これほど一律に産卵して、一律に大きくなったりはしていなかった。

なぜかこの島に来て、彼らは同時に産卵し、孵化し、育つようになった。

そしてウアブはもう、あのかわいらしい姿のまま産卵することはない。黒く、グロテスクで、強い毒と攻撃性を持った成体に変態した後に、初めて繁殖するようになった。

憂鬱な作業を終えて、僕たちがボートを浜に上げていたときだった。

「やあ、無人島ツアーかい？」

脳天気な声で、ウェットスーツを上半身だけ脱いだ勇治が手を振って近づいてきた。ウアブ騒ぎでココスタウンの滞在者の大半が去っていき、今、日本人で残っているのは、彼一人になっていた。

手早くウェットスーツを脱ぐと、勇治はそこに重ねられた別のウェットスーツと一緒に、浜辺のシャワーのところに担いでいき、洗い始める。

「彼はうちの店で働いてくれているのよ」

アリソンが言う。

「働くって……」

勇治は、ココスタウン内でもけっこうな金持ちばかりが滞在している二階建てコテージの住人だ。年齢からしても生活のために働く必要はなさそうに見える。

「この騒ぎで、うちのスタッフが次々帰国してしまったの。往生していたら勇治がアルバイトを買って出てくれたってわけ。ダイバーの免許も持っているし助かっているわ」とアリソンは勇治に笑いかけた。

「こんなときだって、ダイバーは来るんだよ」と勇治は分厚い胸を反《そ》らす。

「サメに、バラクーダにヒョウモンダコ。海の中には危ないやつらがたくさんいるのさ。つまりはリスク管理の問題なんだ。たかがウアブくらいで大騒ぎしないで欲しいよなぁ」

確かに限りなく危険で凶暴なやつらはいくらでもいる。ただ、黒いウアブは、海の中ではなく、僕たちの生活圏にいるから問題なのだ。芝生や小道や畑に出てくる。どうやったら彼らと出会わないですむのか、あの毒と細菌を仕込んだ歯の一撃から逃れられるのか、皆目見当がつかないのだ。夜行性だから夜出歩かなければいい、と言っても、熱帯の島のことで、涼しい未明から早朝、夕刻から夜にかけて、観光客も島民たちも活動しているのだ。

「で、今日はどこかに潜ったの？」

僕は尋ねた。

「ホテルの真ん前の浅瀬さ。ところで」と勇治が少し真面目な顔になった。

「あいつを見たよ」

僕たちは思わず身を乗り出す。

「いつ？」

「二時間ばかり前」

夜ではない。

「マングローブ林にいた」

「ミズオオトカゲの見間違いだろ」

すかさずラナンが言う。

「おいおい、僕はあれに襲われそうになってゴルフクラブで撃退した男だぞ」と勇治は、顎を引いた。何より、彼は僕たちと一緒に黒いウアブを解剖したのだから見間違うはずはない。

この日、勇治は中国人のグループを引きつれ、ココスタウンの奥の桟橋から川を下ってホテルのビーチまでカヤックで下るツアーのガイドをしていた。そのとき泥色の水面から網の目状に立ち上がった木々の気根《きこん》の間に、黒くてらてらと光る体を見たのだと言う。

「ぜんぜん動かないからさ、まるで置物だよ。ああやって昼間は体力を温存しているわけだよ。僕が見たのはたまたま一匹だけだったけれど、連中、あの場所で集団で昼寝してるぞ」

イスマエルがいぶかしげに眉をひそめ、僕に視線を合わせてくる。

「ああ、確かにミズオオトカゲと違って両生類は淡水にしか棲まないはずだが……」

マングローブ林が発達しているあの川の両岸は、満潮時にはゆるゆると逆流してくる海水に洗われる。

だが、イスマエルの家の近くで子供が襲われたのは、マングローブ林の張りだした海の浅瀬だ。

「まさか……」

それでもまだ僕とイスマエルは半信半疑だった。

翌午前中、僕は再び、駆除隊や保護クラブの人々に集まってもらい、あらためてあの「黒いトカゲ」がトカゲではなく、ウアブの変態した成体であることを話した。

駆除隊の人々にどんな非難をされるかと内心びくついていたが、僕たちの責任を追及するような言葉はまったく返ってこなかった。

「休暇の間は、ずっとここに留《とど》まって駆除に協力しよう」とジョファンは毅然とした口調で言い右手を差し出し、飼っていた山羊を黒いウアブに殺されたイーサンは「大丈夫、必ずうまくいく」と僕の肩を叩いた。

一通りの報告を済ませた後、勇治が先頭に立ち、昨日、彼が昼間に黒いウアブを見たというマングローブ林に向かう。そうした場所に両生類のウアブがいるということについて僕は未だに半信半疑ではあったのだが、もしコロニーをみつけ、勇治が言う通り置物のように動作の鈍い日中のウアブを群れで発見できれば、夜に駆除を行うより安全で効率的だ。

四日前の昼間、もとよりそんなところにウアブはいないものとして通り過ぎたマングローブ林に僕たちは目を凝らす。だが根や幹、枝々が入り組んだ薄暗い湿地の見晴らしは悪く、もちろん人が入れるような隙間はない。

父とイーサンが用意した手斧《ておの》を振るったが、マングローブは陸上の木々に比べても切るのに難儀する。また切り開いた空間にも足を下ろせるところはごく狭く、根の密生する地面はほとんど海水混じりの水に覆われていた。

奥の桟橋のところまで行き、僕たちはあらかじめアリソンが用意してくれたカヤックに分乗し、マングローブに覆われた小河川を下る。ちょうど潮が引いている時間帯で、格別漕がなくても船は下流へと流されていく。

そのとき先を行くカヤックから銃声ともいえない鋭い擦過音《さっかおん》のようなものが聞こえ、ほぼ同時に入り組んだ気根に弾があたり、水が弾《はじ》けるのが見えた。ジョファンだった。

「外した」とこちらのカヤックに乗っている父がつぶやき、そのあたりに狙いを定める。銃口の先に確かにぬめるような黒い肌が見えた。僕は信じがたい思いでそちらを見た。

気根の間で、それは尾を完全に水につけた状態でだらりと伸びていた。弾力性に富み入り組んだ植物の気根に守られ、それは飛んでくる弾になど関心も示さずまどろんでいる。

他にも仲間がいるのではないかと目を凝らすが近くにはいない。それからしばらく下ると、今度は枝の上にいた。濡れた木々の肌と色が似ていて判別しにくいうえに、微動だにしないから見つけにくい。ジョファンが空気銃を撃ったがマングローブが密生しているために、弾が当たらない。

結局数ヵ所で、そのてらてらと光る黒い体をみかけた。

もう疑う余地はない。両生類であるにもかかわらず、黒いウアブは汽水域で生きていた。だが彼らは厚い皮膚に覆われ、肺で必要な酸素交換がすべてまかなえる爬虫類ではない。薄い皮膚を通して呼吸している。それがなぜ塩水の混じるマングローブ林で生きていられるのか。

塩分耐性のある両生類もいないわけではないが、それはより陸上に適応したアカガエルなどで、ウアブのような有尾両生類では聞いたことがない。

一方マングローブ林の中で彼らは群れてはいない。川の浅瀬から周辺の湿地にかけてぽつりぽつりと潜んでいた。一網打尽、というわけにはいかないのだ。

「これを焼き払うことができれば」と父はマングローブの林を指差す。

そんなことは不可能だ。州や国の許可が下りるわけはないし、この島に小さな河川は無数にあり、その両岸は広くマングローブで覆われ、広い河口と河口を繋いで島の沿岸部のかなりの部分を占めているのだ。

まもなく川幅は広がり、右手に島民の伝統的なカヌーを作るための小屋兼集会所のような建物が見えてきた。あたりは急に明るくなる。海に出た。

「汚い」

先をゆくカヤックに乗っていたジョファンが、こちらを向いて吐き捨てるように言った。確かに汚い海だ。泥色の川の水が入っているからではない。ゴミだ。例によって発泡スチロールに、プラスティックの桶、ペットボトルに浮きや漁網といったゴミが浮いているのだ。潮とともにゴミが運ばれてきて、川から流れてくる泥水がぶつかり合うあたりで渦巻いている。

「ホテルの前なんかもっとひどいよ」と、隣のカヤックでアリソンが答える。

「えっ、きれいじゃないか」

「夜明けと同時に、従業員が掃除しているからよ」と言われ、知らなかったことを僕は恥じた。

ゴミが溜まっているあたりを離れ、僕たちのカヤックは、辺りの海からホテルのプライベートビーチを仕切るように延びている長いコンクリートの堤防に沿って沖に向かっていく。

堤防を境にしてホテル側は白砂を入れた人工ビーチになっているが、反対側はマングローブ林だ。

川を下ってきたカヤックツアー客は堤防を回り込み、ホテルのプライベートビーチ沖のポイントでシュノーケリングを楽しみ、ビーチに戻るという。

「それじゃこのあたりに潜る客はいないんだ」と僕が言うと、ジョファンのカヤックに乗っている勇治が、「僕は潜ったが透明度がほとんどないね。そんな物好きな客はいないよ」と笑った。

それでホテル前のプライベートビーチを仕切って長く沖に延びている二本の堤防の役割を僕は知る。堤防はビーチに入れた白砂が流れないように止めるためのものだが、同時に川の水やゴミの交じる汚い水が流れ込まないようにして、水の透明度と色とりどりの珊瑚礁の景観を保つためのものだった。ココスタウンは、地上部分だけでなく海中までをもそうして人が作り上げた、人工の楽園だった。

「このゴミはどうなるの？」と僕はあたりの海面に漂うものを指差す。

「引き潮になればさらわれていくわ」

アリソンが答えた。

栈橋に上がり、マングローブ林の手前にいくつか罠をしかけた後、僕たちは解散した。一休みしてこの日の夜、再び駆除活動を行うことになっていた。

その前に、僕はフェルドマン教授にメールを送る。

雄のウアブの死骸を調べ、外部生殖器とおぼしきものを発見したこと、マングローブ林の張りだした浅瀬で子供が襲われたこと、この日の昼間、汽水域であるマングローブの林にウアブが隠れているのを発見したこと。

爬虫類と異なり薄い皮膚を通して呼吸する両生類が、なぜ海水の遡上するマングローブの林に生息しているのか、そしてウアブはなぜ成体となったのか、といった疑問も書き連ねて、送信する。

深夜、ロブの家に行くとすでに駆除隊のメンバーは集まっていた。だが初めの頃に比べ、人数は減っている。生まれ育った町なら話は別なのかもしれないが、やはり滞在先や第二の人生を送ろうと選んだリゾート地のことでもあり、当初の興奮や悲壮感が薄らいだ後は、それほど熱心にはなれないのだろう。

年配者の中からは警察や軍に出てもらおう、という声が上がったが、州の衛生局ならともかく、ガラガラヘビと大差ない野生動物の駆除に出てくるほど軍も警察も暇ではない、と父は苦笑していた。

何より父にとって、コミュニティとは、自分たちの手で守るものであり、自分でまいた種は自分で刈るものだった。島の裏側でキャンプしていた父にとって、ココスタウンはそう馴染み深い場所ではないにもかかわらず、駆除隊を組織した瞬間から父にとってのコミュニティがここにできてしまっている。

この日、僕たちはまずココスタウンの内部を見回った。公園の小道には何もいない。花木の間を抜け、マングローブ林に面したコテージの区域に入る。長期滞在者の大半が自分の国に引き揚げてしまい、一帯は暗い。懐中電灯の光の輪を見て歩を進める間にも、僕の両手は汗で湿ってくる。

不意に父が足を止め、手にしていた狩猟用の空気銃をいきなり僕に渡したかと思うと、数メートル離れたところに放り出されている芝刈り機の方を顎で差した。

「撃て」

低い声で父は命じた。

黒いものがいた。ミズオオトカゲではない。闇の中で一際黒く、太い前足で体を起こしているのが見えた。

僕は銃を握りしめる。重い。幼い頃から練習させられていたから、操作の仕方は知っているし、そこそこ当たる。だが、そこにいるのは射撃場の紙の的ではなく、生きて動いているものだと思うと、その重量感が心にのしかかる。

芝刈り機よりも遥か手前にも、一匹いた。今にも攻撃をかけようと姿勢を低くしこちらを窺っている。

ワン、ツー、スリー。リズムを感じて引き金を引けば、必ず命中すると教えられた。父のその口調と声色の中にリズムがあった。

だが僕は抵抗した。無意識に。それが、ココスタウンの客や島の子供たちを襲い、口中の細菌カクテルで死に至らしめる危険生物だとわかってはいても、生きているものを銃で撃つという行為に対し、心の内でストッパーがかかっている。

「何をしている」

ささやくように父が叱責《しっせき》した。

その前にだれかが引き金を引いた。

外した。それは目にも止まらぬ速さで、藪陰の漆黒の闇に隠れて消えた。次の瞬間、背後で悲鳴が上がった。

別の一匹が僕たちのグループのすぐ近くにいて、銃を手にしたジョファンに向かい尾と後ろ足で立ち上がるようにして飛びかかってきた。瞬時に彼は、ブーツの踵《かかと》で蹴飛ばしたが、黒いウアブはすばやく退いただけで動きながら次の攻撃を仕掛けてくる。

別の人間のブーツの足首に一撃を加えたとたんに、素早く飛び退き、体勢を立て直して、今度はその上のブーツでカバーされていない膕に向かい攻撃をしかけてきた。

僕は空気銃を構えると、それが一瞬退いた隙間を狙い、引き金を引いた。

二発、三発。

一般の猟銃に比べ音は小さいが、鋭い発射音とともに手首が痺《しび》れる。

至近距離から狙ったから弾は命中したが、他のウアブは藪の中に逃げた。

頭を撃ち抜かれ、まだばたばたと暴れている黒い体に僕は懐中電灯の強い光を浴びせる。奇妙な感じがしたのだ。攻撃的ではあったがこの一匹は動きがぎごちなかった。体の前後がばらばらな印象があった。

目を凝らすと尻尾の上の皮膚にへこみのようなものがある。銃創だ。この前、父が撃ち、留めを刺さなかったやつかもしれない。

しかしあれは確かに背骨を砕かれたはずだ。それが今日、動き回っているとは考えられない。

その夜は、その一匹を駆除しただけで活動を中断した。激しい雷とともに突風が吹き、滞在者が引き揚げて無人となっていたコテージに落雷したのだ。建物自体は無事だったが、プラグを繋ぎっぱなしにしていた薄型テレビから火が出て、小火になりかけた。それを消し止めた後メンバーはロブの家に戻った。

次回の打ち合わせをしている人々に背を向け、僕は駆除前にここに置かせてもらったノートパソコンを開き、メールのチェックを始めた。

フェルドマン教授から返信が入っていた。

添付ファイル付きの長文だった。

汽水域に生息する両生類として、カニクイガエルやある種のアマガエルの例をひいて、体液の浸透圧と彼らが棲む水の塩分濃度の関係や水分の代謝について、フェルドマン教授は詳細に説明した文章を送ってくれた。続けてカリフォルニアで最近、海水に順応できるサンショウウオの仲間が発見されたことが書かれていた。

ただ彼らにしても、汽水域に好んで暮らしているわけではなく、その中でも塩分濃度の低いところを好む、とある。添付ファイルにはそのサンショウウオの写真があったが、有尾両生類であるということを除けば、ウアブとの見た目の共通点はない。だが汽水域に両生類が棲むことは可能なのだ。

「動物性タンパク質という点では、小さな島では内陸部より沿岸部の方が豊富だ。そうした場所で肉食性の両生類が海岸付近に出てくるのは自然なことであり、もともとウアブにはある程度の海水耐性が備わっていたのではないか」

その瞬間、僕は「日本棄民史」という本の中にあった忌島についての記述を思い浮かべた。平らで地味が肥えていたが、先住民もその後統治したスペイン人、ドイツ人も住みつかなかった島。入植者たちを襲い、外傷から病気に感染させ、ついに全滅させたという「黒いイモリ」は沿岸部の湿地のサトウキビ畑に現れた。平らな島の内陸部は、熱帯林になっていたというが、そこには「黒いイモリ」はいなかった。たとえ森の内部に陸水があったにしても、熱帯の林というのはその豊穣なイメージに反して、食物には乏しい。動物性タンパク質を得るために、彼らが沿岸部で餌を獲り、そこに棲み着くことによって次第に塩水への耐性を獲得していったとしても不思議はない。

そして塩水への耐性があるのなら、ごく近距離を流木で移動することは可能ではないか。忌島が地震と高波によって沈んだとき、同じ群島内のミクロ・タタにそれが渡ってきたという話は、ただのメルヘンではないのかもしれない。もちろん大半は、波を被ったり、転覆したり、あらぬ方向に流されて死んでしまったのだろうけれど。とすれば……。

恐ろしいことに思い当たり、僕ははじかれたように立ち上がった。ノートパソコンをバックパックにしまう。

缶ビールにタコスで談笑しているメンバーに短く挨拶し、一人で部屋を飛び出す。

「おい。忘れ物だ」

父が空気銃を投げて寄越した。

とっさに僕は受け取る。

「小道にうようよしているかもしれんぞ」

背筋が冷たくなったが、幸いなことにそれに遭遇することなく、無事にホテルの建物に戻ることができた。

マユミはテーブル上に置いたパソコンを操作しながら、片手でパスタを食べているところだった。恐ろしくまずい缶詰のパスタをレンジで温めることもなく、缶から直接、プラスティックのフォークでかっ込んでいる。

人間の食事風景じゃない……。

「ちょっと貸して」

僕は半分以上残っているパスタ缶をひったくる。鍋に入れて温め、上からチーズを振って皿に盛りつけた。ついでに冷蔵庫の中の野菜を千切って塩とレモンを振りかける。

「それどころじゃないんだけど」

口の周りのトマトソースを紙ナプキンで拭いながら、マユミはキーボードを叩き続ける。

「これよ」

マユミは、沖縄で咬まれた患者が東京に戻った後に壊死性筋膜炎を起こして入院していた、という病院に問い合わせをしていた。患者はまだ入院中だが回復しつつあるという。

問い合わせとともに、こちらでの症例についてもマユミは先方に詳しく書き送ったが、反応は鈍いらしい。

「病気と咬傷事故とが結びついていない。患者は東京まで戻って発症しているから、当然、入院先も東京。いちいち沖縄で患者を咬んだ黒トカゲみたいなものに関心は持たないし、大学病院はそんなに暇じゃない」

説明をしながら、マユミはパソコンの画面を切り替える。

沖縄県の保健医療部から発信された危険生物情報の中に、ハブやウミヘビなどとともに、調査中の危険生物として、黒いトカゲ様のもの、としてウアブと思しき生き物が入っている。医療機関と公園や海浜などの管理者が県に提出するための事故調査票の様式が表示されている。マユミは数日前に、酷似したケースがこの島で発生している旨を書き添え、黒いウアブの写真とともに送ったが、こちらも特に反応はないという。

「これだけ離れているとね」とマユミは眉間に皺を寄せた。

黒いトカゲ「のようなもの」、による咬傷事故とされているものが沖縄で起きた件数を見ると、四件だ。意外に少ない。

「見かけ上はね。データが集まらないだけで、この数倍はあるよ」と拳で自分のこめかみを揉んだ。

「なぜ？」

「だから」とマユミはじれたように身を乗り出す。

「ウアブが出たのは、観光施設なのよ。海のそばの、林や湖水のある、自然が売りの。やられたのは観光客がほとんどで、彼らは咬まれて最初の痛みが取れたら、すぐに家に帰る。それから数日して具合が悪くなって近所のクリニックにかけこむじゃない。そのときにはあいつの小さな歯で咬まれた傷口なんかとっくにふさがってる。筋膜炎なら咬傷と結びついても、胃腸炎を起こしていたら、咬まれたことと関連づけて考える医者なんていないんだよ」

マユミは、丁子臭いタバコに火をつけ、苛立った様子でふかしながら続けた。

「占い師じゃないんだから、黙って座ればぴたりと当たるわけじゃない。見たことのない病気には対処できないし、診断もくだせない。たとえ患者が死んだとして、多臓器不全とか、急性心不全とか、直接の死因でしかデータには載らない。把握のしようがないよ、これじゃ。一応、こっちのデータを国立感染症研究所に送っておいた。あとはどこまで真剣に取り上げてくれるかだけど、あまり期待できない。どう考えたってウアブが沖縄に行くってこと自体が非現実的だから」

それが現実なんだ、と僕はつぶやきながら、「ミンダナオは？」と尋ねる。

「こっち」と、マユミは英語のプリントを投げてよこした。海外で発生したウアブによると思われる咬傷と感染症について、医療機関や医療関係の人々によって発信された情報をマユミはまとめていた。他の生物によるものも含まれているのだろうが、まちがいなくウアブの咬傷と思われるケースがかなりある。

件数が一番多いのは、やはりフィリピンだ。四十件を超えている。その中で感染症と思われる胃腸炎もある。さらにはその咬傷事故が発生した地域で、激しい腹痛と下痢を伴う重症の腸炎ビブリオが集団発生している。

「これ、たぶん咬まれて感染した患者から感染している。幼児や赤ん坊の死亡例がかなりある」

「人から人にうつる、ってことじゃないか」

パンデミック、という言葉が頭にひらめいたが、マユミは首を横に振った。

「腸炎なんかでは普通にあることよ。単に衛生状態の問題なんだけど」と前置きして、医療水準と、それ以上に貧困が問題なのだ、とマユミは説明する。具合が悪くても、医者にかからないケースは、たとえ死者が出ていても統計に載ってこない。

とはいえ報告を受けてフィリピンの保健省も調査に乗り出していた。日本の外務省から発信された渡航注意情報にも、フィリピンの海岸地域について、爬虫類の咬傷による細菌感染が増えている、と記載されている。被害はミンダナオ島だけではなく、その他の島、首都のあるルソン島まで広がっている。

あの日、祈るような思いでミクロ・タタからウアブを移した。保護クラブのメンバーは可愛いウアブを何とか助けたいと願い、ゼネラル・マネージャーのサマーズ氏やホテルのスタッフは、自然保護や環境に配慮した観光施設の象徴として、ウアブを扱うことに決めた。こんな風になるなどとだれが想像しただろう。

僕のせいじゃない、僕だけのせいじゃない、と胸の内で泣きわめく少年を押さえ込み、僕はマユミに尋ねる。

「他に何か起きている？」

自分のやらかした事の結果を、この時点で見極めておかなくてはならない。

マユミによれば、咬まれた、見た、というツイートやブログ記事も増えている。検索するとその「謎の捕食動物」の写真がいくつもみつかる。フィリピンの小さな島で戦闘服姿の警察官に尻尾を持ってぶら下げられている死骸は、まぎれもないあの黒いウアブだ。以前、写真で見たものよりも小さい。信憑性に疑問はあるが、ニュースによるとこの警察官は、その後、その動物による咬傷が元で敗血症を起こして死んだ、とある。問題の「捕食動物」の死骸は州の外来生物駆除にかかわるチームが駆けつける前に、村人によって処分されてしまい、正体はわからないらしい。

その一方でガセネタや悪ふざけの類も多い。怪獣のような背板をつけたトカゲの合成写真や、恐竜のイラスト、半魚人、溶けていく人間の姿、といったどぎつい画像が並ぶ。

「話にならない」

僕が首を振るとマユミは真面目な顔で言った。

「騒ぎになるほど、事故が起きているってことよ。それともう一つ、それまでその地域では見たこともない生き物だということ。謎が多いからこういう画像やホラ話がネットに溢れる」

「つまりフィリピンの人々にとっても、今まで見たことのない生き物だということだ」

「それがどうやって出現したか」とマユミは拳で自分の額を叩く。

「海を渡ったんだよ」

「どうやって？」

「流木さ」

僕は先ほど、フェルドマン教授の返信を読んで、導き出した答えを口にした。

成体となった黒いウアブは両生類であるにもかかわらず、塩水への耐性がある。だから忌島が地震と高波で沈むとき、流木に乗って群島内の島にやってきたという島のお婆さんの話は、必ずしも伝説ではない。

それなら同じように成体になったウアブが流木に乗って、この島からフィリピン、沖縄へと渡った可能性だってあるのではないか。もちろん大半は途中で死んでしまうにしても、もし一匹でも渡ることができたら……。最初に解剖した雌のウアブの腹には、すでに卵から孵った幼体が出てきた。そして沖縄の自然体験型の施設には、幼体ウアブたちの棲み家となる淡水池がある。

マユミは無言でミンダナオ島のダバオに中指の先、そしてこのメガロ・タタに人差し指の先を当てて、首を横に振った。

「一千キロはあるよ。群島内の距離とは二桁、三桁違う」

「でも東京、下関間の距離だ」

「東京、下関がどれだけ近いと思っているわけ？　新幹線で五時間だよ」

「でも南米大陸からガラパゴスまでの距離と同じだ」

ガラパゴス諸島のトカゲは、南米大陸のトカゲが流木に乗って渡った可能性があるとも言われている。そしてガラパゴス同様、ここの沖には強い潮の流れがある。群島の岸を洗う北赤道海流は西へと向かい、フィリピンの島に到達するのだ。さらにはフィリピン沖で大きく方向を変え、黒潮となって日本列島へと北上する。その南端に沖縄がある。

マユミは無言のまま僕の顔を見上げている。そのそぶりがそう語っていた。そのまま僕たちはしばらく互いの目を見詰め合っていた。やがてマユミの切れ長の目がますます細くなり、すっと視線が逸れた。肩をすくめて立ち上がった。

何を考えてるのかしら、ばかじゃないの。そのそぶりがそう語っていた。

腹を立てながら、僕はウアブが流木で渡った可能性についてフェルドマン教授に書き送る。返信は驚くほど早く来た。

まずフィリピンや沖縄で起きている咬傷事故とそれが原因の感染症が、本当にメガロ・タタのウアブが何かの手段で広がったことで発生しているとしたら、その地域の生態系にとっても人間の生活にとっても深刻な打撃を与えるだろうとしている。だが、両生類であるウアブがいくら塩水への耐性を備えているにしても、ガラパゴスのトカゲのように流木に乗って一千キロの旅をするとは考えられない。

ガラパゴスのトカゲは、たとえば流木のうろに産み付けられた卵の状態で渡ったのかもしれない。硬い爬虫類の卵の殻に守られているなら運がよければ一千キロの旅に耐えるだろう。だが両生類のゼリー状の卵では一千キロの旅はできない。成体の方ならなおさら、日光と塩水にさらされて航海するなど不可能だ。両生類は塩水にも乾燥にも弱い。途中で波を被ったり、滑り落ちたりすれば、一瞬のうちに死んでしまう。

可能性としてはやはり定期船やフェリーボートで荷物にまぎれて渡ったのだろう、とフェルドマン教授は書いている。だがそんな船はこの島からフィリピンや沖縄に出ていない。過去にはどうか知らないが、ここにウアブがやってきてから後は、国際フェリーなどこの島だけでなく、この国からも出ていないのだ。もちろんクルーズ船が立ち寄ったこともない。

翌日の午前中、駆除隊はココスタウンの中の見回りを行った。昨日、マングローブ林に接したホテルの敷地に、いくつもの罠をしかけていたからだ。罠にはときおりミズオオトカゲや蛇などがかかっており、それらを僕たちは逃がしてやる。だが肝心のウアブはいなかった。餌だけが無くなり、乾きかけた粘液が残されていた。

逃げられたのだ。中には無事に逃げられなかった個体もいる。針金の輪に、大量の粘液と皮膚の一部、尾や足、ときには胴体の一部といった肉片まで残して、それは逃げていた。

数日後、駆除隊の人々とともに僕は昼間にココスタウンを出てゲレワルに向かった。昨日、そこの公園のゴミ捨て場にウアブが棲み着いているらしい、という民間駆除会社の人の話を父が聞いたからだ。

僕たちは町外れに車を置き、公園の一角に建てられた鉄筋コンクリートの柱に屋根をつけただけの、だだっ広い集会所のような建物に入っていった。

ちょうど朝市が終わりかけた時間で、コンクリートの床に並べた果物や総菜、燻製の魚などの商品はほとんど売り切れている。

そのとき商売していた女性に、いきなり腐ったヤム芋を投げつけられた。

「出て行け」と、英語で怒鳴られた。怒鳴ったのは女の人一人だったが、周りの人々も充血したような目で僕たちをみつめている。中には無関心を装っている人もいるが、敵意に取り巻かれているのはよくわかる。

「危険を冒して駆除してやっているのに」

手製火炎放射器のノズルを握り締め、イーサンが憤然としてつぶやく。だが武器を手に車を降りてきたときから、僕は島民の冷ややかな視線に気づいていた。それが単なる経済格差に起因するものなら、僕たち外国人は以前からそうした目で見られていただろう。しかしこんなことが起こり始めるまでは、島民は観光客やココスタウンに住む他国から来た金持ちには、好意的だった。無愛想ではあっても親切な人たちばかりだった。

市の物売りや客たちの血走った目に睨みつけられながら、売れ残りの魚やバナナや芋を並べたシートの間を抜け、裏手にあるゴミ捨て場に向かう。

そのときジョファンが無言のまま、そちらに積み重ねられた腐ったようなベニヤ板の山を指差した。ゴミ捨て場の囲いとベニヤ板の隙間で、それは眠っていた。

僕たちが発見したそのとき、買い物をしていた人々も騒ぎ出した。

銛を手に恐る恐る近づいていった島民の一人を父が片手で制し、大口径のエアライフルを向けた。反射的に僕は目を背ける。

ごく小さな発射音とともに弾はウアブの頭を貫通し、コンクリートの床にぶつかり跳ね返った。

頭を撃ち抜かれたウアブは、血を振りまきながら、丸い口を大きく開け鋸《のこぎり》状の歯をみせ、胴体をくねらせて暴れる。それに二発、三発と弾を撃ち込む。

やがて動きが鈍くなったウアブをゴム手袋をした手でぶら下げ、駆除隊の一人が予め口を広げて用意しておいた袋に放り込む。持ち帰ったウアブの死骸は僕たち保護クラブのメンバーが調べ、その後は焼却することになっている。

その間も島民は、無言のまま僕たちを睨みつけていた。

敵意に見送られて公園を後にしたとき、紺のポロシャツ姿の警察官がやってきた。

「ちょっと来い」

抵抗する間もなく、全員が公園脇にある警察署に連れていかれた。

わけがわからなかった。

警察署長が階上から降りてきて、困ったような顔で理由を説明した。

確かにメガロ・タタは、基地の島から多くの兵士と家族が休暇で訪れる、飛行機で二、三時間のリゾートアイランドだ。しかしその間には国境があるのだ。僕たちが本国で認められている銃の所持は、ここでは認められていないし、この国で所持が認められている狩猟用空気銃についても、ここの国の動物を撃つには許可がいる。

実際のところ島民は、許可など得ずに畑を荒らす猿や外国人が持ち込んで勝手に増えた野豚の類を撃っているのだが、僕たち外国人はそうはいかない。ほとんど治外法権のような状態のココスタウン内ならともかく、地元の町の、人々で賑わう市《いち》で空気銃の中でもとびきり威力の強いエアライフルをぶっ放したのだから、警察として放置できなかったのだ。

「それではどうやって駆除するのだ。我々は銃の扱いには慣れている。島民を危険にさらすようなまねはしない」と父は、警察署長に詰め寄った。

遭遇してしまったら、今のところ銃で撃ち殺すのが一番確実で安全な駆除の手段なのだ。薬剤はもちろんのこと、ナイフや銛も、大量の粘液に守られたぬるぬるとした肌には利かないことを、駆除会社や州のスタッフはもちろん、住民が襲われた際に駆けつける警察官も知っている。

少し前にも村一番のワニ獲り名人の男が、使い慣れた針金付きの棒でウアブを捕らえようとして失敗したと聞いている。胴体に食い込んだように見えた針金の輪からウアブはぬるりと体を外し、反転して男に向かってきて、後ろ足で立ったと思うと倒れ込むように飛びついてきて男のむき出しの臑に一撃を加えた。男がその後どうなったのかは知らない。

警察署長は部下に命じると、書類を持ってこさせ、父と駆除隊のメンバー全員にサインさせた。ウアブの駆除活動に限り、空気銃の携行と使用を認める旨の書かれた書類だった。

島民のために行っている活動で警察署に連れてこられたということで、憤懣《ふんまん》やるかたない様子でその場をあとにしようとするメンバーを警察署長が呼び止めた。

「実は」と彼は小声で教えてくれた。

「ここの者たちは、信じているんだよ。君たち外国人が獰猛なペットを島に持ち込んで、それが逃げて繁殖したのだと」

以前にも同じことを言われた。

僕は目を伏せて口をつぐみ、心の内で、ごめんなさい、ごめんなさい、と叫んでいる。予想もできなかったのです。一生、子供の姿のまま、卵を産み繁殖するはずの生き物が、成体になってしまうなんて。しかもあんな攻撃性の強い、猛毒を持つ、そのうえひどく醜いものに変態してしまうなんて……。

その帰り、僕たちを荷台に乗せた小型トラックはホテル近くのマングローブ林の中の未舗装道路に入っていき、急ブレーキをかけた。慌てて手すりにつかまった僕のとなりで、ジョファンが素早く銃を構えて撃った。

川縁にあるコンクリートブロックにトタン屋根を載せただけの家から出てきた女が、睨みつけるようにこちらを見ていた。

僕たちは荷台から降り、死骸回収用の袋を手にして道路際の藪に近づく。

血まみれになって体をくの字に曲げ、ぐたりと横たわったウアブの姿を見て、僕は激しい動悸を感じた。

それには尾が無かったのだ。いや、尾だけではない。片方の足もない。

どこかで怪我をしたのか、それとも奇形か？

僕はその体の先端に触れる。指先にざらついた感触がある。

紛れもない傷のはずだが、先端が盛り上がっている。小さな尾のようなものが、生えている。いや生えかけている。

そしてやはり欠損しているように見えた片方の後ろ足の付け根に触れた。何かがある。懐中電灯を借りて目を凝らす。

あった。小さな足の先端だ。五本の爪まで生えている。

奇形ではない。

僕は罠に残されていた、無事に逃げられなかったウアブの体の一部を思い出す。

負った傷は簡単に癒える。それだけではない。どうやらウアブの体は失った組織ごと再生するらしいのだ。失われた尾の骨、足の骨、場合によっては内臓の一部まで。

「どうした？」

荷台で父がいぶかしげに目をすがめた。

「罠から逃げた奴だよ、たぶん。生きていたんだ」

「だから確実に頭を撃ち抜けと言っただろう」

父は言う。

今更気づいたのか、とでも言いたげにみんなは僕を見る。

「これまで見つけたうちの何匹かは、尾の付け根や胴体の一部に、銃で撃たれた痕跡があった。だが、普通に動いていた。背骨をやられても、普通なら死ぬが、あいつらは平気だ。恐るべき再生力だ」

ジョファンが鋭い視線を僕に向け、冷静な口調で説明した。

失った皮膚や筋肉、骨を作る細胞を、この生き物はそれぞれに再生し、同じ組織ができる。

なんということか。ウアブを駆除するには、頭を撃ち抜くか、胴体を狙って完全に内臓を破壊しなければ、息の根を止められないのだ。そうでなければ、以前、バーベキュー会場で、ロブのガールフレンドがやったように、熱した油を全身にぶっかけて、素揚げを作るか。

暗くなりかけた舗装道路の向こうに、ライトアップされたココスタウンの門と赤々と燃えるかがり火が見え始めたとき、一台のバイクがこちらにやってきた。

乗っているのはマユミだ。

「どこへ？」

僕は荷台の上から尋ねる。

「州立病院。すぐ来いって」

瞬時に僕は腕を伸ばして運転席の窓を叩き、トラックを止めてもらった。

何かが起きた……。

荷台から飛び降りる。

「医者が帰っちゃってて、どこにいるのか捕まらないんだそうよ。咬まれたんだって、子供が」

その場にいる人々がざわめく。口々に何か尋ねるが、マユミの方も状況がよくわからないと言う。とにかく早く来てくれ、と病院のスタッフに泣きつかれたらしい。

僕はその場で駆除隊のメンバーに小型トラックから降りてもらい、彼女をゲレワルにある州立病院まで送ることにした。治療を終えて帰る頃には真っ暗になってしまう。女性が一人でバイクに乗って戻るのは危険だ。それ以上に何が起きているのか、患者や家族から話を聞きたい。

父は僕に、この日、警察の許可が取れたばかりの空気銃を投げて寄越した。

「いらないよ。病院までだ」

「何があるかわからん。持って行け」

何がおかしいのかマユミが腹を抱えて笑い、「親だねぇ」と冷やかすでもなく言う。

十五分後に州立病院に駆け込んだが、そこに患者はいなかった。今、ココスタウンから医者を呼んだ、とスタッフが伝えると、「そんな金はない」と親が連れ帰ってしまったのだと言う。確かに医療保険でカバーされるのは州立病院の治療費だけだ。ホテルの医者がやってきたら多額の治療費を請求されると思ったのだろう。

マユミの顔色が変わった。

「その子の家、どこ？　放っておいたら死ぬよ」

いつか首都にある国立病院に送った女の子のことを思い出したのだろう。

事務員は受付票を見せた。現地語なので読めない。説明してもらい、だいたいの場所のあたりをつけた。

マユミは診療室に勝手に入り、薬と器材を物色すると救急キット用の白い箱に突っ込み、肩に担いで駐車場に引き返す。

すっかり日の暮れた道を僕たちはココスタウンとは反対側に向かう。空港を過ぎると道路の舗装は切れた。暗いうえに突風が吹く。昼間は青空が広がっていたというのに、今は空一面分厚い雲に覆われている。

木々が途切れた場所に出ると風に車体が煽られた。小さな入り江の先端が橋で結ばれている。

患者の子供が住んでいるという集落は、橋を渡って二十分ほど走った先だった。

道路脇に車を置き、救急キットの入った箱を僕が担ぎ、集落に続く石畳の小道を歩き始めたときだ。

砲弾のようなものが飛んできて地響きとともに足下に食い込んだ。

とっさに僕はマユミを草むらに突き飛ばした。強風に煽られた椰子の木がしなり、重たい実が次々に飛んでくる。当たったらひとたまりもない。

「ありがとう」

草むらに尻餅をついたマユミは慌てて立ち上がり、二人で集落に向かい駆け出す。ベニヤ板にトタン屋根の見慣れた集落の風景があった。

患者の家はすぐにわかった。

親はマユミの抱えた救急キットの入った箱を目にすると、激しく首を横に振った。言葉はわからないが、金がない、という意味だ。

「だから金なんかいらないって言ってんだろ」

英語の説明が通じず、苛立ったマユミが日本語で怒鳴り、蹴るようにして靴を脱ぐと家の中に上がり込み、マットレスの上で震えている八つくらいの歳の男の子に近づく。

足に巻かれた汚い布きれを取ると、臑のあたりが二倍くらいの太さに腫れ上がっている。

マユミは母親と僕に男の子の体を押さえさせる。腫れ上がった傷口をボトル入りの精製水で洗うが、そうする間も角材の華奢《きやしゃ》な柱が強風でぎしぎしいう。

何かが外壁に当たるのが聞こえ、次の瞬間、天井に灯っていた薄暗い蛍光灯が消えた。

島では必需品のＬＥＤ懐中電灯を僕が出すのと、だれかが石油ランプを灯したのはほぼ同時だった。

血や汚れを取り除くと、切り裂かれたような傷口が灯りの中に浮かび上がる。周囲の皮膚は化膿して黄色と紫が入り交じったような異様な色をしている。

「やっぱりウアブ？」

僕の問いに答えることもなく、マユミは救急キットの箱から消毒薬とメスを取り出す。キシロカインを注射し切開する。男の子は恐怖からか目に涙を溜めて天井を見つめていたが、膿《うみ》を出す段になると悲鳴とともに体をくねらせた。

「しっかり押さえてて」

口調から意図が伝わったらしく、母親が慰める口調で何か呼びかけながら、覆い被さるようにして子供の体の動きを止め、僕も足を押さえる。

傷口を消毒すると縫わずにテープで留め、マユミはぐったりした子供にボトルに入った水で薬を飲ませる。

この後、午前一時と午前七時に、このピンクの錠剤を一錠ずつ。痛みが激しいときは、白を一錠。必ず一錠だけ。そして明日の朝、九時までに必ず州立病院に連れて行け。必ずだ。

英語と手真似で、マユミは男児の父親の腕時計を指差しながら繰り返す。母親と父親が真剣な顔でうなずいている。わかっているのかどうか心許《こころもと》ない。そのときランプの光の輪に何かが入ってきて、僕は思わず後ずさった。皺というよりは、襞《ひだ》の中に目鼻のあるような黒光りする顔、わずかに残っている真っ白な髪、襟ぐりの伸びきったTシャツからしなしなの乳房がのぞいている。だれかが伝統治療のために呼んだ呪術師だろうか。妖怪《ようかい》じみた老婆だ。

「日本の方ですね。わたくしが話してさしあげましょうか」

マユミの百倍くらいきれいな日本語が聞こえてきて仰天した。それから日本統治時代の島民の生き残りだ、とようやく気づいた。

「わっ、ありがと。助かった」

マユミはお婆さんの手を両手で握ると、皺深い真っ黒な耳に顔を近づけ、さきほどの指示を日本語で繰り返す。お婆さんがそれを現地語に訳す。通じたようだ。ほっとした表情でマユミは額の汗を拭い、外をちらりと窺った。

「帰ろう。急いで」

そう促され、ズボンの尻をはたきながら立ち上がる。

悲愴な表情を浮かべた家族に見送られて外に出たときには、強風に加え雨までが降っていた。天の底が抜けたような勢いだ。並のスコールではない。

ずぶ濡れになってトラックに乗り込む。

「ウアブじゃなかった」

ふうっと息を吐き出し、マユミはそのときになって言った。僕もランプに照らされた傷口を見て、そんな気がしていた。何か別の種類の動物、爬虫類か齧歯類か、男の子は長く鋭い牙をもった動物に咬み付かれ、傷口が化膿して、敗血症を起こしかけていた、と言う。

「助かるの？」

「明日、病院に行けば間違いなく。でも放っておいたら敗血症で死んでいた。医療保険も義務教育もあるけれど、それでも何かが足りないんだ、この島は」

稲光がその口元からのぞく白い歯を照らし出した。

地鳴りに似た波音が聞こえてくる。

ぬかるんだ道を飛ばし、さきほど通った入り江を結ぶ小さな橋まで来たとき、僕は車を止めた。

高波がすさまじい勢いで橋を洗っていた。もはやどこに橋があったのかさえわからない。

戻るしかない。運が良ければ山中の道を通ってココスタウンに辿りつけるかもしれない。

細道をバックして林に尻をつっこむようにしてUターンする。そのときには、未舗装の道にも水が溢れていた。このあたりにマングローブはない。強風に煽られた波が容赦なく打ち寄せ、豪雨も伴い道を川に変えている。一刻の猶予もない。波にトラックごとさらわれる前に、安全な場所まで避難しなければならない。

車体全体が浮いたような気がした。一瞬のことですぐに着地した。僕はアクセルをふかす。数十メートルも行く前に、車は止まった。エンジンに水が入ってしまったのだ。車体が波を被って、フロントガラスの向こうを滝のように水が流れおちる。

「逃げよう」

僕は山側のドアから、マユミの手を摑んで降りる。

「待って」

マユミは素早く座席から救急キットの入った箱を担ぎ下ろす。

「州立病院のものだから。弁償させられたらかなわない」

その拍子に強風によろめいた。マユミの手首を摑んだまま、腰を曲げ僕は集落を目指す。次の瞬間、頭から波を被り、足下を濁流に掬われそうになって立ちすくんだ。

目を凝らすと下生えに覆われた斜面の林床に、幽《かす》かに光る筋のようなものが見える。石畳だ。その先に村がある。

二、三歩行き、ふと振り返ったそのとき、密生した枝を透かして、今、僕たちが降りたばかりの車が、波に持ち上げられ、ぐらりと傾くのが見えた。数秒後には、ニトンの車体はゆっくりどこかに運ばれていった。間一髪だった。

道路から上った林の中までは、波はやってこない。

ほっとしたのもつかの間、林床に潜むもう一つの脅威を思い出し慄然とした。

今にもウアブが襲ってきそうな夜の闇と密林だ。

地鳴りのような潮の音と、木々の間を通り抜ける風の音と雷鳴が凄まじく響き合い、縮めた首筋を何かがかすめて飛んでいった。椰子の実だ。恐怖にみぞおちあたりが固くしこってくる。無意識にマユミの手を強く握り締め、石畳の道を走っている。

突き当たりに塚のようなものが見えた。石組みに半ば埋まった構造物だ。脇に回ると小さなベニヤ板の扉がついている。石畳の道はそこで途絶えていた。集落などなかった。

背後でばりばりと木の裂ける音が聞こえる。強風か波で木が倒れたようだ。

マユミはその塚のような構造物の戸を開けようとしていたが、閂《かんぬき》と鍵がかかっている。

僕は錠前に小枝を差し込んで回してみる。一番原始的な構造のものなのに開かない。じれたようにマユミが力尽くでむしり取ろうとするがだめだ。僕は折れた木の枝を使い、てこの原理で錠前を壊そうとする。体重をかけて力をこめると、木の折れる音とともに跳ね上がった枝でしたたかに顔を打った。

額のあたりを片手で押さえて覗き込むと、蝶番《ちょうつがい》ごとベニヤ板の扉が壊れていた。かまわずマユミがかがみ込んで中に入り、僕も続く。

雨風から逃れ、ほっと肩の力が抜けた。

LEDライトで照らし出すと、土が掘り下げられた内部は意外に広い。

「神様の祠《ほこら》かな」

僕は思いついたことを言ったが、マユミは「防空壕《ぼうくうごう》」と訂正した。戦争中に日本軍が掘ったものだそうだ。

奥の方に何かが置いてある。コンクリートブロックやペンキの缶、針金などが積み重ねられていた。防空壕跡をどこかの村が、建物の修繕などに使う資材置き場として使っているようだ。

腐ったような空気と湿り気は不快だが、倒木や椰子の実の一撃から免れることはできる。

資材を覆っていたシートを外して土の上に敷いて腰を下ろす。

天井あたりに目をやって凍り付いた。LEDライトに照らされた土の壁面の至る所にヤスデやムカデ、ゴキブリのような虫が這っている。

「やれやれ」と投げやりな口調で言うと、マユミはどっかりとシートに腰を下ろし、胸ポケットからタバコを取り出し、火をつける。

よくこんなときにタバコを吸う気になるものだ。

しけたタバコに点火すると、マユミは例によって煙を吹き上げる。煙にひるんだように虫どもが離れていった。虫が逃げた後に、僕はそれどころではないことに気づく。

ここにウアブが入ってきたら逃げ場がない。

奥にあるコンクリートブロックを入り口に二段に積み上げ、そこに壊れた板戸を立てかけたが何とも心許ない。

空気銃は車に置いてきてしまった。せっかく父が持たせてくれたのに。

悔しかった。危険を回避する唯一の手段だった。それ以上に、女性の前で一人前の男の責任を果たすチャンスを失ったことが悔しかった。

僕は壊れた扉のベニヤを剝がして薄くすると、マユミのライターを借りて点火する。なかなか燃え移らず、指先があぶられて慌てて放す。マユミはベニヤをさらに細かく引き裂くと、繊維状になったそれにタバコの火を押しつけ、勢い良く息を吹きかける。僕も一緒になって吹きかける。やがて樹脂の燃える青い炎が上がり、それは大きめのベニヤ板に移った。

「やった」

ハイタッチした。

僕はいったん外に出て、ウアブの影に怯えながら、強風でまき散らされた小枝の類をすばやく拾い集める。濡れているがベニヤのたき火に少しずつ加えると油を含んだ木々はゆっくり燃え始めた。煙いが、虫にとっても同様らしく、ざわざわと天井部分の多足類が逃げていく。火があることで少し落ち着いた。

マユミの救急キットの箱をかき回し、拾ってきた木の枝の先端に、絆創膏と包帯でメスを二本固定し、即席の長刀とも槍《やり》ともつかないものを作る。テープの留め方、紐の結び方は、サバイバル技術としてキャンプ地で父にたたき込まれた。どの程度役に立つかわからないが、万一、ウアブに入り込まれたら追い払うことくらいはできるだろう。それを構えてたき火の前に座り込む。

緊張はしているが、疲れが出たせいで眠気が差し、ぐらりと姿勢が崩れる。

「コーヒーはないけど」とマユミが救急キットの中からペットボトル入りの飲料をくれた。少し塩味があって甘い。これまで飲んだどんな飲み物よりもおいしかった。医療用経口輸液だとマユミが説明した。

「これまでもああやって島民を救ってきたの？」

眠ったら終わりだ。僕は話題を探し、マユミに話しかける。

「救ったりなんてしてないよ」とマユミは笑った。

この人でもこんな顔をするのか、というような照れ、臆したような表情が可愛らしかった。

炎が洞窟の壁に揺れる影を刻む。それを見ているとこちらの体も眠気にぐらりと揺れてくる。

「国境なき医師団とか、マユミにはぴったりだと思う」

遠のきそうな意識をかき集め、会話を続ける。

「そんなに優秀なら苦労しない」

冷めた口調で答えると、マユミは木の枝でがさがさとたき火をかき回す。煙と火の粉が舞い上がり、あたりを這っていたカマドウマの類が飛びはねながら逃げ出していく。

「でも日本にいるときより、ずっと生き生きしているように見えるよ」

マユミは仰向いて笑った。

「とりあえず働く場があるからね」

「働く場って、医者なのに」

「失業するのよ、医者だって。そのうえ借金まみれ」

嘘だろう、と僕は尋ねる。

「医局を追い出された医者なんてそんなもんよ」

「追い出されたって、セクハラやられたの？」

以前、語学学校の生徒であった女医からそんなこともあるのだと聞いた。

「そう見える？」

「あ……いや……」

「ただのパワハラ。女医には二種類いるの。一方は私大出の全身ブランドで固めた美人女医で、こちらは別の受難がある。でも私みたいなのはただの奴隷《どれい》。当直を連続して押しつけられて、挙げ句、医師控え室の灰皿掃除や男どもの飲んだ後のカップ洗いまで命じられる。あるときついに切れたら、返ってきた言葉は一言。『ブス！』」

あまりに身も蓋もない言葉に僕は返答に窮した。僕の勤めている語学学校の一番評判の悪い事務員でさえ、たたかれる陰口は「オバハン」で、今どき「ブス」などという物騒な言葉を口にする男はいない。

マユミはたき火に小枝を放り込む。煙で思わずむせた。

「お嬢様女医は次々に結婚して、ハードな仕事との両立叶わず退職していく。人が少なくなってますます負担が増える。異議を唱えるたびに、返ってくる言葉は『ブス！』。少し丁寧なやつが解説してくれたね、『心根しだいできれいになれるんだよ』と。まあ、ブスは認めるけど」

「そういうフォローしようのない言い方、やめて欲しい……」

「つまり待遇改善に関する要求は一切受け付けない、とそういう意味よ」

そうこうするうちに、医療事故一歩手前の不祥事が起きて一方的に責任を負わされた。抗議したところ上司にあたる医長にいきなり殴られた。

「暴力？」

「信じられないだろうけど、そういう大学病院が世の中には存在するのよ。私や若い男の医者には暴力、看護師には性暴力、よく気がつくお嬢様女医には猫なで声を出して気味悪がられるって教授がいる。で、こっちは若い男の医者じゃないから、殴られても黙って耐えていたりはしない。反射的に足が出た。言っとくけど、白衣の裾《すそ》を蹴ったたけよ。タマに命中させたりしてないよ。だけど前代未聞の事件としてクビになった。回状が回って、関係のある病院では雇ってもらえなくなったのよ。そこにたまたま医者がいなくなった田舎の診療所から声がかかった。渡りに船、と乗り込んだのが間違い。不勉強だったのは自己責任だけど」

忙しいのと金が無いのとで、地域の有力者と地元医師会への根回しを怠ってしまったのだという。そのために必要な情報が得られず、閉鎖的な村の中で次々に陰湿な嫌がらせを受けるはめになった。

「先生、先生、おかげさまで、とにこにこしながら、ばあさんたちが陰に回ると車のタイヤに穴を開けたり、ネズミの死体を放り込んだり、医療機器のプラグを抜いたり。挙げ句にあの診療所に行くと死ぬ、と隣村まで噂を流された。後から知ったんだけど、私が行かなければ、そこで開業していた大《おお》先生の息子が戻って来る、と信じていたのよ。患者は来ないわ、トラブル続きだわ、にっちもさっちもいかなくなって二年で閉院。高い機械を買った借金だけが残った」

「それでここに？」

「ネットで広告を見てやってきた。ここなら二十四時間張り付くかわりに住居費はただ。あとはシェフ・ボーヤルディーの缶詰パスタがあれば生きていけるから」

金持ちが集まってくるココスタウン、そこで働く医者。そんな立場の人間が経済的に困窮しているなどとだれが想像できるだろう。

「借金、返し終わったら、日本に帰るの？」

「たぶんね」と笑ってマユミはタバコを足下の湿った土に押しつけて消した。疲れの見える横顔に哀愁のようなものが漂っている。

「君は寝ていいよ。僕が起きているから」

少し格好をつけてみる。

「ごめん、頼む」とマユミはシートにごろりと転がった。すぐに寝息ともいびきともつかない、深い呼吸音が聞こえてきた。それを聞きながら手製の槍を握り締め、ブロックの向こうの闇に目を凝らす。

雨は止んだようだが、波の砕ける地鳴りのような音は続いている。

あたりが明るくなるのを待って僕たちは出発した。結局、黒いウアブが入ってくることはなかった。僥倖《ぎょうこう》だ。

乗ってきたトラックは海辺の岩にひっかかっていたが、いずれにしても動かないから、歩いて帰るしかない。

水の引いた道路には折れた木々の枝や葉が散乱し、ところどころ倒木でふさがれている。

入り江の端を繋ぐ橋が壊れているのではないかと心配したが、欄干《らんかん》が一部破損しているだけで本体は無事だ。

昇り始めた太陽にじりじりと肌を焼かれて橋の中央部まで進んだときだ。

僕は立ち止まり、たくさんの木々の枝葉が浮いている水面を見下ろした。そして視線を少し先に移し、反射的にマユミの腕を摑んだ。

珊瑚礁の切れ目と思しき濃紺に染まった深みをすさまじい速さで流れていく島のようなものがある。強風で倒され波にさらわれたのだろう。緑の枝ごと木が一本、球形のブイ、プラスティックボトルや発泡スチロールが漁網に編み込まれるようにして、色とりどりに日光を跳ね返していた。

ゴミの筏だ。そこに黒い物が身を潜めている。マユミも欄干から身を乗り出すようにして、それを凝視していた。

まぎれもない成体ウアブだった。ゴミ筏という複雑な形状のすこぶる安定した海の乗り物に乗って、どこかに流れていく。

青空を舞っていた鳥が一羽、降りてくるとゴミ筏の先端部分にとまる。羽を休めるのかと思うと、そこにある何かをつついている。虫か何かいるようだ。

流木ならひっくり返るかもしれない。ただのプラスティックゴミなら日光と波によって細かな破片に砕け、海底に沈んで珊瑚を傷つけるだろう。だが筏になったゴミは、その形を保ったまま、流木など比べものにならないくらい乗り心地の良い移動手段となり、様々な生き物を乗せて、海面を驚くほどのスピードで流れていく。

僕は海流の速さから、彼らの航海日数を割り出そうとしている。地球上の海流の速さはまちまちだが、この島からフィリピンに向かう北赤道海流は速い。たとえば毎時七、八キロというゆっくりした速度で流れたとしても、一千キロ行くのに六日程度。実際には海上にはいくつもの支流があり、目的地に直行することはできない。漂流者の記録などからすると、流れ着くまでだいたい一ヵ月はかかっている。

いくら成体になったウアブが塩水への耐性を多少身に付けているとはいえ、そしてその皮膚から噴出する大量の粘液が乾きや塩から守ってくれるとはいえ、陽差しにさらされ、波を被りながら、餌も水もなく一ヵ月を生き抜けるものなのだろうか。たとえ陸地に辿りつけたにしても確率は、百に一つか千に一つか。

しかし現実に、彼らはミンダナオ島にも沖縄にも上陸した。もしそれが航海の結果であるなら、そしてそれが他のトカゲやカエルなら、僕はきっと無邪気に喝采《かっさい》するだろう。

二日後の夜、父たちと一緒に駆除に出た。

前夜、ダンピングされた団体ツアーで来ていた中国人観光客がやられたのだ。危険情報は行き渡り、夜間、屋外に出ないで過ごしてもらうために、ボールルームなどのアトラクションが組まれていたにもかかわらず、客の一人が夜の浜に出て、何を思ったかプライベートビーチを仕切っている堤防を越えて敷地外の海岸に足を踏み入れたのだ。

添乗員が気づき、ホテルのスタッフと一緒に捜しに出たとき、咬まれた客は建物内に戻っていた。が、直後に痛みを訴え、医務室に運ばれた。そして例によって、ヘリコプターでグァムに運ばれた。マユミによれば体力のありそうな中年男性でもあり、最初の痛みは乗り切ることができるだろうが、医師の指示に従って帰国後に病院に行くかどうかはわからない。

またウアブによる咬傷についての情報が中国で行き渡っているとは思えず、こちらからそうした情報を流したとしても、治療に生かされる可能性は低いと言う。

「みんなそれぞれの国に帰ってしまうから、ややこしいことになるのよ」とマユミは頭を抱える。

この夜、駆除隊の先頭に立ったのは勇治だ。彼は中国人観光客が咬まれたという話を聞いて、昼間、三叉銛《さんさもり》を手にして一人で堤防を越えそちらに入ったのだ。

「昼のウアブは寝てるだけでおとなしいからね」

軽率だと、僕の父に咎められた勇治は、楽天的に答えていた。

ホテルの屋外ロビーに集合した僕たちが砂浜に出ると、夜空は深く澄み切った藍色で、東の空に浮かんだ満月があたりを皓々《こうこう》と照らしていた。白浜に置かれたデッキチェアのパイプの一つ一つまでが鮮明に見える。浜の中央にあるバーに灯りは無い。以前ならスツールに腰掛けた様々な国籍の客の前で、バーテンダーがシェーカーを振る姿があったが、今は鉄パイプのシャッターが巡らされた建物の輪郭が黒く沈んでいるばかりだ。

僕たちはコンクリートの堤防に向かい、慎重に歩いていく。

昼間、勇治はその向こうの岩棚でたくさんのウアブを見たという。

「昼間のウアブは彫刻だよ。まるで岩棚に置いたみたいに、ぞろりと半身起こして微動だにせず、みんなで海の方に頭を向けているんだよ。一匹残らずさ」

ガラパゴスのウミイグアナは、冷たい海水で奪われた体温を回復させるために岩場で甲羅《こうら》干《ぼ》しをするが、両生類のウアブがそんな乾いた、陽差しを遮る木々もない場所に出てくるなど不自然だ。

「カニでも獲るつもりだったのか」

イーサンが火炎放射器のノズルを握りしめて言う。

「いや、彼らは夜行性だから昼間は餌を獲らないはずだ」と僕は答える。

海面から延びている腰ほどの高さの堤防に上ると、潮の引いた後の濡れた岩が、月を映してきらめいている。

片手を堤防の上に置き、ひょいと飛び降りたとたん、転びそうになった。藻が付着した岩はひどく滑りやすい。

「気をつけてよ、ここは……」

とっさに僕の腕を取って支えてくれた勇治の言葉が止まった。イーサンが振り返ってさけぶ。うなり声とともに勇治が彼方を指差した。

黒いウアブだ。彼らが群れをなして海の方に頭を向けていた。だが夜のウアブは彫像ではない。動いている。一匹が岩棚の端まで行き、まだ引き続けている海に前足を突っ込んだように見えたがすぐに戻ってくる。

ジョファンが銃を構える。

「待って、確認してから」

そのとき勇治が「うわっ」と声を上げた。

一匹が僕たちの足下にいた。岩の割れ目に潜んでいたのだ。

滑りやすい岩の上でよろめいた勇治の足首に、それは飛びついた。

反射的に僕は空気銃を向ける。

勇治はダンスをするように、足を踏み換えて体勢を立て直すと、自分の足首に歯を立てた黒い両生類を思い切り蹴り上げる。

体をくねらせ、頭が二つに裂けたのではないかと思うほど大きく口を開け、それは背中から岩の上に落ちる。体をくねらせて反転し、即座に攻撃姿勢をとり、後ろ足で立ち上がったウアブに向かい、僕は引き金を引いた。手が痺れ、ウアブの胴体に弾は確かに命中した。

「おおっ、やるな、ジョージ」

勇治が歓声を上げた。

「頭を撃て、ちゃんととどめを刺すんだ」と父は冷静な声で言った。そうだった。こいつは多少の傷なら再生するのだ。

僕は岩の上で波しぶきを被りながら身をくねらせて暴れているウアブの真上から、その頭に弾を撃ち込む。二発、三発……。

頭蓋に空いた穴から血が噴き出す。月の青白い光の下でありながら、その血は赤い色をしていた。両生類の血液がこれほど赤く、これほどの勢いで、これほど大量に流れるということが意外でもあり、怖くもあった。

ウアブはいつまでもばたばたと暴れていたが、もはや襲いかかってくることはない。

「足は？」

僕は勇治の方を振り返る。

「ぜんぜん」

勇治は笑ってみせた。臑までアーミーブーツで覆われている。

「戻るぞ」

父が命令口調で言った。

「まだまだ始まったばかりだ」

勇治が答える。

「足の傷を調べる」

「だから大丈夫だって」と勇治は足を曲げたり伸ばしたりする。

「だめだ」

有無を言わせぬ口調で、父は僕たちを追い立てる。

「ちょっと待って」

僕はバックパックから袋を取り出す。死骸を持ち帰り、さらに調べるためだ。

「だめだ。ぐずぐずするな」

ジョファンに小突かれ、引きずられるようにして僕は堤防の方に退却した。

そのとき気づいた。岩の隙間や割れ目から、ウアブが威嚇するように首を振りながら、体をくねらせて寄ってくるのを。

「早く」

ジョファンが彼らに銃口を向けたまま叫ぶ。

だがそいつらは僕たちに襲いかかってくることはなかった。

頭を撃ち抜かれた個体に群がっていったのだ。ためらうような様子で一匹が、まだばたばた動いている体にかじりつき、それを合図のように饗宴が始まる。一斉に群がり濡れた音を立ててまだ生きている仲間に食らいつく。小さな歯を立てたかと思うと、体を反転させて肉を食いちぎる。

ぞっとして立ちすくんでいた僕は、ジョファンの「何をやっている」という怒声に我に返り、堤防に這い上がる。

ロブのコテージに全員で引き揚げると、すぐに父は勇治の靴を脱がせた。

革のブーツの足首部分に、ミシンをかけたような穴が馬蹄形《ばていけい》に並んでいた。

鋸状の短い歯なので分厚い革を通ることはないだろうとタカをくっていたのだが、はたして靴下を脱ぐと白いスポーツソックスにほんのわずかだが血が滲んでいる。

勇治は呆然とした顔をした。ぴくりと眉間に皺が寄る。

「何だか痛くなってきたぞ、今頃になって」

「興奮しているとアドレナリンが大量に出るんだ。銃で撃たれたことさえ気づかずに行動を続けることがある」

父が答える。咬まれていないと主張する勇治に、即座に戻るように命じたのはそういう理由だったのだ。

靴下を脱いでも傷口は見えない。出血もない。靴下が血液を吸ってしまったのだろう。だが勇治は青ざめている。もともと咬傷自体はごく小さなものだということを知っているからだ。

「歩けるか？」

父が尋ねた。

「ああ。今んところは」

悲壮な表情で答える。カートを運転して、僕は勇治を医務室に運んだ。

まだ痛みは来ていない。控えていたマユミが足首を洗う。目を凝らしても傷口は見えない。勇治は怪訝《けげん》な顔で、そのあたりの皮膚をなでる。マユミは足首の広い範囲を消毒する。

「針の先でつついたほどの傷口でも安心できない。神経毒に病原菌カクテルだもの」

マユミが首を振った。

恐ろしい捕食者もパンデミックを引き起こす病原体も地球のあちこちに現れるが、あんなに嫌な奴はいない。それがあの愛らしいオレンジピンクのウアブの成体とは……。

「一応、グァムの病院に行ってもらうからね」

マユミは携帯電話を手にした。

「いや、待って」

勇治は片手で制した。

「最初の痛みで心臓が耐えられなくなることもあるんだから」

「いや、とにかく大丈夫。あんな分厚いブーツの上からやられたんだし。僕の心臓、丈夫だから」とマユミがボタンを押している携帯電話に手を伸ばす。

「死にたいわけ？」

「いや、ホント、平気」

言いながら、携帯電話を奪い取る。

「何するのよ」

「だから僕は大丈夫」

床に這いつくばったかと思うと、ほっ、ほっ、とかけ声をかけて、腕立て伏せをしてみせる。

「ふざけないで」

何があっても動じないマユミが金切り声を上げた。

携帯電話を取られたので内線に飛びついたマユミを、勇治がだきついて止める。

「何なのよ、この人は」

振り払って肩で息をし、一瞬後に、その表情が凍り付いた。

「もしかして、花村さんって」

上目遣いに勇治を睨みつけたまま、マユミは後ずさりする。

「犯罪者……何かやってここに身を潜めているのね」

「滅相《めっそう》もない」

慌てたように勇治は片手を顔の前で振る。

「とんでもありません。清廉潔白とは言わないけど、そんな、君、犯罪なんて」

「ところで咬まれたのはどのくらい前？」

勇治から視線を外さないまま、顔だけ僕の方に向け、マユミは尋ねた。

時計を見る。

「三十分以上、経ってる」

それで気づいた。黒いウアブにやられたなら、とうに激痛に襲われている頃だ。

顔を見合わせた。軍用ブーツに守られていたので、神経毒が作用するほどの深手は負っていなかったのか。

鼻から息を吐き出し、マユミは診療用の椅子にどさりと腰掛け、勇治と相対する。

「何でそんなにグァムに行きたくないわけ？」

勇治の視線が泳いだ。

「金がない……」

語尾がほとんど消えている。

「まさか」

ココスタウンでも、とびきりの高価格で知られた二階建てコテージに住んでいる男が？

「旅行保険は？」

ぶるぶると首を横に振る。

「だってあのコテージ……」

「知人の持ち物。村岡って夫婦がいたと思うけど」

「村岡って、あの村岡さん夫婦？」

「ああ、まぁ……旦那の方と大学の同期なんだよ。そんなこんなで長いつき合いがあって住まわせてもらって……まあ、僕もこんな風になるとは思っていなかったから。退職金もあれば貯金もあったんだけど騙《だま》し取られて、今は、ほぼ一文無し」

勇治は、しどろもどろになって赤ら顔を撫でた。

「女」

マユミが最後まで聞かずに低い声で、その先を言った。

「いや、まあ、その……そういうことになるかな」

「中国？　フィリピン？　タイ？」

勇治は顔をしかめると「パラオ」と彼にしては、沈鬱な口調で答えた。

「パラオの女？」

僕とマユミは同時に素っ頓狂な声を上げた。

「話せば長いんだが……」

大手ゼネコンを六十で定年退職した彼は、会社人生にけじめをつける、と宣言し、再雇用の話には応じず一人でパラオにやってきたのだと言う。目黒《めぐろ》区の自宅でホメオパシーの教室を開いていた妻との間には、そのとき亀裂が生じた。

「仕事を辞めて一人で南の島に遊びに行かれたら、そりゃ腹も立つよね」とマユミがうなずく。

「いや、仕事はするつもりだったよ」

若い頃からダイビングが趣味で、インストラクターの資格も持っていたから、パラオに着いてすぐ、そちらで旅行会社を経営している日本人の許に行き、ダイビングガイドとして働き始めた。

ある日、コロールから船で二時間半ほどのペリリュー島に客を案内した折、一人の女に会った。

「魔が差した……」と尋ねるともなくマユミが言う。

勇治は身震いしてみせる。

「オバハンだよ、こんな顔した」と両手で自分の頬をひっぱる。

ふん、とマユミは鼻を鳴らす。

「顔はマズいが見るからに人の良さそうな食堂経営者だったんだ。それでその彼女に持ちかけられたんだよ。白砂と珊瑚のこの島はダイバーにとっては天国だというのに、良いホテルがない。私はそれが残念でしかたないんですよ、だからミスター花村、ここにぜひペンションを建ててください、と。料理は私にまかせて。きっと日本から来たお客さんも、他の国々から来たお客さんも、満足しますよ。みんなが幸せになるんだから、ぜひやりましょうよ、と。だが日本人が経営するには、面倒な許認可の制度があってクリアするのは難しい。そんなことは簡単、私が名義を貸してあげましょう。現場も仕切ってあげますから、まかせてくださいよ、と、そう言うわけだ。素性を聞けば彼女は元族長の娘だ。州議会議員や知事とも親類らしい。しかも祖父《じい》さんは日本の軍人だとか」

その時点で勇治は妻から離婚を言い渡されたと言う。

「相手が女とわかったとたんに、怒り狂ってね。何を説明しても無駄だった。だが、断じて言う。そのオバハンと男女関係は何もないっ」

居住まいを正し、勇治は胸を叩いた。

「濡《ぬ》れ衣《ぎぬ》を着せられた挙げ句、駒場《こまば》にあった家屋敷と、退職金の半分を取られて離婚された。だが、物事は前向きにとらえないといけない。考えてみれば三十年ぶりに花の独身に戻ったわけだ。こうなれば正真正銘、第二の人生。生まれ変わったつもりでスタートを切ろう。あわよくば若いパラオ美人を見つけて、なんぞ考えて、手元に残った現金をかき集めて、ペリリュー島にペンションを建てた。それから半年は順調だったね。日本やオーストラリアからダイバーもたくさん来た。オバハンは手際良く切り盛りしてくれて、僕はオーナーとしてけっこう気楽に暮らしていたんだ。人生の再スタートは見事に成功と信じて疑わなかった。ところが気がついたらオバハンが亭主、子供はもちろん、親と一族郎党を引きつれて、僕の金で建てたペンションに住み着いていたんだ。それでオーナーである僕に向かって、ある日言った。他人の家、土地でおまえは何をしている、さっさと出て行け、と。何をとち狂ったことを言ってやがる、とこっちは仰天して猛然と反論したが、無駄だったね。あっちは最初からそのつもりだったんだ。もともと名義貸し自体が違法で、僕には何の権利もない」

勇治はひと息ついて続ける。

「慌ててコロールに戻って、そっちの日本人社長に相談したら言われたよ。『ユー坊、何でそんなばかなことやっちゃったんだ。一言、相談してくれればよかったのに。いくら僕でも、それやられちゃったら助けられないよ』と。結局、すってんてんになってパラオを後にした。そのときトランジットのグァム島で、村岡に会ったんだよ。何でも近くの島で変な物に咬まれて怪我をした。明日からしばらく日本に戻る、とか。僕の方も事情を話したら、それならしばらく自分の持ってるコテージを使え、今さら日本の奥さんのところにも帰れないだろう、と言ってくれた。建物も家具も帰国して無人にしている間に、暑さと湿気で傷む。だれかが住んで、掃除して風を入れてもらえると助かる、虫や動物に荒らされることもない。食べ物は町の市場で調達すれば、年金だけで何とかやっていける、と。ありがたかったね。ところがこっちに着いたとたん、村岡がやられたとかいう危険生物と遭遇したわけだ。で、村岡の仇だ、この野郎、と一発、撃退」

勇治は唇をなめ、両手でクラブを振る真似をした。ようやくいつもの前向きを通り越して絶倫そうな顔に戻った。

「どうでもいいけど、まだどこも痛くないの？」

マユミが尋ねる。

「あ……」

勇治は気づいたように足首に視線をやる。

「僕は不死身かもしれない」

マユミは首を傾げて勇治を見詰める。

「それで村岡夫婦もビザを取り直したらすぐに戻ってくると思っていたんだが、ぜんぜん連絡がない。電話をかけたら、体を壊したのでしばらく日本にいることにした、と」

「まさか手足の壊死」

僕は思わず腰を浮かせた。

「いや、食中毒。日本に戻って二、三日して、だんだん熱が上がってきた……。医者に行ったらサルモネラだとわかった。たぶんグァムで刺身でも食ったのだろうと言われたらしいが、本人は入院先から直接帰国した。あっちで日本食なんか食べてないと」

「ウアブの咬傷から感染するのよ」

押し殺したような声でマユミが遮った。

「私も日本にいたら食中毒、と診断すると思う。で、村岡さんから奥さんや周りの人にはうつらなかった？」

「それは聞いてない」

マユミは腕組みしてあらぬ方を睨みつける。

「日本の病院だから対処できたけれど、サルモネラは人から人に感染するのよ。たとえば子供の下痢を始末したお母さんの手から……いえ、衛生状況の良くないところ、トイレ事情があまり良くないところなら容易に広がる」

僕はミンダナオやその近くの離島から発信されたおびただしい数のブログを思い出し、戦慄した。

「どっちにしても、あなたもこれからもし体調がおかしいと感じたらすぐに病院に行って。ここじゃ何もできないから」

厳しい口調でマユミは勇治に命じる。

素直にうなずいて靴下をはこうとした勇治があっ、と声を上げた。真っ白なスポーツソックスには確かに血が滲んでいるが、裏返すと何かの殻のようなものが繊維の間に食い込んでいる。ズボンをまくり上げると膝のあたりに赤く腫れた虫されの跡があった。

「そういえば……」

出がけに膝についていた大型のダニかブユの類をたたきつぶしたのだと言う。死骸が靴下に潜り込み、吸血した血で靴下を汚しただけだったのだ。

「人騒がせな」

脱力したようにマユミが舌打ちした。

二日後の早朝、スマートフォンの着信音で目覚めた。

「私だ、マイケルだ」

フェルドマン教授だった。

「今、空港についた」

「どうしたんですか、すぐバイクを借りて迎えに」と飛び起きると、車を用意させた、と言う。

二十分後、ホテルのピックアップ用ワゴン車が敷地に入ってきた。

オクスフォードシャツに綿ジャケット、長ズボン姿の教授が降りてくる。

「あまり急なのでびっくりしました」

握手しながら僕は言う。

「ああ。君のメールを見て、思い当たることがあって」

神経質な様子でフェルドマン教授は、青白い額に浮いた汗をハンカチで拭う。

嵐の後、ウアブの成体がゴミ筏に乗って流れていくのを見た、という内容のメールを僕は、あの日、保護クラブのメンバー宛てに一斉配信していた。

「先日、君に書いたメールは訂正する。ひょっとすると、彼らは一千キロの旅をするのかもしれない。とすればたいへんなことになる」

コテージに荷物を置くと、フェルドマン教授は着替える間もなく、あらかじめ用意してあった気泡入りプラスティックブロックにGPSを仕込む。島のいくつかのポイントから海に流し、どのように海流に乗って、どこまで旅するのか見極めるためだ。

気温は四十度近い。ひっきりなしに汗を拭いているフェルドマン教授に僕はジャケットだけでも脱いだ方がいい、と忠告すると、教授はいったんは脱ぐが、人と話をするときはほとんど反射的にそれを身につけ、その後も脱がない。

ゲレワルの町中の汚れた川やホテル北側のマングローブ林の河口や、さまざまなところからプラスティックブロックを流した後、車中で慌ただしく昼食をとり、僕たちは漁村に向かった。漁師の船に乗せてもらい、アリソンの店のダイビングボートでは行かれないような海域に案内してもらうためだ。

村に入ると、あらかじめ通訳を頼んでおいたラナンが先に来ていて、上半身裸の男と何か話している。

「今日は悪い風が吹いているから船は出せない。それにこんなときは魚も海面近くには上がってこない」

胸のあたりに見事な入れ墨を彫った漁師は言った。

「魚じゃない。海上のゴミを見たい」

フェルドマン教授が言うと漁師は眉をひそめる。

「なぜそんなものを見たがる。確かに海の上を島のようになってゴミが流れている場所はあるが、俺たちはそんなところには近づかない。網にゴミが絡まるからだ。いったいおまえらは何を考えているんだ」

「この島で人を襲って病気を引き起こしている黒いトカゲが、ゴミに乗って他の島に行っているかもしれないので、調べたいのだ」

漁師はうなずいた。

「それは良いことだ。厄災も病気も海からやってきて、海へと去っていく。これから強い東風の吹く季節が来る。昔は風は吹いても嵐というほどではなかったが、この数年はただの東風じゃない。すごい東風だ。船も家もばらばらにされるような雨と風が来る。昨年、となり村は家も船もすべてのものが流された。きっと黒いトカゲも束から吹く暴風雨とともに島から去っていくさ」

背筋が冷たくなる。

「だが、おまえたちを船に乗せることはできない。余所者を船に乗せたりしたら、海の精霊が怒って嵐を起こして船を沈めるからだ」

何か言いかけたフェルドマン教授に、ラナンが無理だ、というように目配せした。

「宗教的なタブーではどうにもならないか」

フェルドマン教授はつぶやき、漁師たちにウアブが漂流物に乗っているのを見たら教えてくれ、と頼んだ。

「なに、そんなものを見つけたら獲ってきてやろう」

一際派手な入れ墨を腕と胸に入れた男が身を乗り出してきた。

「そうしたらいくらで買ってくれる」

予想もしない申し出に、フェルドマン教授が言葉を失う。

ラナンが何か言った。

「同じ大きさのサメと同じ金額だ」と答えたとかで、交渉成立、とばかりにうなずき合っている。

「いや、だめだ」

フェルドマン教授が止めた。

「非常に危険だ。たとえ見つけても手を出してはいけない」

彼らは一笑に付した。

「網にはサメやワニが引っかかってくることさえあるんだ。たかが黒トカゲに食いつかれるほど俺たちはまぬけじゃない」

神経毒が、病原体が、と説明しても、入れ墨をした勇猛な男たちには通用しない。


いったんココスタウンに戻ったが、一休みする間もなくフェルドマン教授は、一昨日の夜僕たちが訪れた堤防の向こうの岩場を見に行くと言う。

「ここで休んでいてください、空気銃を取ってきます」

ホテルのラウンジにフェルドマン教授を一人残し、僕は父のところに走る。空気銃を手に戻ってきたとき、その姿はなかった。一人で行ってしまったのだ。

慌てて後を追う。堤防の手前まで来たとき、教授はこちらに戻ってくるところだった。

手を振り気づいた。歩き方がおかしい。よろよろと近づいて来て、そのままうずくまるように崩れた。

体中から血の気が引いた。

駆け寄って肩に手をかける。教授は砂浜にうつぶせになったきり、まったく起き上がることができない。ずれた眼鏡の下で、グレーの瞳が半ば開かれているが表情はない。

僕は砂を蹴って駆け出した。こともあろうにフェルドマン教授がやられた。

勇治ならともかく、慎重なうえに知識もある教授が、なぜあんな危険なところに一人で入ったのか。フェルドマン教授がいなくなったらどうなるのか。脳天を太陽にあぶられ、思考がぐるぐると頭の中で回る。

走りながら大声でスタッフを呼ぶ。二人がかりで医務室に担ぎ込んだ。

マユミはベッドの上の教授の姿を一目みると、シャツのボタンを胸まで外し、ズボンのベルトを緩める。血圧を計ると二百近い。意識もはっきりしない。

「ヘリは呼ばないでいいの？」

僕はマユミにせっつく。

「熱中症よ」

点滴のパックをホルダーにひっかけながらマユミは答えた。

「熱中症？」

拍子抜けした。

「危なかったら州立病院に運ぶ。それよりこの気候で、この格好はないんじゃないの」と寝ている教授を指差す。

ネクタイこそないものの、すぐにでも会議に出席できそうなジャケットと長ズボン姿。ロサンゼルスの空港からホノルル、グァムを経由し、メガロ・タタまで待ち時間を含め、二十六時間かけてやってきて、一休みもせずに炎天下で動いたのだ。どんな服装でも、六十間近の体では、辛かっただろう。僕の配慮も足りなかった。とはいえ、ウアブでなかったことに、ほっとした。それでも油断はできない。

相変わらず医務室の看護師はいない。僕は寝ている教授を見守りながら、傍《かたわ》らでノートパソコンを開く。この日の朝、繁華街付近の河口から流したGPSを仕込んだプラスティックブロックの行方を見る。

半日後には群島を離れてほとんど島影もない大海原を北赤道海流にのってフィリピンを目指している、そう考えていたのだが、意外なことにそれはまだ島の周りを漂っている。

そうこうするうちに、上げ潮で海岸に打ち寄せられてしまった。だがその打ち寄せられた海岸の一つが、勇治に案内されて駆除隊のメンバーとともに行ったあの岩場だった。

翌早朝、マユミの部屋で画面を覗き込んだときには、しかしプラスティックブロックはすでにそこにはなかった。島の周りにもない。メガロ・タタから遠く離れた海上を、まるでスピードボートのような速さで西へと流れている。僕は寝室の扉を叩きマユミを起こした。

「何、これ、黒いウアブの体に発信器を埋め込んだの？」

目を擦《こす》りながら画面を覗き込んだマユミに、ただのプラスティックブロックだと答えると、「なぁんだ」と言って再び寝室に戻ってしまった。

だがいったん上げ潮に乗って岩場に打ち寄せられたプラスティックブロックは、引き潮とともに外海に出て、海中の急流に乗って西を目指しているのだ。予想通りだ。

フェルドマン教授にこのことを伝えたかったが、彼はまだぐっすり眠っているだろう。昨夜はある程度回復した後、コテージに一人戻るのも心配だということで、ホテル内に部屋を取ってもらった。

目覚めてから見てもらおうとメールを送信すると、直後にスマホに電話がかかってきた。これから昨日行った漁村に行きたいと言う。

「大丈夫ですか？」

「もちろんだ。ルームサービスの冷たいミルクとシリアルで食欲も回復している。それより二十分後に出発したい」

漁師たちは深夜に漁に出て、早朝に戻ってくるからだ。

体調を心配しながら待ち合わせたレンタカーオフィスに行き、僕はあんぐり口を開けた。グレーの髪をきっちりなでつけ、鷲鼻にメタルフレームの眼鏡をひっかけた教授がオレンジピンクのウアブの描かれたオフホワイトのTシャツにパイナップル模様のサーフパンツ姿で立っていた。ホテルのギフトショップの商品だ。

「ああ、昨夜、マユミが部屋まで届けてくれた」

「チャーミングですよ」と言って僕は運転席に乗り込む。

途中でイスマエルとラナンを拾い、まだ朝霧の立ちこめる道路を走り、僕たちは村を目指す。

村に着くと、昨日の入れ墨だらけの漁師が網を見せた。大量のゴミがひっかかっている。

「おまえたちの言うあれがいたんだ」

発泡スチロールやプラスティックが寄せ集まり、島のようになった漂流ゴミの中に、黒いウアブが乗っていたと言う。そしていったんは捕獲したのだが、ウアブは網の中で暴れた。そのうち仲間の漁師たちから、そんなものを拾うと悪いことが起きる、という声が上がり、彼らは網を切りそれを逃がした、ということだった。

彼らは再び漁に出る準備を始める。

「戻ってきたばかりなのに？」

「ぐずぐずしていられないんだ」とラナンが沖合を指差す。

海と空が溶けたような青、空気遠近法が利かないような完全に透明だった大気にわずかに濁りが交じり始めている。群島内の島の緑の輪郭にかすかな滲みが生じている。

また暴風雨がやってくる。漁に出られるうちに魚を獲っておかなくてはならないらしい。

そして雨風と高波によって島のいろいろなものが流れ出す。海上にはウアブの乗り物が一気に増える。

「しかし彼らはなぜこの島を出て行こうとしているのだろう」

僕はふと、不思議に思った。嵐の翌日にゴミ筏に乗って海上を漂っていた彼らは、前夜の雨風で押し出されたのかもしれない。だがホテル近くの岩場に集まって、海に頭を向けていた彼らは、どう見ても意志を持って海に出て行こうとしているように見えた。

「渡りの本能か」とイスマエルが、しだいに青さを増してくる空を見上げる。

「繁殖地を求めているか、あるいは何かから逃げだそうとしていることも考えられる。たとえば地震や火山噴火」とフェルドマン教授が言う。

「この島に火山はない」

ラナンが答える。

「いや、他の島の火山噴火によって津波が来ることがある」

イスマエルが反論した。

「あるいは単にこの島が彼らにとってすこぶる居心地が悪いのか」とフェルドマン教授が、流れ落ちる汗を拭く。

「でもこの島にやってきて変態したウアブは強力な捕食者になった。少なくともここに彼らの天敵はいない」と僕は言う。

「おまえの親父以外は、な」

ラナンがにこりともせずに茶化した。

「いずれにしてもウアブはこの島で急激に数を増やした」とイスマエルが言うとフェルドマン教授がうなずく。

「数が増えたからこそ、この島では支えきれなくなった可能性がある」

しかし僕には、この島の広さに比して、ウアブの密度がそれほど高いとも思えない。

夜が完全に明け、陽差しが強さを増してくる。ラナンとイスマエルの出勤時刻が迫っており、僕たちは車をココスタウン方面に向ける。僕がハンドルを握り、ラナンたちは車中に転がしておいたペットボトルの水とバナナやタロ芋で朝食にしている。

「それにしても」とフェルドマン教授は、首を傾げる。

「この陽差しで、水のない状態、しかも波しぶきを浴びながら、両生類の彼らがどうやって長期間の漂流に耐えるのか？」

「運良くゴミ筏に乗って、運良くストレートに海流に乗って、運良くスコールに出合えて新天地に辿り着くのさ」

芋を頬張りながらラナンが答えた。

「それで運良く雌雄揃っていれば、流れ着いた先で仲間を増やす」とイスマエルが遠慮がちに付け加える。

だが、現実にミンダナオや沖縄では、ウアブと思しき生物が現れ、人を襲っている。しかも、辿りついたのは一匹だけではない。

5 根絶

早朝、未舗装道路の端に小型トラックを寄せて、僕たちは荷台から降りた。

勇治と僕、そしてイスマエルの三人は、そこから林を抜けて白砂の浜に下っていく。

ウアブ騒ぎでココスタウンの滞在客はずいぶん減ったというのに、ここにはまだテントがいくつも張られている。子供連れの一家やグループが、サキシマハマボウの木陰にシートを広げ、浅瀬で戯れていた。

裏手のキャンプ地には以前と変わらずグァムから人が遊びに来ている、とラナンが言っていたのだが、その通りだ。

こんな時期にと、驚いたものだが、そこで事故があったという話は聞かない。もし咬まれていれば、マユミの許に助けを求める連絡が入るはずだが、そうしたこともない。

二日前、僕たちはこれまで黒い成体ウアブの出没した場所を地図に記載し、あらためて見直した。一番多いのは、ココスタウンとその周辺で、ゲレワルの市場周辺やイスマエルの住んでいる海辺の集落あたり、そして島の周辺部にある集落と続く。出没というのは、単に現れた、ということの他に、咬傷事故があった、ということも含む。だが、マユミはそのあたりは当てにならない、と言う。

「動物に咬まれるなんて、よくあることだし、筋膜炎も胃腸炎も敗血症もよくあることで、それとこれは結びつかないのよ。咬傷の報告があったにしても必ずしもウアブとは限らない」

前回の村の子供の例からしてもそうだ。データが取りにくいというのも、ウアブの咬傷事故の特徴だった。

それでもまったくウアブが目撃されておらず、人も咬まれていない場所がある。島の内陸部だ。

「当たり前だろ、だれも住んでいない」

ラナンが答えた。たとえいたにしても、見た者がいなければいないことになる。

なぜだれも住まないのだ、とフェルドマン教授が尋ねると、「森だからだ」という素っ気ない答えが返ってきた。

「元々、森に家なんか建てないし、足も踏み入れない」

「何かタブーが？」

フェルドマン教授が尋ねたが、ラナンはむっとした表情で首を振った。

「昔からそういうことになってるんだ。俺たちは野蛮人じゃない」

他の国で先住民が森の中で暮らしていることを指して、ラナンは言う。確かに男は魚を捕り、女は湿地で芋を作り、この島の人々の自給自足の生活は海と周辺の低地で営まれている。庭先で魚が捕れるような場所に住んでいながら、わざわざ原生林を切り開き内陸部に畑を作る必要などない。

内陸部の森に入っていくのは、気まぐれの冒険を求める観光客や、かつて忌島に入植した日本人のような本国で食い詰めた外国人だけだろう。

だが、無人の内陸部と違い、島の裏側のキャンプ地には、外国人とはいえ人が入っている。僕の記憶では、毎年この季節にはグァムの子供たちの大規模なエコキャンプが行われる。子供たちは波打ち際だけでなく、背後の海岸林にも入る。

たまたま、ウアブがそこで発見されていないという理由で、例年通りそうした催しが開催されるとしたら非常に危険だ。

僕たちがその日、そこへ調査に入ったのは、そんな理由だった。

マユミとラナンは仕事を抜けられず、フェルドマン教授はこの日、マユミのドクターストップがかかって同行できなかった。よほど暑さに弱い体質なのか、前日、ゲレワル近くのマングローブ林に調査に入った折、また軽い熱中症にやられたのだ。

勇治とイスマエルと僕のたった三人で心細くはあったが、駆除隊のメンバーに協力を頼むことはしなかった。今回はあくまで調査で、むやみに発砲されてしまっては正確なデータが取れないからだ。

キャンプ地の前は白砂のごく狭い浜で、遠浅の海には珊瑚の群落がある。浜の背後は明るい海岸林で、キャンプに来た人々はたいていそこにテントを張る。風が通り木陰の気持ち良い林だ。

砂地の道を歩いていくと、自生する椰子の木にロープをかけ、スパイクシューズで木に登って実を取っている若者のグループに出会った。

「気をつけてくださいよ」と勇治が声をかけ、黒いウアブのことを説明する。

「それは金持ちたちが滞在してるリゾートタウンの話だろう。ここは大丈夫さ」

半裸の若者が笑って肩をすくめる。子供たちのエコキャンプの主催者も同じような感覚を持っているのかもしれない。

木陰にテントを張り、木々の枝を切って薪《まき》を集め、ココヤシの実やグァバに似た果実を取って食べ、煙でいぶして虫を追い払う。父に教えられ、僕も幼い頃からここでサバイバルごっこをして楽しんできた。だが今、この島はそんなことをしていられる状態ではない。このキャンプ場周辺でウアブを見つけ次第、そのことを周知させ、少なくとも子供のキャンプは中止させなければならない。

白浜の向こうにある豊かで美しい熱帯の森。それがせいぜい幅二十メートル足らずの境界線までのものであることを、この直後に僕は知ることになる。

木陰に風が通り、サキシマハマボウや、サンタンカ、名も知らない草花がクリームやオレンジの優しげな色の花を咲かせる中を僕たちは、空気銃や三叉銛といった、それぞれの武器を携えて進む。

小道はすぐに途絶え、僕たちは下生えをかき分けて森の奥に入っていく。植生は変わり、花木は消えた。刺だらけの枝や、板根のそそり立つ大木の間を、僕はここに来る前、ラナンに借りた鉈で枝払いをして進んでいく。

「代わるよ」

イスマエルに言われて鉈を手渡す。イスマエルは左右に振り回してみるものの、枝は刃から逃げてしなり、あたりに葉や虫をまき散らすだけで、いっこうに切れない。

勇治が腹を抱えて笑い、「俺に貸せ」とひったくるように受けとる。勇治が振り下ろすとさすがに太い枝が気持ち良く切れたが、何だか映画に出てくる侍のように動作が大きい。刃が触れそうになり、僕たちは後ろに下がる。数分後には勇治は顔から滝のような汗を流し、ぜいぜいと肩で息をしてしゃがみこんでしまった。

足を止めると小さな虻のような虫が顔にまつわりついてくる。風はまったく通らない。両手で藪をかき分けたとたんに、刺だらけの枝に顔をひっかかれた。

がさがさと音がした。イスマエルが跳び退く。

蛇だった。その先からばらばらと何かが飛び出す。カエルだ。最近近隣の島で増えているオオヒキガエルではない。緑色の下草に溶け込むような色合いのアマガエルだ。

幸い、ウアブは今のところ現れない。こんなところで襲われたら、と思うと生きた心地もしない。刺だらけ虫だらけの藪が手枷足枷《てかせあしかせ》となって、走って逃げる場所もないからだ。

「おっ」

勇治がポセイドンのように三叉銛を構えた。しめった下生えの上をこちらに這ってくるものがいる。

「なんだ」

オオトカゲだった。黒いウアブはまだみつからないが油断はできない。

「引き返しますか」

汗をぬぐいながら勇治が言う。

「そうですね、やっぱり島のこちら側までは、広がっていないのかな」と僕が言いかけたそのとき、イスマエルが黙って木々の向こうを指差した。

すっきりと開け、日の光が差し込んでいる。

僕は鉈で枝を払う。三人同時に歓声を上げた。

木々の密度は薄くなり、その先に池があった。真上からの陽光に水面が輝いている。

「気をつけて」

数秒後、僕とイスマエルは同時に声を発していた。一見、長閑《のどか》で美しい場所だが、いよいよ両生類ウアブの隠れていそうな場所に踏み込んだのだ。

陸に上がり、卵胎生のものが出てきたとはいえ、ウアブと淡水の縁は切れない。おそらく幼生は淡水を必要とするだろうし、勇治が見たという七月の月夜の一斉交尾も池のそばで行われていた。さらに周囲の原生林には、ココスタウンの人工の森と違い、餌になりそうな昆虫や軟体動物、爬虫類も多い。少なくともマングローブ林より両生類のウアブにとっては棲みやすい環境だ。

「発見者がいないだけで、この池で繁殖しているかもしれない」

僕が言うとイスマエルが唾を呑み込みうなずいた。

下草を踏みしめると湿り気を帯びた土の感触が靴底にあった。僕は左右に目を凝らす。

草の根本を黒い物がのそのそと這っている。ごく普通のイモリだ。

足下から何かが飛び出す。カエルだ。緑色のアマガエルだが、よく見れば葉陰にはオオヒキガエルが大きな目をこちらに向け、じっと動かずにいた。

だがあの黒く、てらてらと光る肌はどこにも見えない。

そのとき先頭を歩いていたイスマエルが悲鳴を上げた。

出た……。

僕は素早く銃を構える。

「逃げろ、アリだ」

イスマエルは飛び上がって叫び、藪をかき分け浜の方向に走っていく。ふりかえり女の子のような甲高い声で叫び続ける。

「早く。たいへんだ、アリだ」

語尾が悲鳴に変わる。僕は苦笑した。以前、ビーチサンダルで森に踏み込んでしまい、咬まれたことがある。痛いことは痛いが、靴と靴下をはいていれば大丈夫だ。

「逃げろ」

次に叫んだのは勇治だった。

「ぐずぐずするな。早く」

足首を咬まれて気づいたときには遅かった。黒い点がぞろぞろと体を這い上がってくる。

以前咬まれたアリとは様子が違う。痛い。焼け付くようだ。

たちの悪い肉食アリだ。イスマエルはその隊列を踏んでしまったのだ。ズボンに這い上がってくるアリを死にものぐるいではたき落としたが、それは服の中に入り込んでおり、腿や腹など、いたるところに咬みついてくる。火傷のような痛みだ。

たまらず甲高い悲鳴を上げていた。半分泣きながら走った。空気銃も三叉銛も役になど立たない。調査どころではない。

下生えを踏み、両手で刺だらけの枝をかき分け、しつこく激しい痛みに苛まれながら走った。

海岸林を走り抜け、浜に出ると僕たちは見栄も外聞もなく、長袖シャツを、ジーンズをむしり取るように脱ぎ、焼けた砂の上に放り出す。だがアリの頭部にある鋏《はさみ》のような顎は皮膚に食い込んで離れない。股間の痛みに耐えかねてパンツまで三人で投げ捨て、海に走る。砂浜でバーベキューをしていた家族連れがあんぐりと口を開けている脇を走り抜け、浜辺で寝転んでいる若者たちの体をまたぎ越し、僕たちは海に飛び込んだ。

塩水に洗われてもアリはなかなか離れなかった。両手でひっかくようにして洗い流しても、咬まれた傷口は焼け火箸《ひばし》を押し当てられたように痛み続けた。

覚束《おぼつか》ない足取りで浜に上がった後、脱ぎ捨てた砂だらけの衣服を拾い海水で洗い、僕たちは惨めな思いで濡れたままのそれをまとって、ふらふらと車に乗り込む。痛みは引かず、ハンドルを操作する手も覚束ない。

ようやくの思いでココスタウンにたどり着き、医務室のドアを開けた。

転がり込むように入っていった僕たちの姿を一目見たマユミは、「シャワー」とバスルームの方向を指差した。

「何やってんの、あんたたち」

シャワーを浴び、全裸にバスタオルをまいただけの三人の男たちを見回し、マユミは呆れたように言った。

「アメリカのやらせサバイバル番組じゃないんだよ。ジーンズとTシャツで森の中に入り込むなんてありえない」

マユミは僕の傷口を見た。

「あーあ、炎症起こしちゃって……」

以前にもアリに咬まれたことはある。火傷したような痛みはやがて引いたが、咬まれた箇所は水ぶくれになり、痛みは激しいかゆみに変わった。だがこんな風に集団で体に這い上がられたのは初めてだった。

三人の男の咬み痕を診た後、マユミは傍らのケースを開け抗ヒスタミン系の外用薬を放ってよこした。

「塗って」

僕たちはマユミの前でバスタオルを取り、チューブから薬を絞り出して全身に塗りつける。手の届かない場所は互いに塗り合う。

「もし呼吸が苦しくなったり、全身が腫れたりしたらすぐに連絡してよ」と言いながら、万一の場合に備えて、飲み薬もくれた。

礼を言って出ていこうとすると、「百二十四ドル！」と呼び止められた。

イスマエルが困惑したように立ち止まる。

「医は仁術ってところでお安く頼みます」と勇治が両手を合わせる。

「私は開業医じゃなくて、ホテルの従業員なんだよね」

勇治は財布を開けて、ありったけの現金を置く。僕の財布には小銭しかない。カードはあるが、このホテルでは僕の持っているカードは受け付けていない。情けない話だが父のもとに走った。

父は叱責するでもなく、現金を渡してくれた。

「この経験から、一つ、学んだだろう」と父は、皮膚の上に無数の咬み痕を残している僕に、同情した風もなく言った。

「サスライアリ、格別、巣など持たずに移動して歩くアリだ。昆虫から鳥類、繋がれた山羊や弱っている人間まで、たちまち骨にする陸のピラニアだ」などと脅した後、避ける方法はただ一つ、向こうだって人間を積極的に襲ってくるわけではないから、足下に注意して歩くことだ、アリは隊列を組んで移動するから、足下を見ていれば黒い流れのようなものにはすぐに気づく、とアドヴァイスしてくれた。

父の言葉は大方、正しい。しかし僕はそれがやや大げさな物言いであることを知っている。鳥や山羊や弱っている人間まで骨にする陸のピラニアは、アフリカあたりにはいるかもしれないが、アジア、オセアニアにはいない。しかもアフリカのサスライアリと違い、鳥類や小型ほ乳類などを捕食することもない。肉食とはいえ他の生物の死骸を餌にする他は、カタツムリや幼虫などを襲う程度だ。僕たちが襲われたのは、彼らの隊列に足を踏み入れ、秩序を乱す侵入者と見なされたからであって、彼らに餌だとは認識されていない。

「周囲に気を配って歩かなければならないというのは、アリに限らない。毒蛇や蜂の巣や、もっとも怖いのは、ブービートラップだ。ごく細い針金、木の葉に似せたブリキ片が……」

父の説教は続く。ベトナムで戦った父のこの手の手柄話を聞くのは、好きではない。そこで功績を挙げて戻った父を尊敬しなければならないこともまた、僕にとっては負担だった。

早々に父の許から逃げ出し、痛みが多少治まった夕刻、僕たちはフェルドマン教授が滞在しているコテージに集まった。

教授から、重要なことがわかったので来てくれるようにと、メンバー宛てにメールが届いたからだ。

僕が入っていくと、他のメンバーもちょうどやってきたところだ。手足のあちらこちらに外傷用のシートを貼り付けた僕たちの姿を、フェルドマン教授はあっけに取られたような顔で見ていた。

勇治がその日に遭遇した災難について、臨場感豊かに報告した後に付け加えた。

「しっかし、三ヵ月間、この島にいるけど、こんなひどい目にあったのは初めてだよ」

「原生林に入らなかったからね」と僕は答える。

「そりゃ違う」

ラナンがすぐさま否定した。

「ココスタウンにだって本当はいるんだぜ」

「まさか」とみんな笑った。

「いや、餌になる虫やナメクジは森の中ほどいないが、ここのゴミ箱や土の上にはチキンの食い残しだのオレオの欠片だの固くなったアップルパイだのが山のように置かれているんだ。後ろの林の中から出てきた斥候《せっこう》の一匹が見つければ、あとは隊列をなして入ってくるさ。そのうちコロニーを作って、大量発生ってやつさ」

「だがそんなことで騒ぎになったなんて、ここでは聞いたことがない」

「当たり前さ」とラナンは笑った。

「定期的に薬を撒いて大規模な駆除をしているんだから」

半年に一度、アリの繁殖期が近づくと、委託業者が薬剤入りのタンクを背負ってタウン内の緑地に入り、二、三日かけて、文字通りアリ一匹見逃すまいと、徹底駆除するらしい。もっぱら島の裏手のキャンプサイトで過ごしていた僕は、そんな場面に遭遇することはなかった。

「そういえば、私が以前、ここで執筆していたときに、そんなことがあった」

フェルドマン教授が言う。

「植木の消毒をして毛虫や熱帯蚊を追い払っているとばかり……」

「観光客はみんなそうさ」

ラナンは冷めた口調で言う。

「南の島の楽園がどんな風に維持されているかなんか知らないし、知る必要もないからな」

彼によれば、ホテルやコテージが出来た当初は、無人ヘリコプターで頻繁に薬品を撒いていたが、滞在者の中にドイツから来た有名なエコロジストがいて、経営者に抗議したただけでなく、その手の雑誌に批判記事を書いた。そのためあちらこちらから非難の声が上がり、以来、ココスタウン側もヘリコプターによる薬剤散布をやめた。だが、サスライアリのコロニーに入ってこられたら、客は敷地内を散歩もできなくなる。そこで半年に一度、委託業者がタンクを背負ってタウン内に入り、二、三日かけて、徹底駆除するらしい。

「我々コテージの滞在者には、その時期は窓を開けたり屋外でパーティーを開いたりしないように、と警告が回っていた。特に臭いがあるわけではないが、地面に撒いた薬剤で気分が悪くなったり、薬物アレルギーがある者はまれに発作を起こすからだ」

はっとしたようにイスマエルが顔を上げた。

「それは一年の内、何月と何月の話？」

「五月と十一月頃かな、確か」

ラナンの答えを聞いて僕は息を吞んだ。他のメンバーも言葉を失い、互いに視線を交わす。

五月と十一月といえば、たくさんのウアブの死骸が池に浮かんだ時期だ。だが、そのことに衝撃を受けたわけではない。

「どうやらそれが黒いウアブを出現させた元凶だね」

フェルドマン教授が静かに断じた。

そこにあるコンピュータを立ち上げてもらい、ウアブに関するデータを僕たちは呼び出した。

これまでの経緯を時系列に並べる。

僕たちがウアブを池に放した日、たくさんの死骸が浮いた日、池の中に小さな幼生のウアブを見て、繁殖の成功を喜んだ日、そしてデイブが咬まれた日、それ以後の咬傷事故が起きた日と、駆除した日……。

肉食アリの駆除のために撒かれた薬剤が、土に染みこみ朝夕やってくるスコールによって池に流れ込む。最新鋭の閉鎖水域浄化装置でも薬剤のような化学物質までは除去できない。

ミクロ・タタは餌も水も乏しい島だった。そこの厳しい地上環境から逃れるために、一生を水中で幼生として暮らし、幼生のまま繁殖し、幼生のまま死んでいくように自らを変えたウアブたち。それを僕たちは、半年に一度、毒を流し込まれる池に、それとは知らずに放流してしまったのだ。

「でもあの池には小魚がいるよね、水棲昆虫も」

僕は尋ねた。

「薬剤耐性は生物によって違う。厚い皮膚もウロコもないウアブのような両生類は特に敏感なんだ。しかも体自体は幼生と同じならよけいに」とイスマエルが慎重な口調で答える。

「それだけじゃない。小魚は定期的にホテルが放していた」

ラナンが付け加えた。

多少死んでも、池を管理しているホテルは観賞用の魚を補充した。昆虫のライフサイクルは短いから、半年に一度減ったところでさほどの影響はない。

だが、一生を幼生として、柔らかな半透明の体を粘膜のような薄い皮膚に包んで生きるウアブに、半年に一度流し込まれる薬品は、たとえ微量であっても鱗に包まれた魚や昆虫の幼虫以上に大きなダメージを与えた。

だからウアブは、半年に一度、汚染される水から逃れるために、彼らの本来の姿に戻ったのだ。

彼らは水中の楽園から、半年以内に陸に上がることで絶滅を免れようとした。多量の粘液で守られた、黒く丈夫な皮膚と大きな口に鋭い歯、そして猛毒と病原菌カクテルを備えた大人へと成長することで。

彼らは、一斉に交尾し、あるものは卵を、あるものはある程度まで腹の中で卵から育てた幼生を、池に放つ。そして毒を流し込まれる直前に、成体となって一斉に陸に上がる。

水中に卵を産み、雄がそれに放精するかわりに陸上で交尾し、腹の中で卵を孵す卵胎生という形で、何とか地上で過ごす期間を延ばそうとした。彼らは薬品の流れ込まない季節を待って幼生を池に放ち、幼生は次の消毒時期までに成体となった。

かつて水の守り神としてミクロ・タタの子供たちに可愛がられ、僕たちマニアを魅了したウアブを黒く醜い悪魔に変えたのは、肉食アリの駆除剤だった。いや、変えたのではない。それは本来のウアブの姿に戻したのだ。

「そんなものを撒かないで済ませられなかったものなのだろうか」

僕がつぶやくと勇治が、「そりゃ、まあねぇ」と腕組みをしてため息をつく。

「ここはさ、楽園なんだよ。ストレスを溜めて仕事をしている者にはつかの間の休息を、何十年もの厳しい仕事を終えてリタイアした者にはその報賞を与えるために作られた町だ。人にとって快適な環境がすべて整えられていなければならない。ここにいる限り、老夫婦が重たい財布を持って歩いていても強盗やスリには遭わないし、夜、若い女の子が太股《ふともも》を丸出しにしてジョギングしていても強姦《ごうかん》されたりしない。子供が裸足で植え込みの間を走り回っても、酔っ払って芝生の上で寝ても何も起こらない。そういう場所でなければ意味がないんだよ」

僕は思い出す。島の裏側のキャンプサイトで過ごす休暇は、正直のところ決して快適なものではなかった。父に強制されなかったら、幼い自分は決して行きはしなかっただろう。母や妹だって嫌がっていた。

森から砂の丘陵で遮られていたから肉食アリは来なかったが、ブユや蜂や他の種類のアリには、嫌というほど刺され、咬まれた。強い日差しにやられて痛みに泣いたこともあれば、強い雨風にテントを飛ばされ、寒さに震えが止まらないまま一夜を過ごしたこともある。

それが自然豊かな南の島で過ごすということなのだ。そして僕は今、キャンプサイトとは比べものにならないほど快適なココスタウンの、地元民は足も踏み入れられないような、快適で頑丈な建物内に滞在し、自分のやらかしたことの後始末をしている。

「しかしそうしてアリの駆除剤の毒性から免れることができたというのに、なぜ彼らは、島の外に逃げ出そうとしているんだろう？」

イスマエルがつぶやくように言い、首を傾ける。

「黒い怪物に変態した以上、島の中で天敵は人間だけのはずじゃないか。食物連鎖の頂点に立って、それなりに繁栄もしていて、なぜわざわざ海に出て、一千キロもの苦しい旅をするのだろう」

渡りの本能のようなものがやはりあるのか、と僕はいつか見た岩場の光景を思い出す。どの個体も、海の彼方に頭を向け、出航の機会を待っているように見えた。

「彼らが一千キロの旅をする理由はわからないが、何がそれを可能にするかは答えが出た。もちろん答えの一つに過ぎないが」とフェルドマン教授が僕たちに向き直った。

「今夜、あなたがたに集まってもらったのは、これを見てもらうためだった」

素早くキーボードを操作し、動画を呼び出した。

黒くひからびた干物のようなものが海岸の岩に打ち上げられている。数人の子供たちが集まっているらしい。外国語の甲高い話し声が飛び交っている。カメラが寄る。干物のようなものが大写しにされ、僕たちは息を呑み凝視した。

「ミンダナオ島の西岸の村だ」とフェルドマン教授が説明する。

カメラがさらに寄っていき、子供たちが集まって騒いでいる理由がわかった。死骸の尻のあたりから生きている小さなウアブが排出されている。

腹の中で共食いしていたのかどうかはわからない。だがそれは親の体から出て来たそのときから、成体ウアブと同じ姿をしている。しっかりした手足を持ち、粘液で光らせた体で、焼けた岩の上を走り、太陽光の遮られる岩の割れ目に逃げ込む。

僕たちは息を呑んで画面を凝視した。以前、芝生の上で仕留めた真っ黒なウアブを解剖したときに目にした光景が、吐き気とともに蘇る。粘液まみれの体を強く摑んだそのとき、排泄孔から出て来た無数の幼生。

「君たちが森に入っている間に、マユミが検索してみつけたものだ。信憑性に疑問があったので、私の方から現地の大学の研究室に転送して確認してもらった。結果は加工された動画ではない。死骸から出てきた映像は初めてだが、黒いウアブが島の西岸で発見されたという報告はすでにある」

「でも池じゃない……」

成体のウアブならいざ知らず、幼生についてはまだ真水が必要なはずだ。

「一日に二回以上は必ずスコールのある場所だ。しかも近くに池があることを確認した」

フェルドマン教授が答えた。

岩陰でスコールを待ち、濡れた状態で池に辿りつけばそこで成長し繁殖する。僕たちがミクロ・タタから持ってきたウアブは、あの澄んだ泉の中で、雌が水底の水草に卵を産みつけ雄が放精した。だが変態し黒く大きな成体となったウアブは、一斉に交尾した後、雌が腹に卵を抱えたまま旅をするのだ。

安定したゴミ筏があったにしても、一千キロも漂流するのは難しいと僕たちは考えていた。生きて陸地に辿りつくのは千に一つか、万に一つか。だが、生きながら辿りつく必要はなかった。腹に受精卵を抱えた雌は、自分は航海の途中でひからびて死んでも、粘液と皮膚で守られた体が強靭なカプセルとなって、子供たちを新天地へと運んだ。

フェルドマン教授は窓に目を向けた。一見、素朴な木造建築に見えるコテージだが、実際はコンクリートの土台や鉄筋の入った強靱な建物だ。それがきしむような風が吹いている。昼の晴天は一転し、また嵐が来る。

浜でキャンプをしていた家族連れや若者たちは、避難の準備を始めただろうか。

強い西風の季節、暴風雨の季節が到来しつつある。そして数年前から、ここには無かった台風も上陸するようになった。

ゴミが打ち寄せられ、やがて強い引き潮によって沖に流れ出るあの岩の海岸の風景、月明かりの下で勇治や僕たちに攻撃をしかけてきた成体ウアブ。彼らは季節の移り変わりとともにやってくる出航の機会を待っていたのだ。

忌島の伝説の竜が、島が沈むときに小さな無数の竜となって群島の島々に逃げ出したように、黒いウアブが台風の波と風にのって一千キロの旅の決行のときを待ちながら、あの岩場に集まっているのだとすれば……。

船出だ。ゴミも木々も、そしてそれらにしがみついた生き物も、風と波によって、島の外に押し出されていく。

厄災は東風とともに去っていく。

漁師たちの言うとおりだ。

いや、ハメルンの笛吹きに導かれ、ただ去っていくなどというのは、伝説やおとぎ話に過ぎない。広がるのだ。腹に受精卵や幼生を抱えた状態で、自らは死んでも次世代を残し広がっていく。産めよ、殖《ふ》やせよ、地に満ちよ、と。

「私たちは楽観的過ぎたようだ」

フェルドマン教授は沈鬱な表情で画面を見詰める。

「病原体を媒介する野生動物が、人の力を介在させないで海を越えて広がっていく。しかも上陸される方は、その怖さを知らない。頭数管理では済まない。根絶しないと」

それにしても特定の種の生き物を一匹残らず消してしまうとは、何と大それたことだろう。それが有害生物と、どうして言えるだろう。ただ人の生命と人の生活にとって都合が悪いというだけなのに。

しかし人の生命と生活にとって都合が悪いからこそ、連れてきた僕たちが責任を持って全頭駆除しなければならない。

その日、マユミの部屋に戻った僕は、日本の語学学校に電話をかけて、退職する旨を告げた。少なくともこの島を元の状態に戻すまでは、実家にも日本にも戻れない。

翌日の夜から僕たち、ウアブ保護クラブは駆除隊に合流することになった。月明かりを頼りにココスタウンを出発し、見つけしだい空気銃で撃ち殺す。今、ウアブを確実に駆除する方法はそれしかないのだ。罠には他の生物がかかるだけで、肝心のウアブはほとんどかからない。たとえかかったにしても、組織の一部と粘液を残して逃げ去る。また半端《はんぱ》に傷つけたところで、組織はたちまち再生する。見つけたら必ず殺さなければ意味がない。

僕にとって不愉快なのは、その恐怖と不快感にみちた作業に対し、しだいに父やジョファンのような人々だけでなく、僕たちも達成感やそれよりもっと単純に快感を得るようになってきたことだ。

銃を用いる限り、こちらが負けることはない。それを前提として、恐怖はスリルに変わり、殺戮《さつりく》は、「観光客にも長期滞在者にもそして地元の人間にも危害を加える、醜く凶悪な怪物をやっつける」という正義になる。ウアブ狩りは勇気の証だ。その醜悪な体に向かい動かなくなるまで弾を撃ち込み、穴だらけにし、温かみを持たないどろどろした血を流させるとき、僕たちの体からは大量のアドレナリンが出て、確実に仕留めたと感じた瞬間、やったぜ、とガッツポーズを決める。

それは大きな悲しげな瞳でこちらを見つめる鹿や、怒りと凍るような諦念を込めて最後の威嚇をするジャッカルや、その他の美しい獣を狩るのとは、おそらくまったく違うものなのだ。そこには他のものの生命を奪うという罪の意識も、生理的な抵抗感もない。悪臭を放つ死骸の解剖や浜辺でのゴミ調査の、汚くて達成感のない作業に比べれば、爽快でさえある。

高揚感に包まれた駆除の場で、僕は責任と義務という鎧に身を包み、その醜怪なものに至近距離から弾を撃ち込む。ときにはブーツに血しぶきを浴びながら。

ハンティングの後に死骸を持ち帰るのは、意外に苦痛な作業だ。死骸は重たく、多量の粘液で湿っていて、ハーブか香辛料を思わせる匂いは、死んだ後にもその体から発せられ、なぜかある種のハエやアリ、蜂などを引きつけるので、それを持って歩いていると、そうした虫がたかってきて煩わしくてかなわない。手袋をはめてぬるぬるする死骸をぶら下げ袋に入れ、虫よけ剤をスプレーする。それでもどこからかそうした虫どもが飛んできて、こちらが刺されることもある。

その夜、僕たちはゲレワルの町から数キロ先にある大きめの集落に出かけた。数日前に島民が咬まれた、という連絡が入ってきたからだ。

例によってトラックの荷台に乗って近づいていくにつれて、集落の外れの方が賑やかなのに気づいた。

ちょうど毎木曜日に開かれるナイトマーケットの日だった。村と森の接点のようなところにこの島の女神を祭った洞窟があり、その前の開けた場所で週に一度、人々が青いマンゴーや燻製の魚、日用品などを売り買いする。

人でごった返すその場所をのろのろとトラックが徐行していたとき、僕の隣でジョファンがさっと銃を構えた。

会場の人気《ひとけ》のない片隅にそれは現れた。

そう、彼らはミズオオトカゲのように、農家の納屋や森の中だけで活動するわけではない。生ゴミや大きな獲物を求めて、ココスタウンやゲレワルの市場や人の集まるところに出てくる。

ジョファンが引き金を絞った。だが至近距離ではなく、トラックの荷台から狙ったから弾は逸れ、尾に近い部分に当たった。とたんに鶏や犬が騒ぎ出し、次に村人がトラックに駆け寄ってきた。それぞれに拳を振り上げて抗議する。殴られそうな勢いだ。

真っ先に父が荷台から飛び降り、彼らに向かって謝罪と説明をするが、村人は英語など解さないし、聞いてもいない。島民のほとんどは相変わらずウアブはココスタウンの人々のペットが逃げ出したもの、と信じている。しかも銃を発砲したのは彼らの女神の住まう場所だ。

父やジョファンが詰め寄ってくる人々に対応している間に、ウアブは水辺のワニのような俊敏さで動く。人々がバナナやプラスティックバケツや魚を並べているシートの間を素早くすり抜け、次の攻撃をしかけてくる。人々の悲鳴が上がる。周りのものに当たるので銃は撃てない。

銛を手にしたアリソンが飛び降り、ブーツの足音を響かせ広場の端に追い詰めた。その瞬間、ウアブはウツボのように体をくねらせて反転するとアリソンの足下に身を躍らせた。その頭が臑に届く寸前、勇治がアリソンを突き飛ばす。

「この野郎」

顔を真っ赤にして勇治は三叉銛を振り上げ向かってくるウアブを突いたが、ぬるりと躱され、構え直したときには背後の森に消えていた。

「図々しいやつだ。手負いだというのにすぐに逃げないで、向かってきた」

肩で息をしながら勇治は森に目をやる。木々の密生したそこは漆黒の闇だ。人の生活圏とここでくっきりと境界線が引かれている。

拳を振り上げ抗議する島民たちの輪から逃げ出すようにトラックは発車し、未舗装道路を島の中心部まで入ったが、ウアブは現れなかった。

銃による狩りで、見つけて確実に仕留めれば、ある程度数を減らせる。だがあまりに効率が悪い。病原体のカクテルを口中に隠した強い攻撃性を持つ捕食者を、島から外に出て生息域を広げる前に根絶する、しかも台風が来る前にというのは不可能だ。

いったいどうすればいいのか。

湿った土にタイヤを取られながら一本道を下り、さきほどのナイトマーケット会場の手前まで戻ってきたとき、トラックが急ブレーキをかけた。すぐそこまで森が迫っている道路脇にウアブがいた。狙いを定めるのに躊躇した。

夜が更けて人々の姿は少なくなっている。それでもここで発砲すればまた村人を怒らせる。そのときウアブの尾が痙攣するように地面を叩いた。奇妙な動きだ。

傍らのアリソンがサーチライトをかざし、まぶしさに僕たちは目を覆う。芋の葉の陰でよく見えないが、様子がおかしい。粘液をまとった真っ黒な皮膚が波打っている。

「さっき仕留め損なったやつじゃないか？」

ジョファンが奥二重の鋭い目を父に向けた。

いったん森に逃げ込んだように見えたが……。

横たわるそれにライトを当てる。斑の影の下で、粘液で覆われた黒い体の尾のあたりには確かに穴が空いている。

弾は当たったがさほどダメージは与えていなかったはずだ。ウアブの驚くべき再生能力からしてすぐに回復する程度の傷のように見えた。

僕とジョファンはトラックの荷台から飛び降りる。

「離れろ」

父が叫んだのと、僕が後ずさったのは同時だった。

「離れろ、踏むんじゃない」

父の指先が芋の茎の間に引かれた一本の線を指していた。線は生きている。生きて、歩いているアリの一列縦隊だった。

注意深く近づいた僕は凍り付いた。虫の息のウアブの皮膚が波打っていたわけではない。濃厚な粘液の上を皮膚と同色の黒いものがびっしり取り憑き、その肉を食いちぎっていたのだ。見ている間にウアブのシルエットは曖昧になり、動き回るアリの塊と化していく。

ジョファンに撃たれて森に逃げ込んだウアブが力尽きて動けなくなり、生きながらアリに食われそうになってここまで逃げてきたのだ。

僕たちは遠巻きにその光景を見守る。

全身の皮膚が縮み上がりそうになりながらも、僕はそれが先日、キャンプ地で咬まれた肉食アリだということを確認した。だが何か様子が違う。キチン質の殻が触れあうざわざわという音に体が包まれるような気がした。無数の鋏ががちがちと音を立てているような気がした。足下を黒い急流が洗うように、ごく細かい節足動物が流れていく。

「離れろ、車に乗れ」

父が叫んでいる。

だれかに腕を摑まれたが、体が強《こわ》ばり動けない。ウアブの体の周りでアリが渦を巻いている。統率が取れていない。凄まじい狂騒状態が起きている。父の言う通りかもしれない。通り道にあるものをすべて骨に変える陸のピラニア。だがそれにしては、と首を傾げる。僕の体に這い上がるアリはいない。すべてがウアブへと向かっている。

引きずるように僕をトラックのところに連れていこうとした勇治の手を僕は払った。

背負ったデイパックから、広口のアルミ水筒を取り出し、スクリュー栓を開け、中の水を捨てた。そして地面にその口の端を押しつける。落ちていたプラスティック片を使って、掃くようにしてアリをその口に入れる。

「何をする、愚か者が」

父が怒鳴ったのと、アリの隊列が乱れ、僕の手足に上ってきたのは同時だった。周りにいたメンバーは、口々に僕の行動を非難しながら逃げていく。

僕は皮膚を咬まれる痛みに耐えながら、すばやく水筒の口にスクリュー栓をした。服の隙間から這い入ったアリを、生地の上から潰し、それではとうてい間に合わずダンスでもするように跳ね回りながら、例によって着ているものを脱ぎ、素っ裸で肌に食い込んだアリを振るい落とす。

「気でも狂ったか」

父が叱責しながら、勇治たちとともに背中をはたいてくれ、地面に落ちたアリを他のメンバーが踏みつぶす。マーケットの後片付けをしている男が、女が、そんな僕の姿を冷ややかに見ている。

体のあちこちを咬みつかれ、這々《ほうほう》の体《てい》で持ち帰ったアリを僕はマユミがコーヒー豆を入れていた、パッキン付きの大型ガラス瓶に移した。

ひょっとすると、と僕は狂騒状態でウアブに食らいついていった真っ黒な群れに期待したのだ。


「確かにありえないことではないが」

慎重、というよりは否定的なニュアンスで、フェルドマン教授は顎に指を当てたま
ま、水を抜いた水槽内を見詰めている。

「ウアブが肉食アリに襲われたというのは、弱っていたからじゃないかな？ 傷口から溢れた体液や死にかけたものの出す化学物質が信号のような形でアリを惹きつけたのかもしれない」

イスマエルも半ば同意するように言う。

水産試験場に置かれた、土と落ち葉を敷き詰めた水槽内では、昨夜、ウアブの死骸の周りから持ち帰った肉食アリがかさかさと動き回っている。

「手負いではあっても弱ってはいなかった」

僕は反論した。勇治がうなずいた。

「ああ元気なんてもんじゃないね、反撃されたよ。ちょっとやそっと弾を撃ち込まれたってこたえない奴らさ。それが森に入ったとたんに、アリに襲いかかられて餌にされたってことだ。骨だけにされる前に辛うじて逃げてきて、虫の息で道路に横たわっていたんだよ」

勇治を一瞥するとフェルドマン教授は噛んで含めるように説明し始めた。

「このあたりにいる肉食アリは基本的には死骸や弱った個体を餌にする森の掃除屋だ。たとえば変態して陸に上がったばかりのカエルは餌にするが、成長したものを捕食することはないし、他の両生類を集団で襲うこともしない」

「ああ、そういえば」とイスマエルが慎重な口調で言う。

「確かに僕たちが襲われたキャンプエリアの奥の森では、カエルがいた。オオヒキガエルだけでなく、アマガエルやイモリも。アリがそうしたものを捕食するにしても、餌の豊富な森でわざわざ大型で俊敏な成体ウアブに襲いかかるとは考えられない」

「幼体なら可能だが、元気な成体のウアブをアリによって駆除するというのは、無理があるような気がするね」

フェルドマン教授はいつもの物静かだが断定的な口調で言った。

僕は気まずい思いでそれを眺める。

小さな鋏がカチカチと音を立てているような不気味さ、おぞましさは感じない。

食いちぎり始める。だが昨夜とは違う。あの狂騒状態、アリの群れ全体がざわめき、

数秒間、白い肉片はそのままになっていたが、すぐにアリが這い上がり小さな鋏で

イスマエルはアリの入っている水槽の蓋をずらすと、それを落とし込む。

ごく薄く白い肉片はすぐに解凍できた。

が、一部分はパックした上で、冷凍保存してある。

ウアブの肉片だ。駆除したウアブの死骸は細菌汚染されているために焼却処分する

イスマエルが席を外したと思うと、パックされたビニール袋を持って戻ってきた。

った」

「そのあたりはわからないけれど、とにかく尋常な騒ぎではなかった、というか怖か

フェルドマン教授が視線を上げる。

「たとえば、特別にアリを惹きつける物質でも出していると？」

た」

「本当に、ウアブに対しては特別なんだ。何か、こう、興奮状態で襲いかかっていっ

僕は腰を浮かせた。自分の物言いがいつになく強硬になっていることに驚いた。

「いや、他の両生類の話じゃない」

「そりゃスケールが違う、こんなちっぽけな水槽で、これっぽっちのアリでは話にならん」

助け船を出すように勇治が言う。

「捕りにいこうよ、な、ジョージ」と勇治が僕の肩に手を置いた。

「ちょっと咬みつかれるかもしれないけれど、売店に行けばレインウェアだって何だってあるだろう。大量に捕獲してさ、大きめの水槽で同じことをやってみればいいじゃないか」

イスマエルの方に向き直ると「君さ、そのウアブの肉片はまだあるんだろう？」と尋ねる。

「多少は」

明らかに気乗りしない様子でイスマエルは答えた。

その日の午後、僕たちはココスタウンにほど近い森の中に入った。駆除業者から借りた防護服のズボンの足首部分には、スパッツも着けており、ただでさえ暑い熱帯の森の中では耐え難い。しかもアリだけでなくウアブにも警戒しなければならないから、空気銃や銛なども用意しており、その重さがこたえる。

湿り、黒く腐った落ち葉を細心の注意を払ってかき分け、アリを探した。だがこちらに心の準備ができていない状態なら勝手に現れて僕たちに咬みついたというのに、いざ探してみると出てこない。いることはいるが、僕たちが咬まれたときやウアブに群がっていたときのように、高い密度ではいない。用意してきた携帯用掃除機を使ってみたが、腐った葉や泥を吸い込むだけであっという間に目詰まりし、肝心のアリは二、三匹しか入ってこなかった。

作戦を練り直し、翌早朝、僕たちは再び森に入った。道路から斜面を数メートル上がった場所に、すでにアリがいた。

今度は掃除機ではなく、餌を用意した。間違いなくあの肉食アリであることを確認した後、イスマエルが持ってきたウアブの残りの肉片を置いた。その他に魚や貝の死骸なども廃棄物入れから拾ってきており、ビニール袋から出したとたんに、それらは強烈な臭気を放った。

「まいったね」と勇治が苦笑しながら、ごそごそと袋から何かを出す。

僕とイスマエルはあっけに取られた。

「朝、早かったから何も食べてないんで、ちょっと失礼」

「ドーナツ?」

「南洋堂のアブラパンだ」とラナンが説明した。南洋堂というのは、ゲレワルに戦前からある日系人の始めたパン屋だそうで、アブラパンは、島民に人気のあんドーナツのことらしい。

「半分寄越せ」

ラナンが無遠慮に手を伸ばす。

「おっ、いいよ」

袋からもう一つ取り出そうとしたが、ビニール手袋をしているせいですべり、林床に落としてしまった。

舌打ちしながら勇治は自分のアブラパンを半分に千切り、ラナンに渡す。

「これでビールを飲むと最高でね」と勇治は残りを口に押し込んでいる。

イスマエルは吐き気を抑えるように口元に手をやった。

待機する間もなく、僕たちが置いた餌にはアリや蜘蛛の他に肉食性の昆虫が寄ってくる。ウアブの肉片にも肉食アリの列ができた。だが格別な狂騒状態を引き起こすことはなかった。

他の魚や貝の死骸と変わりない。アリはむしろ別のところに集まっている。勇治がさきほど落としたアブラパンの上だ。

「なんだよ、どこが肉食アリだって？」

勇治が笑った。

「これじゃ普通のイエアリと同じじゃないか」

呆れたように言うと、アリをまぶしたようなドーナツを傍らの棒きれで拾い上げ、ひょい、と捕獲用の袋に入れた。

「まさかアリをふるい落として食おうっていうんじゃないだろうな」

ラナンが軽口をたたく。

イスマエルは林床に置かれたウアブの肉の切れ端をさきほどから見下ろしている。そちらはドーナツより人気がない。

「どういうことだ」

僕はつぶやく。

「鮮度が落ちているとアリも食わないのかね」と勇治が首を傾げる。

「ひょっとすると……」とイスマエルは首を振り、慎重な口調で続けた。

「実は冷凍庫に保管する前に、水で洗っているんだ」

「つまりうまそうな匂いが消されてしまった、と」

僕たちがしゃべっている間も、ラナンはいつも血走っているように見える鋭い目を森のあちらこちらに向ける。

「出てこない。まったくいない」

ウアブのことだ。

「そう言えば、昨日も。いや、キャンプ地でもそうだった……」

僕もあらためてあたりを見回す。

「やっぱりこいつら、ウアブの天敵じゃないの？」

勇治が足下を行き来するアリを見下ろす。

その日、僕たちはかなりの数のアリを捕獲して水産試験場に戻り、イスマエルが施設長に頼んで予め用意しておいてくれたバスタブほどもある蓋付きの大型水槽に移した。試験場の裏手には廃棄予定のそうしたプラスティック水槽が、いくつか置かれていた。逃げられるとたいへんなことになるので、僕たちはそれに遮光を兼ねた細かな金網の蓋を被せる。

そうして捕獲したアリについて、フェルドマン教授も加わり交代で観察を始めた。基本的には数を数えて記録するというひたすら地道な作業だ。

餌については、試験場の冷凍庫に残っていたウアブの筋肉組織や公園で集めてきたカタツムリやバッタ、カエルやイモリ、魚や貝の死骸などを入れてみた。カタツムリはたちまち餌となったが、バッタは跳ね回る上に羽もあり、そう簡単に食われたり襲われたりしない。生きているカエルとイモリについてもアリは餌と見なしていない。ウアブの肉や他の魚や貝の死骸が主に食われている。肉食アリはやはりフェルドマン教授の言うとおり、捕食者ではなく森の掃除屋らしい。以前、キャンプ地奥の森でアリに襲われたのは、彼らの隊列に不用意に足を踏み入れたからで、そんなことがなければアリは襲ってきたりはしない。そしてアリはウアブの肉に格別の執着を示すこともなく、群がっている数は、他の魚や貝の死骸と変わりない。

僕の直感と期待は外れた。

翌日の深夜、僕は父たちとまたウアブの駆除に出かけ、明け方までかかって一匹仕留めた。

「おう、新鮮なやつだ」

死骸の入った袋を持ち上げて、勇治が舌なめずりしそうな顔で笑った。

「これでやってみよう。これならアリが食いつくかもしれない」

楽観的な口調で語る勇治とともに午前中、僕はそれを水産試験場に持ち込んだ。

そのままアリの水槽に放り込もうとする勇治を僕とイスマエルは慌てて止め、フェルドマン教授を呼んだ。

解剖したのち、教授は肉片をいくつかに分けた。筋肉組織、内臓、表皮、血液が付着したものと洗ったもの。それぞれをほぼ同時にかなり離れた位置に置いた。

数秒後、大型水槽全体がざわめいたような感じがした。冷凍庫で保管してあった肉とは明らかに反応が違う。

「な、僕の言ったとおりだろう。こいつらけっこう食通なのさ」

悦に入ったように言いかけた勇治の言葉が止まった。ざわめきは狂騒状態に変わっている。黒い点が線になり、凄まじい速さで流れ始め、次の瞬間、隊列が崩れた。水槽全体がうごめいているように見えた。

隊列に足を踏み入れた人間に対する怒りのようなものと違う。歓喜だ。カーニバルの爆発的興奮だった。間違いなくウアブの肉は、森の中を移動しながら生きているアリを歓喜に狂わせる。

見る間に黒い流れは片隅に置かれた一つの肉片に集中していく。一匹一匹が顎の鋏を振り立て、群がり、それは無数のアリのうごめく黒い球になった。

「これどこの部位よ？」

黒いアリの球を指差し、それが牛肉か何かのように、勇治が尋ねた。

「表皮」

イスマエルが短く答える。内臓や筋肉組織は、たとえ血液が付着していても見向きもされない。

「へぇ、そこがいちばんうまいってわけだ」

わずか数十秒後、アリの球がほどけた後には、土の上には何も残っていなかった。

「よし、もうちょっと、皮を入れてみようか」

勇治が言う。

ゴム手袋をした手でそれをつまんで入れようとしたイスマエルを、フェルドマン教授が止めた。プラスティック片をもってこさせると、それで慎重に黒い表皮をひっかいた。どろどろした透明な粘液がプラスティック片に付着する。一方、黒い皮膚組織の方は丁寧に水で洗う。

結果は明らかだった。アリは洗った表皮ではなく、粘液を付着させたプラスティック片に集まっていったのだ。

「粘液が、ことのほかアリの官能を刺激するようだね。フェロモンのようなものが含まれているのだろう」

フェルドマン教授の静かな口調がどことなく弾んでいる。

「この匂いがそうかもしれない」と僕は鼻をひくつかせる。生きているウアブ、あるいは仕留められたばかりの新鮮な死骸の発する柑橘系の、苦みを帯びたような爽やかな香り、以前に熱した油をかけてウアブを素揚げにしたロブのガールフレンドも語っていた。故郷のスパイスのような、食欲をそそる香りがした、と。

フェルドマン教授は、分析にかけるため粘液をプラスティック片に塗りつけ、パックに収めた。ウアブについて正確な知識が得られれば、より危険性が少なく効率的な駆除の方法がみつかるだろうと言う。

深夜のことだった。

勇治が電話をかけてきた。ちょっと捕り物をしたいから、空気銃を持って来てくれ、と言う。

ホテルのエントランスに行くと、異様な格好をした勇治とアリソン、それに銃を手にしたジョファンがいた。背後に控えた清掃用トラックの運転席でラナンが親指を立ててみせる。

アリソンと勇治は作業用ブーツにボディアーマーのような目の細かい金網の臑当てと手甲《てっこう》を着けていて、まるでゲームの登場人物のようだ。

「どうしたの、それ?」

僕が指差すと、「作ったに決まってるじゃないの」とアリソンが笑い、勇治と視線を合わせる。

「ゲレワルのホームセンターに行けばたいていの材料は揃ってるよ。高い金払って何でも買って済ますのは日本人だけさ」と勇治が、自分の臑当てをぽんぽんと叩いてみせる。

「どうだい、中世の騎士みたいだろ。これから竜と一騎打ちだからな」と振り立ててみせたのは、三叉銛のようなものだがそれではない。刃先が三本に分かれた芋掘り用の鍬《くわ》だ。

「ちょっと待って。一騎打ちなんて僕は何も聞いていない」

「そうだよ、今日、アリソンと仕事の打ち合わせをしているうちに急に決まったんだ。ウアブを生け捕るんだよ。それでアリと対決させてみれば、ちまちま実験だの分析だのとやっているより、よっぽど早いじゃないか」

「対決だって」

僕は素っ頓狂な声を上げた。

「そんなのだめだ。駆除にアリを使うっていったって、そんなに単純なことじゃない」

天敵を用いた駆除を安易に考えていると手痛いしっぺ返しを食う。だからフェルドマン教授たちはアリやウアブの体や習性、行動について丹念に調べているのだ。確かに生け捕った成体ウアブは欲しいが、そんなものを今すぐ飼う準備はない。

「そりゃ実験して論文書きたいって、学者先生やイスマエル君の気持ちはわかる。だけど実際問題、そう悠長《ゆうちょう》なことはやってられないだろ」

父と同じような物言いをしながら、勇治はせっせとポリバケツや袋をトラックの荷台に担ぎ上げる。

「何の準備もなく危険だ。やるなら事前に……」

「これ以上、何の準備をしろっていうの？」とアリソンが遮った。

「君の役目は、援護だ。基本、生け捕りだが、危ないときには頭を狙って撃て」

ジョファンが凍るような視線で僕を一瞥し、エアライフルを投げて寄越した。

「だから……」

「何、もめているんだ。早くしろ」

ラナンにまで怒鳴られ、有無をいわさず荷台に引きずり上げられた。

車はホテルとマングローブ林を隔てる堤防へと向かう。満月の夜、たくさんのウアブが岩の上に出ていた場所だ。

車を降りて堤防にそって歩いていくうちに、懐中電灯の輪の中に、あの黒くてらてらと光る姿が現れた。アリソンが金網を張ったタモ網のようなものを手に近づいていく。

「危ない」と僕は叫んだ。相手はバッタやトンボではない。上から被せたところで容易に逃げ出すだろう。ジョファンが無言で別の方向を顎で指す。数匹の黒い影が堤防やマングローブの根本に見えた。そいつらに襲われないように気を配っていろ、という意味だ。

次の瞬間、勇治が鍬をウアブに振り下ろした。ぬるりとかわしたウアブは柔らかな体で方向を変え、尻尾と後ろ足で立ち上がったかと思うと倒れ込むように僕の方に向かってきた。とっさに飛び退いたところにアリソンがタモ網を被せたが、地面との隙間からウアブはぬるりと逃げ出し、こちらにとびかかってきた。寸前に勇治が鍬の湾曲した三本刃で進路を塞《ふさ》ぐ。そのまま地面に置いたタモ網に追い込もうとしている。

背後で銃声がした。ジョファンの銃が僕たちを狙っていた別のウアブを仕留めたところだった。どこからか湧くようにウアブが現れていた。僕もとっさに銃を構える。しかしそいつらは僕たちには見向きもしなかった。手負いの仲間に群がり咬みつき、吐き気を催すような争奪戦を始める。

幾度か目にした光景ではあるが、それでも恐ろしく僕は凍りついている。

「早く」とアリソンにブーツで踵を蹴飛ばされた。勇治がタモ網の中にウアブを追い込んだ。

「持ち上げろ」

勇治が叫ぶ。アリソンがタモ網の柄を脇《わき》に挟むようにして持ち上げる。

「もっと」

僕も手伝い背丈ほどの高さに上げる。ぶら下がった網が激しく揺れ、底でウアブが暴れ回る。勇治とラナンが網に手をかけ、上部を絞るように素早く回転させる。ウアブは網に閉じ込められた。

ラナンが布袋の口を広げ、三人がかりで網を逆さにする。タモ網を粘液まみれにしたウアブは布袋の底に落ちた。すばやくラナンが袋の口を縛る。

生け捕りは成功した。

「気をつけて」

アリソンが鋭い口調で言い、袋の中でばたばた暴れているウアブを、布袋ごとプラスティックのゴミバケツに入れ、蓋をしてトラックの荷台に載せた。

「で、どこに置く？　これ」

途方にくれて僕はポリバケツを指差した。こんなものをココスタウンには置けない。もちろん集落にも。

「そりゃ水産試験場に決まっているだろう」

当然といった口調で勇治が言う。

「さっさとアリの水槽に入れるんだ。それでアリがこいつを倒せるかどうか確かめればいいじゃないか」

「何、考えているんだ」

僕は叫んだ。ハブとマングースのショーではない。悪趣味にもほどがある。何より実際の駆除にそうした手段はまったく使えない。それどころか有害だ。だいいちアリがウアブを襲ったのは手負いだったからで、傷も負っておらず弱ってもいないウアブをわざわざ捕食したりはしない。

「じゃあ、しかたない。とりあえず僕んところに置いておくか」

勇治が言う。脳天気な口調に二の句が継げない。

「そうね、檻くらいなら簡単に作れるわ。溶接、手伝ってね」

アリソンまでがことも無げに言う。だが素人の彼らに預けたらどんな事故が起きるかわからない。病原体を口中に飼っている攻撃性の強い生き物をココスタウンで飼うわけにはいかないし、もちろん民家のそばにも置けない。

アリのときと同様、やはり水産試験場に置かせてもらうしかない。施設長が出勤してくるのを待って頼んでみようということになり、ジョファンをココスタウンに降ろした後、僕たちはウアブの入ったポリバケツをそこに運ぶ。

建物は鍵がかかっているので、屋外の芝生の上で夜明けを待つ。

空腹を覚えた頃、箱が回ってきた。南洋堂のアブラパンがぎっしり詰まっている。

「腹が減っては戦はできぬ、というわけで、用意しておいたのさ。でもそれどころじゃなかったな」

勇治が血色の良い頬をてかてかと光らせて笑った。

ドーナツはとろけるように甘くおいしかったが、二つ目を囓りかけ、不意に食欲が止まった。しつこい油臭さの中に肉の風味を感じたのだ。

「なんだよ、遠慮しないでさ」と勇治が勧める。

「いや……何か、普通のドーナツと違って」

「ああ、南洋堂のはラードで揚げているんだ。ほら、創業者が沖縄の人だからさ、戦前からのレシピじゃないの？　体に悪いのはわかっちゃいるが、コクがあってやめられない」

肉食アリが惹きつけられたのはそういう理由のようだ。

残ったドーナツを勇治はどうしようかというように眺めていたが、やがて立ち上がり、すたすたとアリの水槽の方に行くと、千切って中に放り込んだ。

「連中、好きだからさ。ちょっとした土産」と、水槽に腕を突っ込むようにして掌の砂糖を払っている。僕は呆れ、アリソンは肩をすくめる。

「痛《い》てっ」

顔をしかめた。

「痛て、痛て、痛て」

水槽の内壁にでも触れたのだろう。アリに咬みつかれたらしい。ダンスでもするように跳ね回っている。

「ちゃんと払ってからこっちに来なさいよ」

アリソンが叫んだ。

夜が明け、イスマエルが出勤してきたので昨夜の捕り物について話した。

「なぜ、僕に連絡をくれなかったんだよ」

イスマエルは憤然として言った。

「急だったんだ。それに君のところはネットも携帯もつながらない」

少し悲しげな目で僕を睨みつけると、視線をウアブの入っているポリバケツに移し、少し途方にくれたような顔をした。

アリならともかく、そんな危険なものを置くことについて施設長の許可が取れるかどうかわからない、と言う。

施設長が出勤してくるまでまだ間があるが、取りあえずフェルドマン教授に連絡をして、来てもらった。

「いや、よく生け捕りなどできたものだね、かかった罠からも逃げ出すようなものを」

フェルドマン教授は驚き、呆れていた。

「チャレンジだよ、何事も」

勇治が得意げにプラスティックバケツの蓋を取る。そのとたん、眉間にぴくりと皺が寄った。

覗き込んでみると、布の袋をいつの間にか食い破り、ウアブはむき出しのままバケツの底にいた。

奇妙におとなしい。ぴくりとも動かない。

「死んでる……」

アリソンが伸ばしかけた腕を僕は反射的に払いのける。

次の瞬間、それは跳ねた。

「うわっ」

勇治が素早く蓋をする。だが、それは中で激しく暴れ、うまくロックがかけられない。

フェルドマン教授が体重をかけるようにして蓋を押さえているが、その間にもプラスティックバケツを破りそうな勢いで、ウアブは暴れている。

「あっちへ」

イスマエルが少し離れたところに置かれた小さなプールほどのアクリル水槽を指差す。

中に水は入っていない。倒れかけたバケツを勇治とアリソンが二人で持ち上げて運び、その水槽にバケツごと放り込んだ。その拍子に蓋が開き、ウアブが転がり出る。

捕獲したイリエワニを一時的に保護するための水槽だ、とイスマエルが説明した。

それなら頑丈にできているから大丈夫だろう。

透明な水槽の底で、ウアブは柔軟な体をコブラのように立たせてこちらを威嚇した。

関節が外れたかのように大きな口を開いて、鋭い歯で威嚇する真っ黒な魔物とアクリル越しに相対して僕は後ずさったが、フェルドマン教授の方はその場にしゃがみこみ、興味深げにその姿を観察している。

「痛てっ」

舌打ちとともに勇治が声を上げた。着ていたシャツをむしり取るように脱ぐと放り投げ、腹のあたりをはたいている。さきほどのアリがシャツの中に潜り込んでいたらしい。

それから脱ぎ捨てたシャツを拾おうとして「あーあ」と首を振った。慌てて放り投げたそれはウアブの水槽に落ちていた。

そのとき施設長が出勤してきて、僕たちは試験場の建物内に戻った。勇治は上半身裸のままついてくる。フェルドマン教授が施設長に向かい丁寧に挨拶し、生け捕りにしたウアブのことを話した後、しばらくの間、ここに置かせて欲しいと頼んだ。

アリのときには許可してくれた施設長だったが、島で騒動を引き起こしているウアブ、それも生きているやつを持ち込むとなるとそう簡単には首を縦に振らなかった。

フェルドマン教授は、ウアブについてわかっていることを包み隠さずに話し、危険な生き物だが、決して逃げ出したり、人々に危害を加えたりしないように自分たちが管理すると説得にかかる。

「だめだ、だめだ。ここは本来、産業用魚介類の調査研究施設だぞ。アリだけだって、本来は目的外だ。死骸の解剖やら何やらのために施設を使うことも、イスマエルの普段の勤勉な仕事ぶりに免じて黙認してきた。だが、ものには限度というものがある。今度は生きているウアブだと？　とんでもない。ここでそこまでのリスク管理は不可能だ。とっとと持ち帰るんだ」

「いや、事態収束のためには、生体のウアブを観察、研究する必要があるので、何とかお願いしたい」

フェルドマン教授が頭を下げるが、「ココスタウンに檻を作って飼いたまえ」とにべもない。

そのとき、不意に外が騒がしくなった。

職員の一人が飛び込んできた。

イスマエルが顔色を変えて出ていく。　僕たちも後を追う。

「だから言ってるんだ。愚か者どもが」

怒り狂ったウアブが水槽から飛び出したか、職員が咬まれたかしたのだと思った。

てっきりウアブが水槽から飛び出したか、職員が咬まれたかしたのだと思った。

しかしウアブは水槽の中にいた。　中で地響きのような音を立てている。　壁に体当たりしているのだ。真っ先に駆け寄っていったアリソンが、悲鳴を上げてひらりと横に飛んだ。地面に帯状の筋がついている。黒い帯は動いていた。アリだ。アリが大挙してウアブの水槽に移動していた。

僕は反射的に勇治の方に咎めるような視線を送っていた。さきほどアリの水槽にアブラパンを放り込んだとき、蓋をきちんと閉めなかったのだ。

「もう我慢ならん」

施設長が両手を握りしめた。

「すぐに撤去しないと警察を呼ぶぞ」

「原因はあれのようだね」

冷静な口調でフェルドマン教授が水槽を指差す。そこにさきほど中に落ちてしまった勇治のシャツがあった。それにアリが数匹まぎれ込んでいたのだ。そしてアリはアクリルの壁を登り、仲間に情報を伝えた。

水槽の中のアリはぞろぞろと内壁を這い上がり外に出た。餌の情報を得たアリたちは駐車場を横断し、ウアブの水槽に向かい、その外壁を登り、雪崩《なだれ》をうつようにして内部に落ちていったのだ。

水槽を一瞥した施設長が呑まれたように凝視する。

底でウアブが激しくのたうっていた。後ろ足で立ち上がっては倒れ込むようにして壁に体をぶつける。怒りをみなぎらせて、水槽の端にむかって突進するがすぐにひっくり返り激しく尾を振り回す。厚さ三ミリはある丈夫なアクリル板にひびが入り、僕とイスマエルは無駄と知りながら、壁面に手を当てる。

ウアブは小さな肉片でもなければ、怪我を負って弱っているわけでもない。生け捕りにされただけで、アリの攻撃など受けるはずのない元気な個体がアリにたかられ、アクリル水槽の中で暴れている。尾で跳ねるように立ち上がっては背中から落ちる。激しく尾を振り回しながら、支離滅裂な動きをしていた。

水槽の壁にその体がぶつかるたびに、鈍い音が響き渡る。試験場の職員も出てきて、息を呑んでその様を見守る。

アリは暴れ回るウアブから離れなかった。その粘液に魅了され、たたきつぶされても頭部の鋏状の顎をその肉に突き立てて離れない。それ以前に、蜂蜜か接着剤のように粘性の強い液にアリの方も体と足を捕らえられ、容易には離れられないのだ。その間にもアリは、大挙してウアブの水槽に落ちていく。

フェルドマン教授が眉間に縦皺を寄せたまま、その光景を凝視している。

勇治が気づいたように叫び出す。

「殺虫剤ないか、殺虫剤。僕たちが咬まれるぞ」

イスマエルは頬を紅潮させて首を横に振り、数メートル先で、モーター音を立てている屋外水槽を指差す。

施設長が地団駄を踏んで怒鳴る。

「すぐそこに稚魚《ちぎょ》や稚貝の養殖水槽があるんだ。そんなもの使えるわけないだろう。まったくなんてことをしてくれたんだ」

「咬まれることはありませんから。大丈夫です」

フェルドマン教授が冷静な口調で言った。

確かにアリは僕たちには見向きもしなかった。まるで水路を流れ下るようにウアブに群がっていく。

ウアブはまだ暴れているが、アリの方はそんなことにはお構いなしにぞろぞろとその体に這い上がっていく。真っ黒なアリの塊となったウアブが数分で消滅する様を僕は思い浮かべ、腹の底が冷たくなる。暴れ続けるウアブの動きは次第に鈍くなり、その外見が白っぽく変わっていった。表皮のほとんどを食われたのだ。アリの動きが鈍くなっていく。

アリたちのカーニバルは終了に近づいている。

彼らがアフリカのサスライアリのように、獲物を消滅させることはなかった。

だが結果は勇治が想像していたとおりのことになった。

アリは、手負いでもなければ弱ってもいない成体のウアブに群がり、食ってしまうのだ。その粘液に含まれる強烈なフェロモンのようなものがアリを狂騒状態に陥らせる。本来は昆虫や陸棲の貝、小動物の死骸などを餌にしている森の掃除屋を薬物依存のように惹きつけ、彼らを捕食者に変えてしまう。脊椎を撃ち抜かれても組織が再生するウアブだが、皮膚呼吸をする両生類にとって、表皮をはぎ取られることは致命傷になる。

それこそが両生類であるウアブが、なぜ汽水域にあるマングローブ林に棲み、繁殖に必要な淡水池のある島の内陸部に生息域を広げなかったのかという理由だ。彼らはアリの棲む密林には入り込めない。あの嵐の夜、マユミと二人逃げ込んだ防空壕周辺でも、島の裏側の湿地でも、そしてココスタウン近くの密林でも、僕たちがウアブに遭遇しなかったのは、そういう理由だ。

森深くに棲むアリだけが竜から領地を分け与えられていた、という忌島の伝説はそれを意味するものだった。だが、正確にはアリは竜から領土を分け与えられてなどいない。アリは、頂点に立っていると信じられている捕食者を捕食するもの、竜の天敵だったのだ。だから忌島の竜、黒いイモリのようなものは、海と陸地の境目にある帯状の低地をテリトリーとし、その場所でサトウキビ栽培を営もうとした開拓農民たちを死に追いやった。

一方、この島にやってきたウアブは、半年に一度、毒を流し込まれる人工の池から上がり、海と内陸の境界線上の、両生類にとっては決して居心地の良くないマングローブ林に棲み着いた。彼らは、数を増やした。餌も繁殖地も限られる。だから新天地を求めて、ここを出ていこうとしたのだ。ゴミの方舟に乗って、あるいはひからびた母親の体というシェルターに守られて、彼らは広がっていったのだ。本来卵生で生まれるはずのものが卵胎生へと、繁殖方法まで変えて、一千キロもの旅をして。

僕があらためてそんな話をすると、「こうしてみんな出ていってくれれば助かる」とラナンがつぶやいた。

これが島民の率直な気持ちなのだ。イスマエルが唇を引き締めてそちらに鋭い視線を向けた。

フェルドマン教授がかぶりを振った。

「みんな出ていくことはない。この島で養える頭数だけは必ず残り、しかもより陸上生活に適応した形に進化していく」

それから格別の明るさもなく付け加えた。

「だが、これで駆除の道筋も見えてきた」

6 謝肉祭《カーニバル》

暑い島にもクリスマスが近づき、キリスト教徒の多いゲレワルの中心部がいつになく賑わい、めっきり客の減ったココスタウンにも、コテージやホテルのロビーにLED電球を点滅させるツリーが飾られるようになった。

僕たちは相変わらず、水産試験場に通っては駆除隊の仕留めた死骸を調べ続けている。気分が悪く、感染症の危険が伴う作業だが、仕事の合間にマユミが手を貸してくれた。

あの騒動で激怒させてしまった施設長については、イスマエルが、ひたすら真摯な態度で謝り、なんとか僕たちの出入りを許してもらった。

そして目指すものをみつけた。

ウアブの生殖器に変化が生じつつあった。

勇治が池の周りで、雄同士の壮絶な戦いを目撃してから、まもなく半年が経とうとしている。

成体に変態したウアブは、再び繁殖の季節を迎えようとしていた。そして予想通り、生殖器の変化は一律に起きていた。

決行の時が迫りつつあった。

ここで失敗したら取り返しがつかない。

十人程度の駆除隊、しかもそのうちの三、四人が手にしている銃で駆除できる個体数などたかが知れている。卵生にせよ卵胎生にせよ、ウアブの旺盛な繁殖力には追いつかない。彼らが一斉に次世代を残したらたいへんなことになる。

一月は暴風雨のシーズンだ。波乗りするウアブたちは、強風と高波にさらわれるようにこの島を出ていき、西へと向かうだろう。ミンダナオ島に上陸し、あるものは手前のフィリピン沖で北に向きを変える海流に乗って沖縄本島まで到達する。雨の降るシーズンでもあり漂流中でも真水が得られる。

タイミングを合わせるかのように、ウアブの体の中では繁殖の準備が整っている。交尾し、受精卵や幼生を腹に抱えたウアブが島を出ていく前に、彼らを根絶してしまわなければならない。半端な駆除を行えば、半年足らずでその数は元に戻るだろうとフェルドマン教授は、他の生物の過去のデータから推測している。

僕たちが水産試験場の一室で、ウアブの体を調べたり顕微鏡を覗いたり、サンプルを冷凍したりしている間に、他のメンバーがアリの観察を続けていた。小型の水槽をいくつか並べ、条件を変化させながら、細かなデータを取っていた。その結果、アリのコミュニケーション能力と学習能力が、想像以上のものであることを確認した。

僕とフェルドマン教授、それにイスマエルと勇治の四人は、養蜂業者が着るような防護服に身を包んで森に行き、あらかじめ餌を置いて土中に埋め込んだバケツを掘り出した。それを素早くブリキの缶に放り込み、蓋をしてガムテープで目張りした後、トラックに載せてココスタウンに運ぶ。

ブリキ缶の中で、何か大量の細かいものが動き回るような気配がはっきり感じられるが、気のせいかもしれない。確かに中にはアリのコロニーが入っているのだが、あんな小さなものが動いたとして、そうした音や振動が伝わるわけはない。

ココスタウンの池の周りにはビデオカメラを設置し、マユミの部屋に置いたモニターでメンバーが交代で見張る。

そうしてウアブの行動に変化が現れるのを待った。

ときおりブリキ缶の蓋を取り、魚の死骸や食べ残しの肉などを放り込み、そのときを待ち続ける。

狭いテリトリー内の餌を食い尽くしたアリたちがざわめいている。かさかさ、かりかりとそのあまりにも細い足で内部をひっかく音がする。一つ一つは霧雨の一粒が地面に降り注ぐよりさらに小さな音だろう。アリの塊のようなそのバケツの中身が一斉に動き出すと、それは心の平安を奪っていく、何ともいえない焦燥感を伴う振動とも音ともつかぬものとなって人間の知覚を刺激する。

以前、勇治に聞いた話によれば、ウアブは七月の満月の晩に、池の畔で雄同士が戦いを繰り広げ、一斉に交尾していた。

繁殖の効率を最大にし、同時に危険を最小にするためだ、とフェルドマン教授はその理由を説明してくれた。テリトリー内の個体が、同じ時期、一ヵ所に集まってくれば、島内のばらばらの場所で相手を探すよりも出会いのチャンスが多くなる。

一方で雄同士の喧嘩や交尾は、ウアブにとってはもっとも無防備な状態だ。仲間同士の闘いに気を取られていれば、外敵が近づくのに気づくことができないからだ。だが一ヵ所に集まっていれば、その中の何割かは食われても、残りの大半は無事だ。

問題はそうした祭りが開催されるのはどこか、ということだ。

フェルドマン教授とイスマエルは、それは半年前に勇治が目撃したココスタウンの池の周りになるだろうと、推測した。他の両生類や爬虫類などでも、まるで帰郷するように同じ場所にやってきて集団で交尾や抱接を行う例が知られているからだ。

だが半年の間に陸の生活に適応した彼らが、はたしてココスタウンの池の周りに戻ってくるのか僕には疑問だ。島のマングローブ林や岩場、ココスタウンの別の場所を選ぶ可能性もある。

イスマエルは、たとえ汽水域に棲めるようになったとはいえ、彼ら両生類のフィールドは基本的には淡水なのだと反論する。特に幼生のうちはより多く、淡水に依存する。フィリピンにしても沖縄にしても、上陸したウアブが発見され、人々に現実的な被害をもたらした場所は、必ず観光用の池や田んぼ、ため池がある場所だ、と。それに無防備な状態で敵に襲われたとしても、水中に入れば逃げられる。

結論が出ないまま、次に考えたのは、彼らの祭りはいつなのかということだ。一年に一度というサイクルなら翌年の七月だが、この島に来てからのウアブの繁殖サイクルは、年に二度だ。それなら一月の初めとあたりをつけた。すでにウアブの生殖器に現れた変化がそれを証明している。

ココスタウンの方は昼間は奇妙なほど静まっていたが、日が落ちるとともにそこここにウアブが姿を現すようになっていた。公園内だけではなく、コテージの庭にも群れでやってきて、繁殖期でさらに攻撃性を増した雄が草むらから飛び出してくるのだから、人々は危なくて外に出られない。

銃を持っていてもこちらが一人では危険だ。一匹を撃ち、気配に気づいて振り返ると、二、三匹が今にも飛びかかろうと間合いを詰めてきていた、とジョファンは語った。

ジョファンだから助かったようなものの、僕のように狩りに慣れておらず、あまり自信がない者だったら怖じけづいて固まり、背後からやられている。コテージに住んでいる年金生活者たちは、より安全なホテルの部屋に避難し、一帯はゴーストタウンのような有様《ありさま》になった。

そうした中で僕は駆除隊の人々に、この時期の銃やその他の武器による駆除は控えてくれるようにと、頼んだ。

これだけたくさんのウアブが集まってきて、人々の生命を脅かしているときに、成功するか否かわからない不確実な方法を試すために手をこまねいているなどナンセンスの極みだ、と父を始めとした駆除隊の人々は僕たちを批判する。

僕たちの作戦について、駆除隊の人々は最初から冷ややかだった。

そんなことでやつらを退治できるものか、と彼らは言う。それでもジョファンやイーサンたちは必要なことがあれば協力してくれた。僕が、ダグラスの息子だ、という理由からだ。

その父はもちろん僕たちの計画には、はなから期待していない。駆除隊のメンバーが信じるのは、銃だ。四十センチほどの、棍棒《こんぼう》のような格好の両生類を退治するのに、空気銃よりもっと威力のある、大げさな武器を使いたがっている。そのために父たちは州政府に提出する書類の作成に追われている。まさかウージーにライフル、グレネードランチャーまで持ち出したりはしないだろうけれど。

大げさだ、と非難する僕に、父は言う。おまえにはあれがどれほど危険なのか、自分たちがどれほど深刻な状況を作り出したのかわかっていない、と。何の根拠もなく楽観的な人間から先に戦場では死ぬのだ、と必ず付け加えた。

ウアブの危険性や事態の深刻さは僕だって十分承知している。けれども僕は両生類を相手に戦争などする気はない。

その夜、僕たちは父を始めとする駆除隊の人々とロブのコテージで話し合いを持った。保護クラブからはフェルドマン教授とイスマエル、それに少し遅れてアリソンも出席した。

メンバーというわけではないが、勇治とマユミ、さらにオブザーバーとしてココスタウンの管理事務所のスタッフも参加する。

僕はこれまでの経緯やウアブについてわかった生物学的な情報、アリを使った駆除の詳細などを、プロジェクターを使って説明し、集まった人々に協力してくれるように頼んだ。本当のところ協力というよりは、邪魔しないでくれるようにというのが本音だった。説得にはフェルドマン教授も加わったが、駆除隊の人々の反応は高名な学者に対しても変わらない。

父やジョファンのような人々にとっては、猛禽《もうきん》の糞を拾ったり、カエルの数を数えたりして論文を書いている人間など、信用や尊敬の対象ではないのだ。

最終的に父はうんざりした顔でうなずいた。そして保護クラブにではなく、僕個人に対して言った。それほど自信があるならやってみろ、と。ただし結果についてはすべて引き受けろ、という言葉に、僕は無言でうなずく。

わかっている。これからやろうとしていることがもし失敗したら、ウアブをこの島に持ってきたこと以上の打撃をこの島の自然に与えるかもしれないということを。

生き物の駆除に生き物を使うというのは、人間が作り出した大量の武器を使用する以上に危険なことだ。そのことは十分認識していた。そのために僕たちは議論してきた。そして最終的には、もっともその危険性を熟知しているフェルドマン教授がゴーサインを出したのだ。大丈夫だから、という理由からではない。他に方法がないからだ。ウアブをこの島に持ち込んだときと同じ展開だ。違うのはアリは紛れもないこの島の在来種であって、他から持ち込んだものではない、ということだ。そこに僕たちは希望を見出している。

居間のソファに体をあずけて脚を組み、あるいは腕組みし、ドリトスをぼりぼりと囓りながら話を聞いている駆除隊のメンバーに、フェルドマン教授はまったく頓着《とんちゃく》した様子もなく、僕を退かすと自らプロジェクターを操作し、詳細な工程表を表示した。そして具体的な作業について説明し、いつのまにか駆除隊のメンバーにそれぞれの仕事を割り振っていた。

翌日、僕たちはココスタウンの従業員とともに公園の池の周りに杭を打ち、高さにして七十センチほどの金網を巡らせた。

小さいように見える公園の池だが周囲は入り組み、総延長は一キロメートルを超える。効果が期待できず、すこぶるばかばかしいと言いながら、駆除隊のメンバーも作業に加わった。彼らの気持ちがハンティングに向かっていることは今も変わりない。交尾を控え、気が立っているウアブが、まだ日が高いうちに姿を現すこともあり、父やジョファンたちは銃を向ける。刺激しないように、と止める僕たちとはしばしば小競《こ ぜ》り合《あ》いになる。

集団で襲ってこられたら、イーサンの山羊のように餌食になるぞ、と詰め寄る駆除隊の人々に、作戦は必ず成功するから今だけは何もせずに見守ってくれ、と僕は繰り返す。銃や毒餌では根絶できない。頭数を調節するのを目的とする鹿狩りとは違う。僕たちのやり方なら、島からあれを一掃できるのだ、と。

熱意をこめて語るほどに、怖くなってもいた。もし失敗したら、と考えるとめまいがしてくる。

父はもはや何も言わなかった。

池の周りを金網で囲む作業は二日ほどかかって終えたが、気がかりなことがまだ残っていた。

調査を進めるうちに、島内の集落にいくつも小さな池があることが判明したのだ。タロ芋畑の周りや家々の背後の林の中だ。アリのコロニーがそこにあるかどうかはわからない。

グーグルアースをぎりぎりまで拡大してようやく見えるくらいの小さな水場だが、アリがいなければ、ウアブが繁殖する可能性がある。

その池の周りを調査させてもらい、もし必要ならそちらでも駆除活動を行えないか、と僕はラナンに相談したが、「無理だ」とラナンは首を横に振った。

そうした池は私有地にあるので、持ち主や集落の人々以外は敷地に入れない。また池は人々が人力で掘ったもので、大切な生活用水、農業用水の供給源でもあり、どこも代々村組織が厳重に管理している。そのため余所者はもちろん村人が使うのさえ様々な取り決めがある。以前に観光客が勝手に水辺に近づいたことがあって、州議会でも問題になった。

「ゲレワルの役所に理由を話して許可を取れないか」

フェルドマン教授が尋ねたが、ラナンは「無理だね」とにべもない。

村の池については、行政も介入できない、ということだ。

しばらく沈黙した後、ラナンは逡巡《しゅんじゅん》する様子を見せながら低い声で提案した。

「俺から親父を通じて長老会に根回ししてみよう。成功するかどうかわからないが」

「やってくれるか」

教授がラナンをみつめた。

「ああ」

唇を引き結び、ラナンは右手を突き出す。

「頼む。恩に着る」とフェルドマン教授がその手を握る。

「違う、違う」

ラナンが振り払った。

「金だ」と掌を上に向けた。

フェルドマン教授は憮然とした表情で顎を引く。

「買収するの？」

恐る恐る僕が尋ねると、そんなことじゃない、と苛ついたようにラナンは答える。

「手ぶらで訪問しろっていうのか？　よその集落だぞ。しかも頼み事をするっていうのに、何、考えているんだ」

手土産としては、ゲレワルの食料品店で売っている輸入品のクッキーや甘いリキュールが一番喜ばれるらしい。

僕がほとんど底をついた基金の残りから賄おうとするのを教授が止め、自分の財布からドルの現金を摑み出した。

土産物を手に、翌日、僕はラナンと一緒に集落を回った。村を仕切っている長老たちは、僕たちが池の周辺敷地に足を踏み入れること、サンプルとしてわずかばかりの水を取ることを許してくれた。

ココヤシの生い茂る通路を池に近づき、思わず眉をひそめた。異臭が漂っている。人糞や家畜の糞、生活排水の混じり込んだ下水の臭いではない。流れることもなく腐敗していく溜まり水の臭いだ。

水は緑色に濁り、底がまったく見えない。有機物やバクテリアが多いことが一目でわかる。長老の一人に尋ねると、村のため池はどこもそうしたものだと言う。

そんな水でも陸に適応し汽水域でも生きられる成体ウアブなら入り込む可能性が無いとはいえない。しかも池の周りはたいてい芋畑で、木といってもココヤシくらいしかないから、密林を住処としている肉食アリはいない。

僕は、駆除の当日、この場所にメンバーを待機させてもらえないかと尋ねたが、長老たちはとんでもない、と目をむいた。

必要があれば池は村人が守る、部外者のあんたたちが池の管理に介在するなど許されない、と胸を反らす。監視に立った村人が咬まれて命を落とすかもしれない、と僕たちはその危険性を説明したが、聞き入れられることはなかった。

唯一、ココスタウンと敷地を接した芋畑のある集落でのみ、ビデオカメラを設置することが許された。モニターは何かあったときにすぐに対応できるようにと、今回もホテル内にあるマユミの部屋に置く。

年が明けて最初の満月の夜、ココスタウンのゴミ捨て場のブロックの中や、マングローブ林に潜んでいたウアブと、島内の至るところに生息していたウアブが、半年前、祭りを繰り広げたその場所に戻ってきた。それが成体となった第一世代なのか、それとも彼らの産み落とした第二世代なのか、見た目ではわからない。しかし驚くべき数に増えていた。

時は満ちた。

日が落ち、月が昇るのを待つように、彼らは芝生や植え込みのあちらこちらで派手な争いを始めた。

僕とイスマエル、ラナンといった保護クラブのメンバーは軍用ブーツに金網で作ったアーマーといった物々しい姿で、その光景を息をつめて凝視している。万一のときのために、駆除隊やココスタウンのセキュリティガードにも出てきてもらった。

ホテルの公園に面した階上の廊下のそこかしこで、人々が僕たちを見下ろしている。遠いのでその表情はわからないが、ゼネラル・マネージャーのサマーズ氏の姿もあった。

それは恐ろしい光景だった。雄同士、大きな口を開けて相手を威嚇し、死にものぐるいで組みついて咬みつこうとする。いったん離れたかと思えば、後ろ足と尻尾で立ち上がり、勢い良くぶつかり地面に転がる。相手を殺すまでやまないのか、それともどこかで決着がつくのかわからない。

幼形成熟するウアブはカップル成立も産卵もすべて水中だった。水の中でどこからともなく現れた雄が、雌が産卵した卵に精子をかける。どこでどうカップルになったものかわからない。少なくとも大人の雄同士の凄まじい決闘など見ることはなかった。

今、人の姿の消えた芝生や小道の上を、あの黒い粘液まみれの、凶暴な生き物たちが闘いながら水辺を目指している。陸に適応し、交尾の後もしばらく卵を腹に抱えているはずなのに、池に向かって押し寄せていくのは本能なのだろうか。

池周辺の芝生や植え込みが彼らの戦場のようになったそのとき、僕たちはあらかじめそこの小屋に用意しておいたブリキの缶を外に引き出し、横倒しにして蓋を取った。

まるで圧力容器が開いたかのように見えた。黒いものがいっせいに吹きこぼれてきたのだ。僕たちは飛び退く。

路面にこぼれたそれはぞろぞろと芝生の上に広がっていく。それがたちまちのうちに整然と隊列を組み、幾筋もの黒い線になった。細く黒い線は見る間に幅を広げ、動き波打つリボンとなって延びていく。小さな節足動物が恐ろしい速さで行進している。その先には口を開き棍棒のような体を立たせて互いにぶつかり合って争っている二匹の雄がいる。しかしアリたちは、その手前でじっと動かず、仲間の争いを見守っている一匹に取りついた。

数秒後に黒い体が粘液をはね飛ばしてくねった。怒り狂ったように口を開け、尻尾と後ろ足で腹を見せて立ち上がったその瞬間、僕は目を背けた。その生殖孔が、まさに今、卵を生み出そうとするように、開きかけていたからだ。

地獄の釜は開いた。

あちらこちらで黒い怪物が立ち上がり、身をよじり暴れている。闘っているもの、すでに闘いを終えて交尾に入っているもの、それらの黒い粘液まみれの皮膚にアリが群がる。

銃を構えたままジョファンが呻き声のようなものを上げている。

アリにたかられたウアブたちは一様に池に突進していた。水中に逃げればアリは溺れることを知っている。だが池の縁には金網が張ってある。

あちらこちらで金網にウアブがぶつかる音が聞こえる。傍らではイスマエルが固く目を閉じ、何か祈りのようなものを唱えている。

その恐るべき密度に僕は息が詰まりそうになった。もし金網が破られたら何もかもが無駄になる。

押し寄せたウアブが、網にぶつかってなんとか這い上がろうともがいていた。猛毒と大きな口と鋭い歯はあっても、かれらにカエルのジャンプ力はない。ヤモリのように垂直の壁を上るための吸盤もない。そして網の下を掘って潜り込むミミズトカゲのような削岩機を思わせる硬い頭もない。尻尾と後ろ足で立ち上がり網を乗り越えようにも、体重移動させて水の中に落ちるには、七十センチほどの高さの網は高すぎる。

網の周りに集まったウアブにアリが群がる。数匹のウアブが目の前の池に入るのを諦め芝生の方向に向かい逃げていく。その後をアリの隊列が続く。

幾筋かのアリの隊列は、さらに幅広さを増している。

僕たちが捕獲したバケツの中のアリたちのコロニーは、この島の森に棲む同種のアリのコロニーとは、無関係ではない。一匹の女王アリの娘や姉妹の率いるコロニーが分かれたものなのだ。その一匹一匹が人の神経細胞や神経線維であるかのように、情報は伝わっていた。すでに森の中の他のコロニーから恐るべき数のアリが、餌、というよりは強い依存性を持つ薬物のようなウアブの粘液の芳香、あるいは味に引き寄せられ、ココスタウンに流れ込んできていた。

足下を黒い川のように流れ始めたアリの帯を、銃を手にした男たちも僕たちも、すくんだまま、見下ろしている。

こうなるとウアブよりもアリの方が怖い。

そのときフェルドマン教授の胸でホテルから借りた従業員用のＰＨＳが音を立てた。

二言、三言話したと思うと、「それでは私は」と短く告げて、僕たちに背を向ける。何かが起きたらしい。何が起きたのか尋ねる余裕もない。

長身のフェルドマン教授は、慎重だが決然とした歩調で、アリの帯や筋を跨ぎ、あるいは回り込みながらホテルに向かっていく。

ウアブの芳香があたり一帯に強く漂っている。そこかしこで、彼らの黒い表皮よりも黒いものに真っ黒にたかられてウアブがのたうち回っていた。

妙な形の塊に気づいて僕はそちらに目を凝らして息を呑んだ。

個体の死を覚悟して、次世代を残そうとでもいうのか、一匹の雄が体の大きな雌のウアブの体を背後から抱きかかえていた。

アリの群れに全身の皮膚を食い破られながら、金網で封鎖された故郷の池を目指すかのように、雄を背負ったまま雌のウアブは水辺へと這っていく。

「戻りましょう」

地面を埋め尽くしているアリを見下ろし、僕はメンバーに声をかける。誰も動かない。

「撤収！」

父の号令にみんな我に返った。慎重な足取りで引き返し始める。

悲嘆と嫌悪に凍り付いたまま、僕も無残な殺戮の繰り広げられているバトルフィールドから逃れる。

「待て」

先頭を行く父が低い声を発した。

またぎ越すにはいささか広すぎる黒い流れが、行く手を遮っていた。

「突破できないか」

ジョファンが尋ねた。

「いや、やつらは気が立っている。うっかり踏んだら骨にされるぞ」

父はまた大げさなことを言った。だが、骨にされることはなくても、全身を咬まれてそうとうに不愉快な目にあうだろう。アレルギー体質の者なら命を落とすかもしれない。

「刺激しなければ大丈夫です」

僕はことさら平静な口調で言う。だが震える呼吸で語尾が乱れる。

「彼らの関心はウアブだけです。邪魔さえしなければ襲ってきません」

僕はアリの隊列にそってそろそろとみんなを率いた。だが回り込んでもホテルの方向へは戻れない。

「まっ、いったん、うちに入ってよ」

こんなときだというのに、勇治が気楽な口調で声をかけてきた。彼の住んでいる二階建てコテージがその先にあった。幸い、そちらの方向ならアリの隊列を踏まずに進める。みんながそちらに向かいかけたが、イスマエルとラナンが躊躇するように顔を見合わせている。

「ほら、君の好きなアブラパンもあるからさ」と勇治がラナンの背中に手を回し促した。

コテージの玄関に辿りつき、十数人の人々はエントランスの階段を上がった。少なくともこのコテージは、アリの通り道にはなっていなかった。

ぞろぞろと中に入り、だれもアリを中に引き入れていないことを確認し、ほっと一息つく。

「アリがここになだれ込んでくることはないんだろうな」

ジョファンが手から銃を放さずにつぶやく。だがウアブと違い、アリに銃は利かない。

勇治が何かを抱えてくる。数個の灰色の塊のようなもの。ダクトテープだった。それらをみんなに向かい放り投げる。

「目張りを頼む」

そう言うと、自分でも手際良く玄関扉の下を塞ぐ。

「おっ、さすが用意がいい」とラナンも素早く窓枠を塞ぐ。

「バスタブに水を」と父が指示した。「停電の恐れがある」

大量のアリが電気設備の中に入り込み、ショートさせることがあるのだと言う。停電が起きれば水の供給は止まる。バスタブの他、電気ポットに水を入れて煮沸し飲料水を確保する。

「いつまで僕たちはここに閉じ込められるんだ」

イーサンが窓辺に行くと不安げな視線をガラス越しの闇に向けた。

室内の灯りに照らされてあたりの芝生の上に、黒いリボンのようなアリの隊列が流れているのが見えた。

「アリはこれが終われば森の中に帰っていきます。ここにコロニーを築いたりはしないから大丈夫です」

僕は答えた。言ってはみたが自信がなかった。こんなことは初めてなのだから。ココスタウンに流れ込んできた黒い群れは、ウアブを食い尽くした後には去っていく。彼らは巣は作らず、獲物を追って森の中を移動するアリなのだから。

それがこの一ヵ月あまり、アリを観察し調べたイスマエルとフェルドマン教授が出した結論だった。

だが駆除隊の人々はもちろんのこと、僕や当のイスマエルでさえ、外のアリの群れを見ていると、彼らにここを占拠されるのではないかという恐怖に捕らえられる。感じるはずのないざわめきを肌の上に感じていた。

「何もないけど、取りあえず戦勝祝い」

そのとき勇治がサイドボードの脇に置かれたワインクーラーを開け、中からボトルを二本取り出した。シャンパンだ。

室内がどよめく。

「村岡夫婦のだけど、こんなときだ。勘弁してもらおう」

音を立てて栓を抜く。アリソンとイーサンが口笛を吹くと、サイドボードの中にあるグラスやティーカップ、湯飲みまで動員して全員に渡す。

「ええと、つまみはこれしかないな」

勇治は戸棚から例によって箱入りのアブラパンを取り出し、テーブルの上に置く。

「今夜は何が起きるかわからないんだぞ」

ジョファンが低い声で忠告した。

「そのときはそのときさ」

勇治は笑ってシャンパンの満たされたティーカップを掲げる。戒律上、アルコールを飲めないイスマエルのグラスにはジンジャーエールが注がれた。

成功したのかしないのか定かでないまま、僕たちは乾杯した。

勇治は買い置きのスパゲッティを茹《ゆ》でて缶詰のソースであえてくれた。僕たちも台所に入って食べられそうなものを探す。

盛大な戦勝祝いが始まった。その夜、村岡夫妻の残していったワインや日本酒はあらかた空になった。日本酒は少しエチレン臭を発していて、ワインも濁りが出ていたらしいが、僕にはわからなかった。

芝生の庭を渡って行き来するアリの気配を壁越しに感じながら、僕たちはそうやって一夜を明かした。

翌朝になっても、黒い群れは引いてはいなかった。

屋根裏部屋の小さなバルコニーから見下ろすと、芝生や茂みの間に、もはや動かなくなった黒い塊がいくつも転がっている。

ようやくアリが消えたのは、その日の昼過ぎになってからだった。

彼らはウアブを食べ尽くしたりはしていなかった。骨どころか体の大部分は残っていた。

そこここに死骸が転がっていた。黒い表皮をアリの顎の鋏で剝がれ、血を滲ませた状態のウアブは、不透明だがあの幼生の皮膚に似たオレンジピンクの肉を露出して横たわっていた。貧弱な肺を補い、酸素交換している皮膚とその皮膚を保護する粘液の大半を剝ぎ取られれば、ウアブは死ぬ。そういう意味でウアブに引き寄せられたアリは、恐るべき殺戮者だった。

僕たちは、ココスタウンの管理会社に頼み清掃用の袋をもらってきて、そこここに落ちているウアブの死骸を拾い集める。

照りつける太陽の下で、それはすでに腐りかけ、ハエや虻や無数の虫にたかられていた。それを拾っては袋に放り込むたびに僕の胸に悲嘆の思いが膨れあがる。

ウアブの死骸で一杯になった袋を運び去る清掃車を見送りながら、父は僕の肩を叩き、「やり遂げたな」と晴れやかに笑った。

うれしくはなかった。

「まだわからないよ」と僕はかぶりを振る。

父やジョファン、それにイーサンたち、駆除のために残っていた人々は、その夜、島を発っていったが、僕はまだしばらく残る。

ココスタウンでのアリの攻撃から逃げおおせたウアブが、隣接した集落内の芋畑からため池に向かったことを、マユミから知らされたからだ。

あの夜、フェルドマン教授が慌てて戻っていったのは、モニターを睨んでいたマユミから連絡が入ったからだった。

マユミの部屋に置かれたままになっているビデオモニターには、跳ねるような、踊るような動きをしながら芋畑の湿った土の上を這っていくウアブが映し出されていた。

「村の人は大丈夫だったの？」

「咬まれたって連絡は村からも州立病院からも入ってない。今のところは。でも無事かどうかはわからない」

マユミは眉間に皺を寄せて頭を抱えた。

不安な気持ちで、翌朝からイスマエルや勇治たちと池に巡らせた杭と金網を取り外しにかかる。ラナンが仲間を動員し、カヌーから投網を投げ込み、ひょっとすると池に逃れたかもしれないウアブと卵を探した。

網は一ヵ所も破られていなかったし、乗り越えたウアブもいなかったようだ。水底をさらったが、それらしきものもなかった。

それでもしばらくの間は、観察を怠れない。

作業をすべて終えた後に僕は管理会社に連絡を入れた。午後からはココスタウン全体に、アリの駆除剤が撒かれることになっている。

ココスタウン周辺の集落でウアブの死骸がいくつも見つかったという話は、一仕事終わった後、ラナンとその仲間からもたらされた。

あくまで村人の噂だがと前置きして、それらは芋畑の泥の中に転がっていたり、ため池に浮いていた、とラナンは話した。どれもふやけたように白くなっており、逃げることはできても表皮をアリに食われてしまい、呼吸ができずに死んだらしい。

ゲレワルの町や島内のその他の集落で、ウアブによる咬傷事故が起きたという報告はその後もマユミのところに入らなかった。

根絶は成功した。

一通りの後片付けを終えたウアブ保護クラブは、メガロ・タタでの被害と駆除の一部始終をまとめたレポートをフィリピンや台湾、日本といった海流が向かう先の地域の研究所宛てに送った。

それとは別に、マユミは詳細な報告書を作成し日本の国立感染症研究所に送っている。

日本では環境省がウアブを侵略的外来種に指定し、自治体が駆除に乗り出すことになり、診断や治療の指針については厚生労働省を通じて、各医療機関に通達が回っているとのことだ。

被害者の出た沖縄の自然観光型施設は一時閉園して駆除活動を行い、すでに営業を再開しているというが、今のところ咬傷事故は起きていない。それでもまだ油断はできないという。

フェルドマン教授は僕たちが後始末に追われている最中に、メガロ・タタを発った。行き先はミンダナオ島だ。そちらの大学の協力を得ながら、駆除活動に携わるという。

すべてが終わった後、パソコンや少しばかりの着替え、トラベルシーツなどをまとめ、僕はマユミの部屋を後にした。出立時、部屋の主は勤務中だったので、鍵を閉めて、医務室に上っていく。

ドアを開けるとタガログ語訛りの女性の声が耳に飛び込んできた。ウアブの駆除成功、の知らせを受けて、数ヵ月ぶりにフィリピンから看護師が戻ってきたのだ。

「ああ、鍵ならそこに置いていって」

中年の女性患者の血圧を測りながら、マユミは振り返り、奥にある私物の棚を顎で指す。それきりだった。

ハグやキスはともかくとして、心からの礼を述べるつもりだった僕は拍子抜けし、何となくプライドを傷つけられたようなささくれ立った気分で部屋を出る。

ラナンとイスマエルに見送られ、僕はメガロ・タタを後にした。


「あら」

グァムの実家の玄関に迎えに出た母が、目を瞬《しばたた》かせた。

「びっくりした、お父さんそっくりになったわね」

「親子だからね」と僕は冷めた声で答える。

「本当よ。この島で出会ったばかりの頃のお父さんそっくり」

父は当時二十代前半。そして僕はまもなく四十になる。

洗面所でぼろぼろになった汗臭いシャツを脱ぎ捨て、シャワーを浴びる。

伸びかけた髭を剃ろうと鏡を覗き込み、息を呑んだ。みんなにかわいい、と言われたウェーブした黒髪は、そのままだ。

しかしカミソリを片手にこちらを睨みつけている目は、確かに父のものだった。少し色が濃いだけで。

日焼けし削《そ》げた頰も、筋肉のすじが斜めに入った首筋も、傷跡さえあれば、父と間違えそうに似ていた。

あまりうれしくはない。

精悍で勇敢な大人の男になるのは嫌だ。僕には仲間を守るために、正義のために、冷静に、慎重に、効率的に、敵を倒すことなどこの先もできないだろう。

父が言うとおり、僕はやり抜いた。島を守った。といっても、自分の尻を自分で拭いただけだ。

この家の水槽には、まだウアブがいる。オレンジピンクの可愛らしい生き物が、つぶらな瞳をこちらに向け、小さな手で挨拶するようにガラスの面を探っている。決して大人にならない、特殊な進化を遂げた両生類。

「お父さんは処分しろと言うけど、情が移ってるんだもの、できないわよね。あんなことがあった後はちょっと気味悪いけど、これは黒くなったりしないんでしょ」

「もちろん、大丈夫だよ」

苦いものを呑み込みながら、僕は笑ってうなずく。

毒があって人を殺傷し、家畜や観光や島の経済や生態系にダメージを与える、醜悪な生き物。けれども人間がその気になれば、まったく敵にならないもの、人に比べて圧倒的に無力なものを、僕は何匹も撃ち殺した末、最後は自分の手を汚さずに、他の生き物を使って根絶した。

人にとって都合がよくかわいらしいそれの幼生を可愛がり、愛した末に。

僕は、母の前で快活な笑顔を浮かべ、心の内で涙を流す。

父と母は、まもなくこの家を引き払いオクラホマシティに引っ越すことになっている。いよいよそちらで格闘技のジムを立ち上げることが決まったらしい。その事業を僕が手伝うことはないだろう。かといって、日本を始めとしたアジアの各国を回りながら、英会話講師として、一生を終えるつもりもない。

翌年、僕はオーストラリアのクイーンズランドにある大学寮の自室で、マユミからのメールを受信した。

マユミによると、島内でウアブを見かけた、咬まれたという話はその後もまったくなく、ココスタウンは人工の楽園に戻ったらしい。コテージには長期滞在の年金生活者たちが帰ってきた。だが村岡夫妻の姿はない。病気は回復したが、六十を過ぎて南の島になど住むものではない、どんな危険があるかわかったものではない、と会う人ごとに語っているそうだ。代わりに、勇治が百までこの島でガイドを続けると豪語している。この日も客を引き連れてボートに乗り込んでいったらしい。

ホテルにも客は戻ったが、ウアブ騒ぎでダンピングした影響が残り、雰囲気はどことなく庶民的なものに変わった。それでもこの年の海洋環境会議がコンヴェンションセンターで開催されることが決まり、サマーズ氏の表情からも険しいものは消えたということだ。

「私事ですが、二つばかりご報告」という文章に、僕の心は騒いだ。

まさか結婚するとかいうのではあるまい、と思った。不思議なことに祝福できない気分だ。

「一つ目 タバコを止めました」

あちこちで嫌みを言われ、健康面でも、経済面でも良くないのはわかっていたが、止められなかった。だが、二ヵ月前、島内の祭りに出向き、ラナンに誘われるままに、鎮静作用があるとかいう村の儀礼用の飲料に手を出した。ところがたまたま出来の悪いものに当たったらしく、数分後に気分が悪くなりその場に倒れた。

ほとんど意識不明のまま州立病院に担ぎ込まれ、食事もできずもちろんタバコも吸えず、めまいや吐き気、頭痛と戦いながら数日間、入院した。

無事回復し食欲は戻ったが、以来タバコを吸う気になれない。火をつけるまではいくが、煙の臭いで吐き気を催すようになってしまったのだという。

「二つ目 めでたく借金を返し終えました」

ということは、原則二十四時間勤務で、缶詰のパスタで命を繋ぐ生活を続ける必要はもうない。

慌ててスマートフォンを手に取った。電話口に出たマユミに、「久しぶりだね」でもなければ、「おめでとう」でもなく、僕はいきなり尋ねた。

「日本に帰るの？」

「なんで？」

「借金は返済した、と」

「ああ、その話」

素っ気なくマユミは言った。

「そのつもりだったけど、やめた」

聞いたとたん、自分はもうメガロ・タタにはいないというのに、なぜかほっとした。

「この島の緩い雰囲気にどっぷり浸かったら、もう日本社会になんか復帰できないよ。どうせ帰ったって就職先なんかあるわけじゃなし」

自嘲《じちよう》的に言う。だが、緩いわけはない。ときおりイスマエルからもらうメールには、騒ぎが終息した後も、マユミの許には州立病院から頻繁に連絡が入り、彼女が不在中の医師をカバーし、診療を引き受けていることが書かれていた。

「ここに骨を埋めることにしたわ」

そう言ってマユミは豪快に笑った。

呆気にとられた。

勇治は百まで島でガイド生活をし、マユミは医師として骨を埋める。

半ば自給自足の集落と金持ちの集まるリゾートタウン。生産性の低さとアメリカの補助金頼みの財政。歪みだらけの南の島なのに、一度入り込むと離れがたいところなのか。

「いや、その、おめでとう」

他にどんな言葉を言うべきなのだろう。

「幸せを祈っている、とりあえず」

「何よ、それ」

「だから幸せを……。僕としては君が日本に帰って結婚とかより良かったと……」

言葉は哄笑《こうしょう》で遮られた。

「ま、休みに入ったらまたこっちに来てよ。私の部屋、使っていいから」

どう解釈したらいいのかわからないまま、僕は「ありがとう」と答えて電話を切り、急いで長靴に履き替える。

これから研究室のメンバーと沼地にカエルの頭数調査に出かける。

僕は今、この町にある大学の島嶼生物学研究室に在籍している。池や水槽の掃除、環境保護局に提出する書類の作成、機材や装備の消毒など、雑用を一手に引き受けながら、調査研究に携わっている。

研究室の水槽には、カワウソそっくりの姿をした、オレンジピンクの半透明の皮膚と、つぶらな黒い瞳と、エラを持つ愛らしい両生類がいる。研究用生物として僕が実家から連れてきたものだ。注目を浴びることもなく、謎に包まれていた彼らの生態を腰を据えて解き明かすつもりで、ここにやってきた。それが僕が絶滅させたウアブへの罪滅ぼしでもあり、来春四十の誕生日を迎える僕なりの大人のなり方でもある。

ドアを閉めかけたとき、胸元でスマホの着信音が鳴った。

マユミかな、と思って出ると、イスマエルだった。

「たいへんだ、ジョージ、どうしよう」

切羽詰まった声だ。

「島民がウアブを飼っている」

ココスタウンに隣接した集落のため池で幼体が泳ぎ回っているというのだ。

言葉もない。めまいがする。こめかみあたりが痛みに波打っている。

根絶したと思い込んでいたものが、生きていた。歯ぎしりしたい気分だった。恐れていたことが起きてしまった。

無数のアリに皮膚の表面を囓り取られながら池に到達した個体がいた。それが死ぬ前か、あるいは死んだ後にか、有精卵を水中に放出したのだと、イスマエルは説明した。あの作戦は失敗したのだ。

　ふと、イスマエルの言葉にひっかかりを感じた。

「さっき『飼っている』って、言ったよね、島民が飼っているって」

「ああ、飼っているのさ」

「どういうこと？」

「ココスタウンの隣に芋畑があっただろう、小さな村だよ、君も覚えているよね。あそこのため池だ。直径はせいぜい十メートルくらいしかない」

　木々に囲まれた池は、第二次世界大戦後に村人が掘ったものだ。地下水に雨水が混じった水には舌に感じられないくらいの塩分が含まれている。

　僕が訪問した別の村同様、池は緑色に濁り、調べてみるとバクテリアの他に寄生虫とヒルもいた。村に水道は引かれているが、始終断水するし水質も良くないので、人々はそのため池の水で洗濯や沐浴をし、濾過と煮沸をして飲み水にも用いていた。

「ウアブの幼体が池を泳ぎ回るようになってから、水がきれいになったそうだ」

「しかし危険だ。咬まれたら死んでしまう」

「だから池から出ないようにした」

「どうやって？」

　村のため池はココスタウンのものより小さいが、水辺には木が生い茂り、簡単に網を巡らせることはできない。

「小さなウアブが陸に上がる季節が来ると、住民がアリを呼ぶんだ」

「どうやって」

僕たちのようにブリキ缶で捕まえてきて放すのか？

「餌を撒くらしい。何の餌か、長老が秘密だ、と言って教えてくれなかったから、てっきり魚の内臓か、小さなカニだと思っていたんだが違った。南洋堂のアブラパンの欠片なんだ。ラナンが教えてくれた。僕たちが村のことを知らなくても、村の人たちは僕たちが何をしているのか、みんなお見通しだ」

アブラパンに引き寄せられてきたアリはその場に留まり、上がってきた小さなウアブに群がっていくと言う。その季節には森から集落までアリの行列ができるが、ウアブに魅了されたアリたちは、人には咬みつかない。

「だけど、もし一匹でもウアブが周辺に逃げたら……」

「うん、危険だ」

イスマエルは沈鬱な口調で続けた。

「確かに危険だけど、それを承知で村人は水質を取った。村では汚れた水のためにアメーバ腸炎や寄生虫で幼い子供が亡くなる。他の感染症が出たって、手洗いもできない。きれいな真水はそれだけ貴重なんだ、村人にとっては。瓶入りのミネラルウォーターを自由に飲んでいる僕たち外国人には想像もつかないけれど。僕は再三、役所を通じて村人に危険な生物を飼うような真似はやめるように伝えてもらっている。あなたたちだけの問題じゃない、被害は数千キロ離れた場所にまで及ぶんだ、と説明した。でも、余所者が勝手なことを言うな、と相手にしてもらえない」

村人の管理は完璧で、今のところ被害は出ていない、と言う。

「いずれにしても、幼体が陸に上がったとたんアリにやられているんじゃ、半年後には絶滅するはずじゃないか」

「それがわずかだが、アリが入れない水辺の湿地のごく狭いところに留まって生き残った。繁殖もしているけれどサイズが小さい。餌が少ないからだと思う。村人も池に近づくときに必ず三叉銛を持っていって、池から離れたウアブを見つけ次第、殺している」

無意識のうちに呻き声を上げていた。あまりにも無謀で残酷だ。

「でも村人は死なない程度に餌もやっている」

「なんだって？」

「だから変態した後も、ウアブは池から離れられないんで、水中の虫や藻を食べるしかない。おかげで水はきれいになるんだけれど、餌は少ない。集落に出てこられると困るから、ほんの少しだけ池に餌を撒いてやるんだ。それで幼体はけっこう人に懐いている」

はた、と気づいた。

忌島から流木に乗ってやってきた小さな竜も、最初はきっとそんなふうに危険なやつらだったに違いない。それをミクロ・タタの人々が、おそらく多くの犠牲を払い、時間をかけてあんな風に飼い馴らしたのだろう。きれいな飲み水を得るために。

何が自然で何が不自然か、などということはわかりはしない。何が外来種で何が在来種であるかということも、定かではない。生き物に悪玉も善玉もなく、ただ人との利害関係があるだけだ。

「クリスマスには戻ってくるよね」

イスマエルは言った。来る、ではなく戻ってくる、という言葉を使った。

「ああ、帰る」

「そのときは僕の家に泊まって。ネットは通じないけれど」

「ありがとう。会えるのを楽しみにしているよ」

ウアブは生き残ったが、もう僕の出る幕ではない、と思う。たぶん。

村人は駆除ではなく、管理をしている。「共存」などという大げさな言葉を口にすることもなく、僕たちが持ち込んだ危険な生き物をただ飼い馴らそうとしていた。

それがどんな結果をもたらすのか想像もつかない。人智を超えたところで動いていく自然と人の営みを前にして、僕は立ち尽くすだけだ。

電話を切ると芝生を叩く雨の音が、静かに耳を打った。南半球の夏の訪れを告げる十一月の雨だ。

ジャケットのフードを被り、長靴の踵を鳴らしながら、僕は今夜のフィールドに出ていく。

（了）

黒い悪魔の脅威、人知の及ばぬ生態系の謎、竜の神話

牧　眞司

篠田節子の小説は複数のモチーフが響きあい、重奏的に立ちあがっていく。この作家がこれまで著したいずれの作品も、特定ジャンルの枠内には収まらない。それがジャンル固有の読者を超えて、より広範な層から厚い支持を得ている理由でもある。篠田作品は一作ごとに主題や傾向はさまざまだが、はっきりとこの作家ならではの独自性が貫かれ、エンターテインメントの起伏と文学の陰翳によって読む者を魅了する。

本書『竜と流木』について言うと、物語を牽引《けんいん》するエンジンは異様生物をめぐるサスペンスであり、中核を成《な》す発想は環境テーマのSFである。

語り手のジョージ（父はアメリカ人、母は日本人）は、子どものころ、太平洋の小島ミクロ・タタで「水の守り神」として親しまれている、可憐な両生類ウアブと出会う。十五センチほどの半透明の体、輪郭がカワウソそっくりで、丸い頭部につぶらな真っ黒い目、首を傾げるような仕草、餌を両手で摑《つか》み口に運ぶ姿、子犬が鼻を鳴らす

ような声、どれをとっても愛らしい。

ウアブに魅せられたジョージは、アマチュアながら研究に没頭し、三十代半ばを過ぎたいまもアルバイトをしてはミクロ・タタへ通っていた。しかし、インフラ開発のあおりで、ウアブが棲息している泉が干上がることになってしまう。ジョージは保護クラブの仲間と語らって、近隣の島メガロ・タタへとウアブを移す計画を立てる。メガロ・タタは周囲の島々に先んじて開発が進んでいた。とくに外国人富裕層向けに造成されたリゾート地区ココスタウンならば、在来の生態系と距離をおいてウアブを棲《す》まわせるはずだ。保護クラブには生物学の教授もおり、入念な計画が立てられる。

しかし、移動後に予期せぬ事態が起こった。まず、原因不明のウアブ大量死。さいわい全滅は免れ繁殖にも成功する。しかし、ひとたび増えた個体数が、また減少してしまう。しかも死骸が見あたらない。保護クラブのひとりが立てた仮説は、何物かによる捕食だ。その不安を裏づけるように、ココスタウン近辺に謎の生物が出没しはじめる。

その生物に遭遇した者は、「太い胴体をした、おそろしく醜い黒トカゲ」「ワニのような俊敏さ」「ぐねぐねしてて、ウツボみたいなやつだった」などと証言する。それが、後ろ足と太い尾で一瞬、立ち上がり、体を倒すようにして襲いかかってくるのだ。強い攻撃性を備えた肉食動物であり、激甚な痛みとショックを与える神経毒、急速に壊死《えし》が進む細菌を含んだ唾液《だえき》を有している。刃物で切りつけても刺さりも切れもせず、銃撃しても急所をはずせば驚異的な再生をし、そのうえ繁殖力旺盛ときている。

まさに黒い悪魔だ。

先ほど生物サスペンスもしくは環境テーマのSFと述べたが、黒い悪魔の圧倒的グロテスクを前にすると、いっそ怪獣小説と言いたくなる。

怪獣というとまずゴジラやモスラを思い浮かべるひとが多いだろうが、あれらは造形的には恐竜や昆虫を元にしているものの、物語内機能としては神格もしくは魔物、すなわち象徴的存在であって、生物学・生態学的なバックグラウンドは突きつめられていない（それが悪いわけではない、念のため）。それと対照的に、『竜と流木』の怪物は、生物種としての具体性を備え、その棲息域の環境に即した生態がある。ただし、生態が解明されるのは物語半ばを過ぎてからだ。黒い悪魔は、まず未知の脅威として人間を脅かす。

危険生物の跋扈《ばっこ》に対して、軍隊が出動したり、政府が大掛かりな対策を打ちだしたりなど巨視的な事態へ持ちこまないのも、篠田作品らしい。あくまでも危機が発生しているその場所に、いま生きている人間一人ひとりの視点と立場で、刻々と変わりつづける状況が描かれる。ちなみに、軍隊や政府が動かないのは、メガロ・タタの社会・産業構造（現地住民とリゾートに暮らす外国人との懸隔《けんかく》）ゆえだ。

もうひとつ注目すべきは、専門家も含めたメンバーで入念につくった計画が、予期しえぬかたちで破綻し、雪崩《なだれ》を打つように事態が悪化する展開だ。このあたり、マイクル・クライトン『ジュラシック・パーク』を髣髴《ほうふつ》とさせる。クライトン作品では、カオス理論が引きあいに出されていた。複数の要因が相互影響する系――自然環境もしかり――においては、ひとつの要因の微《かす》かな偏差さえ、系全体に思いもよらない挙動を引きおこしかねない。

『ジュラシック・パーク』では、ひとたび破綻が生じたあとはアクションとスペクタクルがもっぱらで、カオス理論が物語にかかわってくることはない。それに対し『竜と流木』では、物語のさまざまな局面において「予期せぬ生態系の挙動」が人間を翻《ほん》弄《ろう》しつづける。ただし、作中ではカオス理論や複雑系といったタームは用いられない。叙述が説明的になってしまうのを避ける意味もあるだろうが、それよりもまず、ジョージやその仲間たちのように身をもって生物・環境にかかわっている者にとって、数理概念をもちだすまでもないことだからだろう。

その感覚は、毒性を有する変異カイコが猛威をふるう『絹の変容』（集英社文庫）、新種日本脳炎を媒介する軟体動物が蔓延《はびこ》る『夏の災厄』（角川文庫）と、篠田節子の先行作品にも共通している。

さて、『竜と流木』にはミステリ的な回路も盛りこまれている。謎を追う趣向が、作品世界に色を差し、階調をもたらす。

いちばんの謎は、黒い悪魔が出現した機序だ。そして、メガロ・タタの古老の言葉「みんな、みんな、隣の島の竜の子孫なのさ」によって、大きな時間スケールの謎が立ちあがる。ひとつの神話と言っていい。さらに、この神話が、ココスタウンのホテル図書室の棚を総当たりして発見した資料「南洋群島統治総論」と、日本の大学図書館から取り寄せた「日本棄民史」という資料によって、現世の不吉な因縁へ接続される。こうした雰囲気・印象のなめらかな複層化も、篠田文学の魅力だ。

サスペンス、SF、ミステリ、神話伝承の要素・趣向に加え、『竜と流木』は父親と息子が葛藤する物語でもある。ジョージはナイーブで穏やかな研究者気質なのに対し、その父親は元軍人でタフガイの強硬派だ。黒い悪魔の脅威を前に、ジョージはあくまで生態系のバランスを重視するが、父は武器を備えた駆除隊を組織して「なんの根拠もなく楽観的な人間から先に戦場では死ぬのだ」と言い放つ。

価値観や行動様式がまったく異なるふたりだが、篠田節子はそれをありきたりな対立へ落としこまない。この物語には、無謬《むびゅう》の善人も一意的な悪役もいない。また、ひとりの人間のなかに、いくつも指向・情動が併存している。ジョージはいよいよという事態で、黒い悪魔に銃弾を何発も打ちこむ。醜い敵を殺戮《さつりく》することで体内にアドレナリンが溢《あふ》れる。その瞬間、ジョージは父親と同じ攻撃の衝動に酔ってしまうのだ。ジョージと父親の関係はサブプロットというレベルを超え、作品のテーマに相即《そうそく》する伴奏なのだが、本篇よりも先にこの解説をお読みになっている読者のため、中途半端な種明かしは控えよう。ひとことだけ付け加えるなら、ぼくは『竜と流木』を再読するたびに、細部に張りめぐらされた伏線の妙に驚嘆する。

この物語を読みおえたら、ぜひ、最初の章を読み返していただきたい。ミクロ・タタの子供たちの描写に、作品を貫くテーマへの暗示がさりげなく仕掛けられていると気づくはずだ。はじめて読むときには、たいていの読者はこの場面について深く考えないだろう。しかし、意識の底にかすかにイメージが刷りこまれる。そうしたイメージがいくつも積み重なって、小説空間が豊かに立ちあがるのだ。

この作品は二〇一六年五月に小社より刊行されました。

|著者| 篠田節子　1955年東京都生まれ。'90年「絹の変容」で小説すばる新人賞受賞。'97年『ゴサインタン』で山本周五郎賞受賞、同年『女たちのジハード』で直木賞受賞。2009年『仮想儀礼』で柴田錬三郎賞、'15年『インドクリスタル』で中央公論文芸賞、'19年『鏡の背面』で吉川英治文学賞受賞。また、'20年には紫綬褒章を受章した。『弥勒』『転生』『夏の災厄』『冬の光』『肖像彫刻家』『恋愛未満』など著書多数。広範なテーマを鮮やかに描き出す手腕は評価が高く、ファンも多い。

竜《りゅう》と流木《りゅうぼく》

篠田節子《しのだせつこ》

講談社文庫

定価はカバーに
表示してあります

2020年7月15日第1刷発行

発行者――渡瀬昌彦
発行所――株式会社　講談社
東京都文京区音羽2-12-21　〒112-8001
電話　出版（03）5395-3510
　　　販売（03）5395-5817
　　　業務（03）5395-3615

Printed in Japan

デザイン―菊地信義
本文データ制作―講談社デジタル製作
印刷―――豊国印刷株式会社
製本―――株式会社国宝社

ISBN978-4-06-520113-8

講談社文庫刊行の辞

二十一世紀の到来を目睫に望みながら、われわれはいま、人類史上かつて例を見ない巨大な転換期をむかえようとしている。

世界も、日本も、激動の予兆に対する期待とおののきを内に蔵して、未知の時代に歩み入ろうとしている。このときにあたり、創業の人野間清治の「ナショナル・エデュケイター」への志を現代に甦らせようと意図して、われわれはここに古今の文芸作品はいうまでもなく、ひろく人文・社会・自然の諸科学から東西の名著を網羅する、新しい綜合文庫の発刊を決意した。

激動の転換期はまた断絶の時代である。われわれは戦後二十五年間の出版文化のありかたへの深い反省をこめて、この断絶の時代にあえて人間的な持続を求めようとする。いたずらに浮薄な商業主義のあだ花を追い求めることなく、長期にわたって良書に生命をあたえようとつとめるところにしか、今後の出版文化の真の繁栄はあり得ないと信じるからである。

同時にわれわれはこの綜合文庫の刊行を通じて、人文・社会・自然の諸科学が、結局人間の学にほかならないことを立証しようと願っている。かつて知識とは、「汝自身を知る」ことにつきていた。現代社会の瑣末な情報の氾濫のなかから、力強い知識の源泉を掘り起し、技術文明のただなかに、生きた人間の姿を復活させること。それこそわれわれの切なる希求である。

われわれは権威に盲従せず、俗流に媚びることなく、渾然一体となって日本の「草の根」をかたちづくる若く新しい世代の人々に、心をこめてこの新しい綜合文庫をおくり届けたい。それは知識の泉であるとともに感受性のふるさとであり、もっとも有機的に組織され、社会に開かれた万人のための大学をめざしている。大方の支援と協力を衷心より切望してやまない。

一九七一年七月

野間省一

講談社文庫 最新刊

梶永正史
潔癖刑事　仮面の哄笑《こうしょう》
生真面目な潔癖刑事と天然刑事のコンビが、謎の狙撃事件と背後の陰謀の正体を暴く！

福澤徹三
糸《し》柳《やな》寿《とし》昭《あき》
忌《い》み地　弐
〈怪談社奇聞録〉
あなたもいつしか、その「場所」に立っている――。最恐の体感型怪談実話集、第2弾！

鳥羽　亮
狙われた横丁
〈鶴亀横丁の風来坊〉
浅草一帯に賭場を作ろうと目論む悪党らが、彦十郎を繰り返し急襲する！〈文庫書下ろし〉

中村ふみ
雪の王　光の剣
地上に愛情を感じてしまった落ちこぼれ天令と元王様は極寒の地を救えるのか？

村瀬秀信
それでも気がつけばチェーン店ばかりでメシを食べている
松屋、富士そば等人気チェーン店36店の醍醐味とやまぬ愛を綴《つづ》るエッセイ、待望の第2巻。

酒井順子
忘れる女、忘れられる女
忘れることは新たな世界への入り口。女たちの悲喜こもごもを写す人気エッセイ、最新文庫！

町田　康
スピンクの笑顔
ありがとう、スピンク。犬のスピンクと作家の主人の日常を綴った傑作エッセイ完結巻。

さいとう・たかを
戸川猪佐武　原作
歴史劇画 **大宰相**
〈第九巻　鈴木善幸の苦悩〉
衆参ダブル選中に大平首相が急逝。後継総理に選ばれたのは「無欲の男」善幸だった！

講談社文芸文庫

幸田文

男

解説=山本ふみこ　年譜=藤本寿彦

働く男性たちに注ぐやわらかな眼差し。現場に分け入り、プロフェッショナルたちと語らい、体感したことのみを凛とした文章で描き出す、行動する作家の随筆の粋。

978-4-06-520376-7
こF11

殁後30年

幸田文　随筆の世界

『ちぎれ雲』『番茶菓子』『包む』『回転どあ・東京と大阪と』見て歩く。心を寄せる。
殁後三〇年を経てなお読み継がれる、幸田文の随筆群。

講談社文庫　目録

瀬戸内寂聴　新装版 京まんだら (上)(下)
瀬戸内寂聴・訳　源氏物語 巻一《まきいち》
瀬戸内寂聴・訳　源氏物語 巻二《まきに》
瀬戸内寂聴・訳　源氏物語 巻三《まきさん》
瀬戸内寂聴・訳　源氏物語 巻四《まきし》
瀬戸内寂聴・訳　源氏物語 巻五《まきご》
瀬戸内寂聴・訳　源氏物語 巻六《まきろく》
瀬戸内寂聴・訳　源氏物語 巻七《まきしち》
瀬戸内寂聴・訳　源氏物語 巻八《まきはち》
瀬戸内寂聴・訳　源氏物語 巻九《まきく》
瀬戸内寂聴・訳　源氏物語 巻十《まきじゅう》
先崎　学　先崎 学の実況！ 盤外戦
妹尾河童　少年H (上)(下)
瀬尾まいこ　幸福な食卓
関原健夫　がん六回 人生全快
瀬川晶司　泣き虫しょったんの奇跡 完全版〈サラリーマンから将棋のプロへ〉
瀬名秀明　月と太陽
仙川　環《たまき》　幸福の劇薬〈医者探偵・宇賀神晃〉
仙川　環　偽装診療〈医者探偵・宇賀神晃〉

瀬木比呂志　黒い巨塔〈最高裁判所〉
瀬那和章　今日も君は、約束の旅に出る
曽野綾子　新装版 無名碑 (上)(下)
三浦朱門
曽野綾子　夫婦のルール
蘇部健一　六枚のとんかつ
蘇部健一　六とん2
蘇部健一　届かぬ想い
曽根圭介　沈底魚
曽根圭介　藁《わら》にもすがる獣たち
曽根圭介　TATSUMAKI〈特命捜査対策室7係〉
田辺聖子　川柳でんでん太鼓
田辺聖子　ひねくれ一茶
田辺聖子　愛の幻滅 (上)(下)
田辺聖子　うたかた
田辺聖子　春情蛸の足
田辺聖子　蝶花嬉遊図
田辺聖子　言い寄る
田辺聖子　私的生活
田辺聖子　苺をつぶしながら

田辺聖子　不機嫌な恋人
田辺聖子　女の日時計
谷川俊太郎 訳
和田　誠 絵　マザー・グース 全四冊
立花　隆　中核VS革マル (上)(下)
立花　隆　日本共産党の研究 全三冊
立花　隆　青春漂流
滝口康彦　粟田口の狂女〈レジェンド歴史時代小説〉
高杉　良　労働貴族
高杉　良　広報室沈黙す (上)(下)
高杉　良　炎の経営者 (上)(下)
高杉　良　小説 日本興業銀行 全五冊
高杉　良　社長の器
高杉　良　その人事に異議あり〈女性広報主任のジレンマ〉
高杉　良　人事権！
高杉　良　小説消費者金融〈クレジット社会の罠〉
高杉　良　小説 新巨大証券 (上)(下)
高杉　良　局長罷免―小説通産省
高杉　良　首魁《しゅかい》の宴《うたげ》〈政官財腐敗の構図〉
高杉　良　指名解雇

2020年6月15日現在